dtv

Tim Feldmann trifft sich mit seinen langjährigen Kumpels am liebsten im *Schluckspecht*, seiner Lieblingskneipe, die er vor Kurzem gekauft hat. Leider ist sein Geschäft aber eine wirtschaftliche Katastrophe: Denn außer seinen Freunden und Bardame Jutta bevölkert niemand die düstere Kneipe in Bottrop.
Als Tims Freundin Lisa ein Jobangebot in München bekommt, bricht Panik aus. Keinesfalls will Tim seine Heimat, seine Freunde und seine Kneipe verlassen, doch wie soll er ihr das schonend beibringen? Er schmiedet einen Plan, der zusehends aus den Fugen gerät, und plötzlich muss nicht nur der *Schluckspecht* gerettet, ein Umzug nach München verhindert und ein Konkurrent ausgeschaltet, sondern auch ein drängendes Wellensittich-Problem gelöst werden. Wie gut, dass es Freunde gibt – und Bier …

Tobias Keller wurde 1989 in Oberhausen (NRW) geboren, studierte in Bochum Deutsch und Pädagogik auf Lehramt und arbeitet derzeit als Referendar in Wesel. Nach seinem Debüt ›Morgens leerer, abends voller‹ (21619) ist ›Kommando Schluckspecht‹ sein zweiter Roman.

Tobias Keller

Kommando Schluckspecht

Roman

dtv

Ausführliche Informationen über
unsere Autoren und Bücher
www.dtv.de

Von Tobias Keller
ist bei dtv außerdem erschienen:
Morgens leerer, abends voller (21619)

FSC www.fsc.org
MIX
Papier aus verantwortungsvollen Quellen
FSC® C019821

Originalausgabe 2017

Umschlaggestaltung: Johannes Wiebel/punchdesign, München
Vignette im Innenteil: Monika Köhler
Gesetzt aus der Sabon 10/12,7'
Gesamtherstellung: Druckerei C.H.Beck, Nördlingen
Gedruckt auf säurefreiem, chlorfrei gebleichtem Papier
Printed in Germany · ISBN 978-3-423-21686-9

Prolog

Spätestens wenn man seinen besten Freund vorsätzlich von einer zwanzig Meter hohen Brücke in den Rhein schubst, läuft irgendetwas grundsätzlich falsch. Aber das Leben ist nun mal keine dieser Puddingwerbungen, in denen nichts als die pure Harmonie herrscht. Dort sind die Menschen immer glücklich, sie lachen in Zeitlupe und löffeln zu fröhlicher Hintergrundmusik in ihren Bechern herum, als wäre es einfach das Großartigste auf der Welt, sich diesen dämlichen Pudding in den Mund zu schaufeln. Alle sind super drauf, Familie und Freunde sind beisammen, die Welt ist gut. Ein schonungsloser Schlag ins Gesicht für jeden außerhalb dieses Werbespots. Im Prinzip sind also auch die Medien an meiner Situation schuld, weil sie eine utopische Harmonie vorgaukeln, der man verzweifelt hinterherjagt, bis man feststellen muss, dass sie gar nicht zu erreichen ist. Erst recht nicht mit Pudding.

Ich stehe nur da und runzle die Stirn, als Schlütti in die Tiefe stürzt, mit seinen Armen wild herumrudernd und brüllend wie ein brünstiger Büffel. Natürlich hätte es rückblickend niemals so weit kommen dürfen. Es hätte andere Möglichkeiten gegeben, als den eigenen Kumpel über ein Geländer in den längsten

Fluss Deutschlands zu stoßen. Ungefährlichere. Weniger risikoreiche. Aber über den Punkt, die körperliche Unversehrtheit aller Beteiligten berücksichtigen zu können, bin ich schon lange hinaus. Zu viel ist in den letzten Wochen passiert. Ich habe die Welt um mich herum in Schutt und Asche gelegt. Ich habe Menschen betrogen, Beziehungen ruiniert, Existenzen zerstört. Ich habe das Leben von Familienvätern auf dem Gewissen, von Menschen mit Migrationshintergrund, von Frauen, Kindern, Freunden und Wellensittichen. Vor niemandem habe ich Halt gemacht.

Schlüttis Sturz in den Rhein ist mein einziger Trumpf, mein letzter Ausweg, um alles wiedergutzumachen. Natürlich nicht mehr für mich selbst, für mich ist es längst zu spät. Aber die anderen kann ich retten. Und da muss man einfach mal konsequent sein und beste Freunde von Brücken schubsen. Außerdem könnte sich das im Nachhinein ja auch als bahnbrechende Pionierarbeit erweisen. So was erkennt man doch immer erst hinterher. Wenn vor zwanzig Jahren jemand gekommen wäre und gesagt hätte: »Hier, Leute, ich werde jetzt mal eine Internetplattform entwickeln, auf der jeder Depp Fotos von seinem Essen hochladen kann«, dann hätten auch alle erwidert: »Ja, nee, komm. Lass lieber.« Trotzdem haben wir nun Facebook und Instagram und Snapchat und was es sonst noch alles gibt. Die Typen mit den Visionen sind inzwischen steinreich, das hätte doch niemand für möglich gehalten. Und wer weiß, vielleicht ist es bei mir irgendwann genauso. Vielleicht ist es in zwanzig Jahren vollkommen normal, seine Freunde von Brücken in Flüsse zu stoßen, und alle sagen: »Boah, tolle Idee! Das haben wir alles dem Feldmann zu verdanken, diesem Teufelskerl!«

Dass ich ausgerechnet Schlütti zum Protagonisten meines Masterplans auserwählt habe, mag im ersten Moment wie eine kleine Schwachstelle wirken, weil er sich bereits vor einem Einmetersprungbrett im Hallenbad vor Angst in die Badeshorts macht. Trotzdem musste die Wahl auf ihn fallen und das hat er sich selbst zuzuschreiben. Er trägt schließlich eine Mitschuld an dieser ganzen Misere. Er sollte dankbar sein, ich tue es für ihn. Und für Lisa. Ganz besonders für Lisa. Auch wenn sie noch nichts von dieser Aktion ahnt, ist sie sogar der Hauptgrund für das alles. Manchmal muss man Menschen eben zu ihrem Glück zwingen, und da es sich bei diesen Menschen unter anderem um meinen besten Freund und meine große Liebe handelt, bin ich derjenige, der die Initiative ergreifen und ein gewisses Risiko eingehen muss. Beziehungsweise Schlütti ein gewisses Risiko eingehen lassen muss.

Ich tipple ein paar Schritte nach vorne und blicke über das Geländer, ganz vorsichtig, weil ich mindestens so eine Höhenangst habe wie mein gerade kreischender Freund. Unten im Wasser schwimmt bereits Orgun, nur wenige Meter entfernt vom erwarteten Aufprallort Schlüttis. Alles läuft nach Plan. Es wird funktionieren. Es *muss* funktionieren. Und wenn dieser Albtraum vorbei ist, dann kaufe ich Pudding. Bergeweise Pudding. Ich werde auf meiner Couch liegen, löffeln und an die letzten Wochen zurückdenken. An *Kommando Schluckspecht*, an all die damit verbundenen Versuche, mein Leben wieder in den Griff zu bekommen, und an genau diesen Moment, mein Herzklopfen, die Ungewissheit, die Panik. Und dann werde ich lächeln. Mein Körper wird die Erleichterung spüren, ich werde mich zurücklehnen, fröhliche Hintergrundmusik anschalten, den Becher in Zeitlupe auslecken und denken: Tim Feldmann, du verteufeltes Genie hast es tatsächlich doch noch geschafft!

1

Wenn es eine Sache gibt, die ein Mann an einem Kegelabend unter allen Umständen vermeiden sollte, dann ist es ein weinerlicher Gefühlsausbruch. Schlütti kennt dieses ungeschriebene Gesetz und heult trotzdem wie ein kleines Mädchen vor einem geschlossenen Zuckerwattestand. Das geht wirklich zu weit. Ich klopfe ihm auf die Schulter und stelle fünf Fläschchen Jägermeister auf den Tisch, damit er endlich aufhört. Es dauert auch keine Sekunde, bis er sich eines der Fläschchen schnappt, den Verschluss abschraubt und sich die Öffnung an den Mund drückt.

»Ich realisiere das noch gar nicht richtig«, sagt er anschließend und sackt in sich zusammen. »Wie konnte ich mich von Vanessa nur dazu überreden lassen, dieses verfluchte Haus zu kaufen? Jetzt muss ich wirklich an den Stadtrand ziehen …«

Schlütti starrt mit seinen blutunterlaufenen Augen katatonisch ins Leere, schüttelt den Kopf, hickst. In seinen Mundwinkeln kleben angekrustete Senfreste von seiner Frikadelle, was in mir eine Mischung aus Faszination und Ekel hervorruft. Normalerweise mache ich ihn ja auf so etwas aufmerksam, aber ich möchte im Moment auf keinen Fall Gesprächsbereitschaft signalisieren. Das würde nur dazu führen, dass Schlütti immer weiterjammert. Also schweige ich. Ein Blick in die Runde zeigt mir, dass ich nicht der Einzige bin, der keine Lust hat, auf Schlüttis Beziehungsprobleme einzugehen. Auch die anderen sitzen da, richten die Blicke auf ihre halbvollen Biergläser und verhalten sich so teilnahmslos wie Schulkinder, die zum Unterrichtsthema aber auch gar nichts beizusteuern haben. Kein Wunder, an einem Kegelabend hat man schließlich Besseres zu tun, als sich von einem in Selbstmitleid zerfließenden Kumpel die Ohren vollheulen zu lassen, nur, weil er mit seiner Freundin an den Stadtrand ziehen muss. Man will sich viel lieber in angenehmer Atmosphäre betrinken, Spaß haben und im Idealfall Kegelkönig werden. Darum sind wir hier. Jeden Freitagabend, in meiner Kneipe, um unsere Männlichkeit auszuleben. Irgendwann später kümmere ich mich gerne um die Probleme meines bestens Freundes, aber aktuell bin ich noch zu nüchtern für solcherart Gespräche. Schlütti nicht. Auf seinem Bierdeckel ist kaum noch Platz für weitere Striche.

»Die ist doch exorbitant bekloppt!«, lallt er und schlägt mit der Faust auf den Tisch, sodass unsere Biergläser an den Seiten überschwappen. Schlütti ist Lehrer und liebt die Verwendung des Wortes »exorbitant«. Es gibt ihm das Gefühl, tatsächlich Akademiker zu sein.

»Ich sag euch eins …«, schimpft er weiter und kreist mit seinem Zeigefinger unkoordiniert vor sich her. »Frauen sind anfangs ja noch lieb und nett, aber nach ein paar Jahren werden sie fies und dann grausam und am Ende sind sie der Teufel.«

Ich kneife die Augen zusammen und denke nach. Schlütti ist jetzt seit sechs Jahren mit Vanessa zusammen. Wenn ich das hochrechne, habe ich noch zwei Jahre, bis Lisa fies und dann grausam und am Ende der Teufel wird, sollte Schlüttis These stimmen. Ich bekomme eine Gänsehaut und trinke schnell meinen Jägermeister leer, um den Gedanken zu verdrängen. Für den Bruchteil einer Sekunde sehe ich lachende Einhörner, dann dreht sich alles.

»Ich meine, klar, keine Frage, wir sind jetzt achtundzwanzig Jahre alt. Wir haben feste Jobs, wir sind bald erwachsen. Das akzeptiere ich ja auch alles. Selbst als Vanessa irgendwann etwas von Heiraten und Kindern gefaselt hat, habe ich das hingenommen. Aber dass die mich jetzt zwingt, an den Stadtrand zu ziehen, das ist, das ist doch …«

Schlütti bekommt Schnappatmung und seine Gesichtsfarbe nimmt ein Chilischoten-Rot an. Ich wäge ab, ob ich auf ihn reagieren oder einfach aufstehen und kegeln soll. Micha hat mich schon ermahnt und es kostet einen Euro, wenn man vorsätzlich das Spiel verzögert. Er ist so penibel, dass er alle Strafen schriftlich in unserer Satzungsordnung fixiert hat, sodass keine Aushandlungsmöglichkeiten existieren. Ich entschließe mich zu einem Kompromiss und stöhne beim Aufstehen Richtung Schlütti ein mitfühlendes »Wird schon wieder«. Aber mein Freund reißt die Arme hoch, packt mich am Hemdkragen und zieht mich wieder zu sich herunter. Ich sehe reihenweise Äderchen in seinen Augen platzen, wie bei einem Feuerwerk.

»Tim! Stadtrand!«, wiederholt er und krallt sich

tiefer in mein Fleisch. Schmerzen durchzucken meinen Körper.

»Das habe ich jetzt schon kapiert«, sage ich, aber Schlütti sieht mich so an, als hätte ich das ganz und gar nicht.

»Die ist doch bekloppt!«, sagt er. »Ein Reihenendhaus mit Garage und Kiesauffahrt! Und Vanessa interessiert sich neuerdings für Kombis! Dann fehlt doch nur noch eine ›Willkommen-zu-Hause‹-Fußmatte!«

Schlütti schäumt vor Wut, und bevor ich etwas sagen kann, ermahnt Micha mich zum zweiten Mal wegen Spielverzögerung. Nach unserer Satzung ist bei der dritten Ermahnung der Euro fällig, also reiße ich mich los, grapsche nach einer Kegelkugel und konzentriere mich auf einen Wurf, über den man noch in Generationen sprechen wird. Während ich Anlauf nehme und alle Neune anvisiere, stelle ich allerdings fest, dass ich *doch* betrunken bin und zu den Seiten wanke, als wäre ich auf einem Paddelboot bei mittelschwerem Seegang. Ich schließe die Augen, verlasse mich auf meine Intuition und werfe die Kugel mit der Präzision eines defekten Schlagbohrers souverän in die Rinne.

»Verdammt!«, sage ich und huste.

Micha lacht und schreibt mir zehn Cent Strafe für einen Fehlwurf auf.

»Das ist eine ruhige Gegend und ein wichtiger Schritt für unsere Zukunft«, zitiert Schlütti Vanessas Worte, als ich mich wieder auf meinen Stuhl fallen lasse, »aber das größte Problem ist, dass ich nun gar nicht mehr hierherlaufen kann, wenn ich am anderen Ende der Stadt wohne!«

Ich nicke und Schlütti schüttelt den Kopf. Mit »Stadt« meint mein bester Freund Bottrop, unsere Heimat. Einen kleinen grauen Ort mitten im Ruhrgebiet, der vollkommen ohne Anziehungskraft vor sich hin existiert und allein aufgrund dieser einzigen Eigenschaft unvergleichlichen Charme besitzt. »Hierhin« bezieht sich auf meine Kneipe, die ähnliche Attribute wie die Stadt aufweist und so perfekt in diese Umgebung passt wie ein Kronkorken auf einen Bierflaschenhals. Schlütti kommt fast jeden Nachmittag vorbei, wirft sich auf einen der angeknacksten Barhocker und gönnt sich ein Feierabendbier. Vor einem halben Jahr ist er mit seinem Lehramtsreferendariat fertig geworden, in dem er sich angewöhnt hat, aufkommenden Stress in Alkohol zu ertränken. Und Stress hat man im Lehramtsreferendariat haufenweise. Jeden Tag. Ich warf als guter Freund und Ratgeber ein, dass er noch über dreißig Jahre Lehrer sein werde und er deshalb nicht so früh mit täglichen Kneipenbesuchen anfangen dürfe und wo das denn insgesamt alles enden solle. Aber Schlütti winkte nur ab und sagte, ich hätte ja keine Ahnung, was Kinder heutzutage für Arschlöcher seien. Damit war die Sache erledigt.

Er war vor zwei Jahren auch einer der Ersten, der mir geraten hatte, unsere alte Kneipe zu kaufen. Jürgen wollte nach fünfundzwanzig Jahren dichtmachen und in Rente gehen und all meine Freunde fanden die hiermit verbundenen Konsequenzen mindestens so katastrophal wie ich. Der *Schluckspecht* war schließlich unsere Kneipe, unsere Jugend, unser Zuhause. Mit ihm wäre ein Stück Geschichte und damit ein Stück von uns selbst gestorben. Es passte einfach, dass ich mir kurz zuvor das von meinen Eltern angesparte Geld hatte auszahlen lassen, das eigentlich als Grundstock für eine eigene Anwaltskanzlei gedacht war. Auf eine Anwaltskanzlei hatte ich nach fünf langen und erfolglosen Jahren Jurastudium allerdings etwa so viel Lust wie Schlütti auf eine »Willkommen-zu-Hause«-Fußmatte. Also machte ich kurzen Prozess, schmiss das Studium kurz vor dem Abschluss hin und rettete mit dem Kauf des *Schluckspecht* den Zufluchtsort meines gesamten Freundeskreises. Viele Studienkollegen und Bekannte reagierten skeptisch auf meine Entscheidung, aber insgeheim wusste ich, dass sie nur neidisch waren. Denn im Ernst: Jeder Mann spielt doch früher oder später mal mit dem Gedanken, eine eigene Kneipe zu besitzen. Und ich habe eben Nägel mit Köpfen gemacht. Ich lebe meinen Traum, während meine Freunde an der Tafel, in der Bank, in Büros oder der Autowerkstatt sitzen und immer das Gleiche machen, nur um in vierzig Jahren in Rente zu gehen.

»Herrgott, Tim! Stadtrand!«

Schlütti holt mich zurück in die Gegenwart, indem er seine Hand um meinen Nacken legt und seine Argumentation wiederholt wie eine Schallplatte mit Sprung. Ich schubse ihn unmissverständlich von mir weg.

»Alter, hör auf!«, sage ich.

Schlütti lässt von mir ab und schluchzt. Kann doch nicht wahr sein, denke ich. Er tut ja gerade so, als würde die Welt untergehen oder als wäre etwas vollkommen Außergewöhnliches passiert. Als wäre Holland Weltmeister geworden oder als hätte Lothar

Matthäus tatsächlich mal mit einer annähernd gleichaltrigen Frau geschlafen. So besonders ist seine Situation jetzt auch wieder nicht. Na und? Dann zieht er halt an den Stadtrand. Bottrop ist nicht so groß, als dass er dadurch von der restlichen Zivilisation abgeschnitten wäre und sich sein gesamtes Leben ändern würde. Er ist weder auf Hilfspakete angewiesen, die von Helikoptern abgeworfen werden, noch muss er eine Woche Urlaub nehmen, um sich bis zum Stadtkern durchzuschlagen.

»Meine Fresse, Schlütti«, mischt sich Knolle ein, »warum hast du Vanessa auch nicht einfach klipp und klar gesagt, dass du nicht wegziehen willst, du Weichei? Du hättest *einmal* in deinem Leben ein Mann sein müssen!«

»Ja, war ich doch! Hab ich doch!«, verteidigt sich mein bester Freund hastig. »Ich habe ihr meine Meinung ganz deutlich gesagt und wir haben geredet und diskutiert und abgewogen und letztlich gemeinsam beschlossen, dass meine Meinung überhaupt keine Rolle spielt.«

Schlütti seufzt, Knolle winkt ab. »Weichei …«, sagt er.

»Sei froh, dass Vanessa nicht *ganz* aus der Stadt rauswill«, versucht Micha die Wogen zu glätten.

»So!«, sage ich unterstützend und nicke, damit Schlütti mal klar wird, dass er maßlos übertreibt.

»Stadtrand geht ja noch«, kontert Micha, »ich weiß noch, als Steffi damit anfing, dass Bochum oder Essen ja total toll wären, auch als Großstädte und so weiter. Sie meinte, dadurch würde man mal rauskommen aus der gewohnten Umgebung.«

Micha rollt mit den Augen, hebt sein Bierglas und atmet tief durch, als würde ihm rückblickend noch einmal deutlich werden, was für ein Glück er hatte, nicht wegziehen zu müssen. Dabei ist Michas Leben nicht wirklich das, was man als Mann in unserem Alter als »Glück« bezeichnen würde. Er hat bereits in der Grundschule angefangen, sein Erwachsenenleben gründlich zu planen und ist heute sozusagen der menschgewordene Rollkragenpullover. Er fährt Elektroauto, hat früh geheiratet, hat eine sechs Monate alte Tochter und zu Hause rein gar nichts zu melden. Das ist auch der Grund, warum er sich im Kegelverein um die Strafen kümmert und dafür sorgt, dass alles seine Ordnung hat. Weder in seinem Job in der Bank noch in der Rolle des Familienvaters genießt er Wertschätzung. Also stürzte er sich auf das Amt des Kassenwarts, als letzte Aussicht auf ein Fitzelchen Autorität in seinem Leben.

»Großstädte«, sage ich und schnalze mit der Zunge. »Will doch keiner hin …«

Alle nicken und schlürfen an ihren Bieren. Ich habe Micha nicht oft bewundert, aber damals, in seinem Kampf um seine Heimatstadt, nötigte er mir großen Respekt ab. Seit dem Kindergarten hatte Steffi die Hosen in der Beziehung an, aber wenn Micha einen Plan hat, hat Micha einen Plan. Und der hieß ganz klar: Bottrop. Micha und ich sind uns in diesem Punkt ziemlich ähnlich. Keine Frage, Bottrop ist nicht New York. Die Stadt ist nahezu frei von jeglichen Highlights und es sieht hier im Großen und Ganzen so aus, als hätte der liebe Gott tonnenweise Beton auf die Erde gekotzt. Fast alle, mit denen wir zusammen zur

Schule gegangen sind, konnten nach dem Abitur gar nicht schnell genug weg, schwärmten von Berlin, wollten in Maastricht studieren, international sein, die Welt sehen und das alles. Aber für mich war immer klar: Ich bleibe. Ich liebe es hier. Ich bin hier geboren, ich werde hier sterben. Für viele in meinem Alter der reinste Albtraum, für meine Jungs und mich das Paradies. Unsere Heimat eben.

»Wisst ihr was?«, zerstört Knolle die kurz aufflackernde Harmonie. »Ihr seid *beide* Luftpumpen!«

Mit einem Kopfnicken deutet er zuerst auf Micha und dann auf Schlütti. Eine Kegelkugel rollt zurück ins Sammelbecken und es macht »pock«.

»Ihr seid einfach nur verweichlicht von euren Frauen!«, schimpft Knolle.

»So, Leute, lasst uns doch mal weiterkegeln«, lautet Michas diplomatischer Kommentar, mit dem er Schlütti und sich selbst aus der Schusslinie nimmt. Knolle winkt ab, dreht sich um und macht sich auf die Suche nach einem neuen Opfer. Relativ schnell fällt sein Blick auf Lars, dessen zerbrechlicher Körper während unserer Unterhaltung über dominant-umzugswillige Frauen immer tiefer in den Stuhl gerutscht ist. Lars hatte in seinem Leben noch keine einzige Freundin, sodass er kaum zuverlässige Informationen über das weibliche Geschlecht besitzt, die er in unser Gespräch hätte einbringen können. Die meiste Zeit seines Lebens verbringt er mit Chemiebüchern und Reagenzgläsern. Wenn man dann auch noch seine schmale, randlose Brille betrachtet, durch die seine Augen so groß wirken wie die eines ausgewachsenen Koboldmakis, und die *Star-Wars*-T-Shirts berücksichtigt, die er ständig trägt, ist es kaum verwunderlich, dass seit jeher seine rechte Hand und Pornoseiten seine einzigen Freundinnen sind. Knolle kann Lars' Lebensstil nicht nachvollziehen, immerhin wechselt er in einem zweitägigen Rhythmus seine Geschlechtspartner.

»Wie ist das denn bei dir, Lars?«, fragt er. »Will deine Hand auch an den Stadtrand ziehen?«

Knolle kichert und Schlütti guckt so, als wäre es vollkommen unangebracht, seine derzeitige Situation als Quelle des Amüsements zu missbrauchen. Lars ignoriert Knolles Witz, richtet seine Brille und schüttet sich anschließend den Jägermeister in den Rachen. Knolle wechselt derweil das Thema und schwärmt von seiner neuen Affäre. Guter Sex, keine Gefühle, vollkommen unkompliziert.

»Beziehungen braucht doch kein Mensch!«, sagt er, »Hat man nur Probleme!«

Eine kurze Pause entsteht.

»Tim und Lisa nicht …«, sagt Schlütti dann und in seiner Stimme schwingt eine gehörige Portion Missgunst mit. Knolle zuckt nur die Achseln und steht auf, um das nächste Spiel zu beginnen. Dabei fällt er fast in die Kugelstation.

»Da hat Schlütti immerhin mal recht!«, greife ich den Einwurf auf, weil es ja offensichtlich sonst keiner macht. »Am besten ist, dass Lisa wohl den festen Job bei der Tageszeitung bekommt. Die ist in einer Endausscheidung oder so, und da ist nur noch ihre Freundin Nicole dabei. Ihr kennt die ja, die ist lange nicht so gut wie Lisa!«

Micha schreibt Knolle zehn Cent Strafe auf, nachdem dieser in die Rinne geworfen hat, und Schlütti ist wieder in eine Parallelwelt mit lavaähnlichen Kiesauffahrten und menschenfressenden Fußmatten abgedriftet. Also ist Lars der einzige potenzielle Zuhörer.

»Gut oder, Lars?«, sage ich und er antwortet mit einem lahmen »Ganz prima«. Anschließend schüttelt er mit seinen Nudelärmchen die letzten Tropfen Jägermeister aus dem längst leeren Fläschchen.

»Und da verdient sie auch eine Menge Geld«, mache ich weiter, »und wir kaufen uns ein Häuschen hier in der Nähe! Dann kann ich immer zur Arbeit laufen und sie wird berühmt und bringt das Geld nach Hause. Besser geht's doch wirklich nicht!«

Dass erst Micha und anschließend Schlütti in die Rinne werfen und niemand mehr auf Lisas Arbeit, mein Privatleben und die Vollkommenheit meiner Zukunftsvision eingeht, juckt mich nicht. Ich kann es verstehen. Mein Leben ist zu perfekt. Damit muss man ja nicht unbedingt angeben. Also halte ich den Mund und trinke zufrieden mein Bier. Dass ich am Ende des Abends insgesamt zweiundsechzigmal in die Rinne geworfen habe und Micha Kegelkönig geworden ist, ärgert mich nicht. Alles ist gut. Mit einem Lächeln im Gesicht knipse ich das Licht aus und flüstere ein liebevolles »Gute Nacht« in den Raum, in dem Schlütti mit dem Kopf auf der Tischplatte so unbeschwert schnarcht, als wären Reihenendhäuser nie erfunden worden.

2

Thorsten ist heute total scheiße drauf. Er ist einer von unseren beiden Wellensittichen und man könnte meinen, dass man bei einem Vogel nur ganz schlecht die aktuelle Gefühlslage einschätzen kann. Aber ich kenne ihn nun eine gewisse Zeit und merke, wenn etwas mit ihm nicht stimmt. Schlütti sagt zwar, Wellensittiche würden aufgrund ihres ausdruckslosen Wesens viele Interpretationsspielräume lassen und daher dazu einladen, eigene Gedanken und Gefühle in sie hineinzuprojizieren, aber ich antworte dann immer, dass er die Klappe halten solle und dass niemand auf der Welt Klugscheißer möge.

Als Lisa und ich Thorsten und Bernadette vor einem Jahr gekauft haben – Lisa, weil sie Wellensittiche mag, und ich, weil mir keine Gegenargumente einfielen –, dachten wir, es wäre schön, wenn noch jemand bei uns in der Wohnung ist. Wegen Einbrechern und so weiter. Für mich war es außerdem eine nette Ablenkung von meinem Jurastress. Ich hatte ja nicht ahnen können, dass Wellensittiche so viel Lärm machen und alles nachplappern, was man sagt. Jetzt, wo ich keinen Jurastress mehr habe, sind sie weniger eine nette Ablenkung als eine permanente Lärmbelästigung. Aber man gewöhnt sich dran. Sie gehören inzwischen zur Familie und da gibt es ja immer irgendwen, der ständig meckert, den ganzen Tag nur herumsitzt und nichts zur Miete beisteuert.

Jedenfalls hat Thorsten heute zum Ausdruck seiner schlechten Laune auf Bernadettes Gurkenstückchen geschissen und jetzt ist nicht nur Thorsten sauer, sondern auch Bernadette. Normalerweise entlädt Thorsten seine Ausscheidungen nur dann so zielgenau auf Bernadettes Essen, wenn er etwas Bedrohliches wittert. Er meint es gar nicht böse, es ist vielmehr eine Art hellseherisches Zeichen für mich, à la: »Heute musst du aufpassen!«, oder »Hau sofort hier ab!«. Mit zusammengekniffenen Augen scanne ich die Wohnung und überprüfe, ob alles an seinem Platz ist. Seitdem ich den *Schluckspecht* gekauft habe, passiert in meinem Leben nämlich kaum etwas Unvorhersehbares und jeder Tag läuft ähnlich bis gleich ab, als würde ich nach einer To-do-Liste leben, die als Zettelchen an meiner Kühlschranktür klebt.

Um **8.00 Uhr** aufwachen, weil Lisa sich für ihr Praktikum fertig macht, und ihr zunuscheln, dass man noch eben fünf Minuten liegen bleibt.

Bis **12.00 Uhr** schlafen, Kaffee kochen und sich darüber ärgern, dass es schon wieder 12.00 Uhr ist.

Um **12.30 Uhr** Zähne putzen, duschen und sich vornehmen, am nächsten Tag unbedingt mal etwas früher aufzustehen, damit man nicht wieder das Gefühl hat, den halben Tag verschlafen zu haben.

Um **13.00 Uhr** frühstücken, ein wenig ausruhen, Thorsten und Bernadette Gemüsestückchen hinlegen und anschließend dem Drang widerstehen, ein Mittagsschläfchen zu machen.

Um **14.30 Uhr** dann doch ein Mittagsschläfchen machen.

Um **16.00 Uhr** von Lisa geweckt werden und ein schlechtes Gewissen haben, da sie die ganze Zeit arbeiten musste und man selber den Tag über eigentlich noch nichts auf die Reihe bekommen hat, außer Wellensittichen Gemüsestücke hinzulegen.

Um **16.20 Uhr** den Abwehrmechanismus anwenden und Lisa vorhalten, dass man hier ja anscheinend den gesamten Haushalt alleine machen dürfe.

Um **16.30 Uhr** mit Lisa vertragen, nach einem kurzen Schäferstündchen fragen und aufs Wochenende vertröstet werden. Anschließend zum *Schluckspecht* gehen.

Um **1 Uhr morgens** die Kneipe schließen und sich darüber freuen, dass man morgen mal so richtig lange ausschlafen kann.

Heute fiel ich radikal aus dem Rhythmus heraus, weil ich erst um halb eins aufgewacht bin. Dass Thorsten als zweiten Bruch in meiner Tagesroutine nun auch noch Bernadettes Mittagessen verunstaltet hat, setzt dem Ganzen die Krone auf. Das kann nichts Gutes bedeuten, denke ich und lege mich auf die Couch, um den Schreck erst einmal zu verarbeiten. Als Thorsten das letzte Mal sein Geschäft auf das Futter seiner Mitbewohnerin geklatscht hatte, kam unmittelbar danach Lisa nach Hause und verkündete, dass man nun zwei Monate nicht miteinander schlafen könne, da sie einen Ausschlag an einer blöden Stelle habe. Allerdings war es damals Bernadettes *Möhre*, die als Thorstens Toilette herhalten musste, und ein paar Monate zuvor war es ein Stückchen *Apfel*, das auf die haushohe Niederlage von Borussia Dortmund gegen den verfluchten FC Bayern München am gleichen Abend hindeutete. Die schlechten Nachrichten haben also weniger mit der Art des Futters zu tun als mit Thorstens konkretem Verhalten, nämlich ganz allgemein etwas Essbares vollzuscheißen, das Bernadette gehört. Das einzig Positive an der Sache ist, dass die beiden mir nun nicht mit ihrem Geplapper auf die Nerven gehen. Thorsten hat sich vor Scham in die hinterste Ecke des Käfigs verkrümelt und Bernadette ist sowieso vollkommen bedient. Sie hat ihren birnenförmigen Körper von Thorsten weggedreht und starrt aus dem Küchenfenster, ihre Augen von Hass umwölkt.

Ich wälze mich auf der Couch in eine angenehmere Position und versuche, die negativen Schwingungen in der Wohnung zu ignorieren. Allerdings macht mich diese ungewohnte Stille ganz nervös. Kein Wellensittich-Gezwitscher im Wohnzimmer, kein Schlagbohrer, der auf der Hauptstraße schon wieder versehentlich eine Rohrleitung trifft, und noch nicht einmal das Dröhnen vorbeifahrender Lastwagen, die die falsche Autobahnabfahrt genommen haben und nun gezwungen sind, sich durch die aufgerissenen Straßen von Bottrop-Mitte zu schlagen. Nichts. Kein Mucks ist zu hören. Hoffentlich ist es nicht die Ruhe vor dem Sturm. Hoffentlich bilde ich mir Thorstens seltsames Verhalten nur ein. Hoffentlich ist er kein übernatürliches Genie.

Ich schalte den Fernseher an, um selbst für Geräusche zu sorgen, und zappe durch die Programme, bis ich irgendwann bei einer Frau mit Nasenpiercing hängen bleibe, die mir entgegenschreit, dass der Hot Button nun aktiviert sei. Entspannt lehne ich mich zurück und lasse das hektische Herumgegackere auf mich einprasseln, bis ich die Schlüssel in der Wohnungstür höre und mich wundere, dass Lisa so früh nach Hause kommt. Bevor ich zusammenrechnen kann, wie viele außergewöhnliche Dinge damit heute schon geschehen sind, stürmt sie ins Wohnzimmer und ich betrachte den schwarzen Eyeliner, der ihr über beide Wangen bis zum Kinn hinunterläuft. Ich brauche einen Moment, um zu verstehen, was es zu bedeutet hat, dass Lisa gerade aussieht wie ein Bandmitglied von Kiss.

Sie weint.

Bitterlich.

Ich höre noch, wie sie »Nicole, diese dumme Kuh!« schluchzt, bevor ich mich zu Thorsten drehe, ihm mit einer Mischung aus Wut und Anerkennung zunicke und überlege, ob ich lachen oder weinen soll.

3

Zehn Minuten später bin ich mir sicher, dass ich lieber weinen sollte. Mal davon abgesehen, dass mein gesamter Tagesrhythmus inzwischen durcheinandergewirbelt ist: Lisas Neuigkeiten geben Grund zu noch größerer Besorgnis. Existenzieller Besorgnis. Ich habe Herzklopfen und das habe ich im Normalfall höchstens bei wichtigen Fußballspielen.

»*Nicole* hat also jetzt den Job bei der Zeitung bekommen und nicht du?«

Ich sage es mehr zu mir als zu Lisa, um ihr Schluchzen und Schreien erst einmal für mich selbst zu ordnen und zu verarbeiten. Lisa hebt ihren Kopf und sieht mich an.

»Tim, die hat mich betrogen! Eiskalt betrogen!«

»Ja, Moment«, sage ich und kratze mich am Hinterkopf. Das geht mir schon wieder alles viel zu schnell. »Schritt für Schritt.«

»Schritt für Schritt, Schritt für Schritt!«, äfft Lisa mich nach und ich frage mich, wieso *ich* jetzt auf einmal der Staatsfeind bin.

Ich stutze.

»Tim, was hast du jetzt bitte daran nicht verstanden?«

Dass Lisa in Wutphasen oft so tut, als sei ich geistig zurückgeblieben, ist nichts Neues. Aber dass mich zusätzlich die Frau im Fernseher ankeift und von mir verlangt, sie anzurufen und eine Stadt mit »M« zu nennen, macht mich doppelt nervös. Zu allem Überfluss piepst jetzt auch noch die Spülmaschine.

»Also, keine Ahnung, Mausi«, sage ich und versuche, mich auf das Wesentliche zu konzentrieren, »aber was beziehungsweise *wie* ist das jetzt genau passiert?«

»Die hat *meine* Story gestohlen, Tim!«, sagt Lisa und ich nicke, um anzuzeigen, dass ich ihr bis hierhin folgen kann.

»Die hat *meine* Story, *mein* Material und *meinen* Bericht bei der Bewerbungsrunde abgegeben und so getan, als sei das alles von ihr! Meine Mappe hat sie dann irgendwie verschwinden lassen. Und jetzt hat *sie* deswegen die Stelle bekommen und ich nicht!«

»Puh«, sage ich und Lisa wischt sich Eyeliner von der Oberlippe. Ihr linkes Auge zuckt. Die Spülmaschine piepst wieder.

»Ich war so kurz davor, den Job zu kriegen! *So* kurz davor!«

Lisa zeigt mir mit Daumen und Zeigefinger, *wie* kurz davor sie war. Um zu verdeutlichen, dass ich ihre Wut verstehen kann, sage ich: »Ich verstehe.«

»Mit der bin ich fertig!«, macht Lisa weiter und ich höre, wie ihre Zähne knirschen. »Die hat mir alles versaut! Dieses Miststück!«

In den letzten fünf Minuten hat Lisa mehr Beleidigungen und Schimpfworte losgelassen als in den letzten vier Jahren zusammen. Nie habe ich sie so gesehen, dementsprechend schockiert bin ich. Ich traue mich auch gar nicht, etwas zu sagen. Stattdessen betrachte ich den Sekundenzeiger der Wanduhr, der gemächlich vor sich hin tickt und sich damit als Einziger im ganzen Raum so verhält wie sonst auch.

»Hm …«, mache ich nach einer Weile und dann geht alles ganz schnell. Lisa reißt die Augen auf, presst die Lippen zusammen und krallt ihre Finger in die Couch.

»Hm?!«, schreit sie und ihre Pupillen vergrößern sich. »Hm?! Meine beste Freundin klaut mir meinen Traumjob und hintergeht mich auf die schlimmste Art und Weise, die man sich vorstellen kann, und du sagst nur ›Hm‹?!«

Nun ist genau das eingetreten, was ich verhindern wollte. Lisa leckt sich die Lippen. Nach vier Jahren Beziehung erkenne ich es als eindeutiges Zeichen dafür, dass sie auf der höchsten Stufe der Konfrontationsbereitschaft angekommen ist. Und sie hat mich als Opfer auserwählt. Wir beide wissen, dass ich nichts getan habe, dass ich unschuldig bin, unschuldig wie ein pummeliges Schäfchen auf einer schattigen Wiese. Aber Lisa braucht jetzt ein Ventil. Ich atme durch, wische die Hände an meiner Hose ab und beginne, mich mental auf meine Rolle vorzubereiten. Doch ausgerechnet jetzt fragt die Frau mit dem Nasenpiercing, ob da draußen denn wirklich niemand eine Stadt mit »M« kenne. Anschließend droht sie wieder damit, den Hot Button zu aktivieren. Damit bringt sie mich vollkommen aus dem Konzept.

»Lass mich doch erst einmal ausreden!«, versuche

ich es mit beruhigenden Handbewegungen. Dabei fällt mein Blick auf Thorsten, der mit seinen Flügeln zuckt, als wollte er sagen, dass er auch nicht wisse, was ich nun machen solle, und dass er generell seine eigenen Probleme habe.

»Ich höre?«

Lisa kneift die Augen zusammen und ich suche verzweifelt nach sinnvollen Worten, die ich zu sinnvollen Sätzen zusammenfügen könnte, und dann piepst wieder diese bescheuerte Spülmaschine.

»Also, das ist echt fies ...«, höre ich mich schließlich sagen und mir wird relativ schnell klar, dass diese Antwort nicht differenziert genug ist, um Lisa zufrieden zu stellen. Natürlich finde ich es auch skandalös, dass Nicole sie hintergangen hat. Es ist geradezu erschütternd, dass Lisa den Job nicht bekommt, weil das damit verbundene Gehalt die limitierten Einnahmen meiner Kneipe ausreichend kompensiert hätte, und das war ja schließlich der Plan, nach dem Lisa und ich in der letzten Zeit gelebt hatten. Aber so früh nach dem Aufstehen und ohne meinen ersten Kaffee bin ich bereits mit den kleinsten Kleinigkeiten überfordert, und das hier ist nun mal alles andere als eine kleinste Kleinigkeit. Ich brauche Zeit. Lisa müsste das eigentlich wissen und mich mit ihrem auffordernden Blick nicht noch zusätzlich unter Druck setzen, sodass ich überhaupt nicht mehr weiß, wie ich mich verhalten soll.

»Fies ist das allemal ...«, sagt sie und geht in die Küche, um die Spülmaschine zu öffnen, damit das Scheißpiepsen endlich aufhört. Als sie wiederkommt, lacht sie verächtlich, wobei ich nicht genau einordnen kann, ob Nicole, der Spülmaschine oder mir diese Verachtung gilt. Aber sicher ist, dass ich mich auf Lisas persönlicher Hassskala bedenklich nah an Nicole herangearbeitet habe. Also schlage ich mit der flachen Hand auf den Tisch.

»So ein Miststück!«, sage ich.

Lisa blickt mich an und ich merke, dass ihr diese Reaktion schon deutlich besser gefällt.

»Was glaubt die denn, wer die ist?«

Ich verziehe den Mund und Lisa nickt. Im ersten Moment freue ich mich darüber, dass ich endlich mit angemessener Fassungslosigkeit auf die Situation reagiert habe, aber kurz darauf realisiere ich endlich das gesamte Ausmaß dieser Neuigkeit. Nicole hat mit ihrer Aktion meinen detailliert ausgearbeiteten Fünfjahresplan zerstört. Mein perfektes Leben. Ausgerechnet Nicole! Ohne Lisa hätte sie noch nicht einmal ihr Abitur geschafft, so oft hatte meine Freundin sie abschreiben lassen. Deswegen war Nicole auch prinzipiell eifersüchtig. Lisa war halt in allem besser als sie. Aber meine Güte, so ist das Leben! Hätte Nicole als Rache nicht einfach Lisas Feuchtigkeitscreme blau einfärben oder ihre Ohrringe mopsen können? Warum denn ausgerechnet ihren Job und damit auch meine Zukunft? Was habe *ich* ihr denn getan?

»Das kann doch echt nicht wahr sein …«, sage ich und lasse mich zurück in die Couch fallen. »Wie kann man denn seine eigene Freundin so bescheißen?«

Bernadette dreht ihr Köpfchen zuerst zu mir und dann zu Thorsten, um ihn so anzuschauen, als würde sie ihn das Gleiche fragen wollen. Ich beginne, vor

Wut zu zittern, und selbst die Frau im Fernseher ist inzwischen vollkommen außer Rand und Band und schlägt hysterisch auf den Hot Button ein.

»Was machen wir denn jetzt?«

Lisas Frage durchdringt den Raum, legt sich wie ein schwarzer Schleier über unsere verschlissenen Möbel und eine bedrückende Stille tritt ein. Kein Job für Lisa heißt kein Geld für uns. Wir haben bisher von unseren Reserven gelebt, die nun aufgebraucht sind. Der *Schluckspecht* wirft im Monat gerade so viel ab, dass ich damit das Gemüse für unsere Wellensittiche bezahlen kann. Wenn das fest eingeplante Gehalt von Lisa fehlt, dann haben wir ein ernsthaftes finanzielles Problem.

»Alles …«, beginne ich dann endlich, »wird wieder gut.«

»Das klang nicht besonders überzeugend«, sagt Lisa und ich befreie mich aus meiner Schockstarre.

»Ich stimme dir absolut zu! Das Geld war eingeplant!«

»Tim, was kann ich denn bitte dafür? Du verdienst doch auch nichts mit deiner Kneipe!«

Lisa bewegt sich von mir weg und diese verdammte Frau mit ihrem verdammten Nasenpiercing im verdammten Fernseher soll mir nicht weiter mit ihren Städten auf den Keks gehen. Als ob ich jetzt für fünfzig Cent diese Hotline anrufen würde, wo Lisa und ich gerade mal Geld haben, um ein paar Monate von Dosenravioli zu leben.

»Du verdienst nichts! Du verdienst nichts!«, krächzt Thorsten und ich sehe ihn böse an, während die Frau im Fernseher entnervt auflöst, dass *München* eine

Stadt mit »M« gewesen wäre. Anschließend wettert sie, dass man das durchaus hätte erraten können, da München schließlich eine Großstadt sei und dort ja irgendwie jeder gerne wohnen würde. Was für ein unbeschreiblicher Blödsinn! Als Pottkind will man doch nicht gerne in München wohnen! Da wimmelt es nur so von Weißbier und arroganten Fußballvereinen! Ich werde immer aggressiver, balle die Fäuste und beiße meine Zähne zusammen. Soll Nicole doch nach München gehen, dann wären alle Probleme gelöst. Ich atme tief durch und schließe die Augen. Beruhige dich, flüstert es in meinem Kopf. Alles wird gut, keine Panik.

»Alles wird gut, keine Panik«, spreche ich es dann auch laut aus, dieses Mal mit etwas mehr Mumm in der Stimme. »Irgendetwas wird uns einfallen.«

Lisa lächelt mich mit ihren feuchten Augen an. Ich nehme sie in den Arm und gebe ihr einen Kuss auf die Stirn, als wäre ich Leonardo DiCaprio, der seine Angebetete auf der sinkenden Titanic tröstet. Bei dem Gedanken steigt in mir immerhin eine Art vorsichtige Zuversicht auf. Leo hatte definitiv ein härteres Los gezogen als ich. Denn ich kann schließlich noch alles zum Guten wenden. Wir sitzen nicht hoffnungslos auf einem durchlöcherten Riesendampfer irgendwo im Eismeer. Für uns gibt es noch einen Ausweg. Ich streichle Lisa über den Rücken, mein Puls normalisiert sich, ich fühle mich besser.

Und dann, in genau diesem Moment, diesem Augenblick des zurückhaltenden Zutrauens in die positive Beeinflussbarkeit meiner Zukunft durch das eigene Handeln, scheißt Thorsten eine solche Ladung

Durchfall auf den Vogelsand, dass sich meine Zuversicht für die kommenden Tage schlagartig in entsetzliche Furcht verwandelt, die sich unaufhaltsam ausbreitet.

4

»Also, das ist echt fies von Nicole …«

Micha spricht es aus und ich nicke.

»Genau das Gleiche habe ich auch gesagt.«

Ich tipple mit meinen Fingern auf der Tischplatte herum und überprüfe per Seitenblick, ob Schlütti auch noch irgendetwas beizutragen hat. Aber er starrt nur auf die nicht vorhandene Schaumkrone seines Bieres. Den bevorstehenden Umzug an den Stadtrand hat er noch immer nicht verarbeitet, ganz im Gegenteil. Vanessa hat gestern eine »Willkommen-zu-Hause«-Fußmatte mitgebracht und es gab Streit.

»Nicole hat meine Zukunftspläne zerstört«, sage ich und rücke meinen Stuhl näher an den Tisch. »Und deswegen bin ich in ziemlich großen Schwierigkeiten. Das heißt, dass meine Probleme aktuell deutlich größer sind als beispielsweise deine.«

Ich sage es und schaue Schlütti an, damit er endgültig kapiert, dass es jetzt um mich geht. Micha nickt, während Schlütti sein Kinn auf das Glas plumpsen lässt und so bedröppelt dreinblickt wie ein Mops, der keine Lust auf Gassi gehen hat.

»Schule war auch doof heute«, nuschelt er.

Ich drehe mich zu Micha und damit zu dem offensichtlich nutzbringenderen Gesprächspartner. Er schaut mich an und nippt an seinem Radler. Es ist Dienstag und normalerweise trinkt Micha unter der Woche keinen Alkohol, aber ganz ohne ging es heute auch nicht. Lili hat ihr erstes Zähnchen bekommen, und was sich so süß und natürlich anhört, hat Micha gerade als »tiefsten Kreis der Hölle« beschrieben. Er liebe seine Tochter ja, sei gerne Vater und Ehemann und das alles, aber das Geschrei von Lili und das Gemecker von Steffi seien wirklich nicht mehr auszuhalten. Er habe die ganze Nacht nicht geschlafen und brauche jetzt Ablenkung. Meine Probleme kämen ihm da gerade recht.

»Die Kneipe muss in Zukunft einfach mehr Geld einbringen«, sage ich und reibe mir die Stirn. »Die wenigen Gäste am Wochenende reichen nicht …«

Meine Bardame Jutta stellt Schlütti und mir zwei neue Biere auf den Tisch und ich bedanke mich mit einem gequälten Lächeln.

»Ach, Jungens«, sagt sie, »jetz guckt doch nich alle so, als wie wenn ett hier den ganzen Tach nur am Regnen dran wär!«

Schlütti seufzt unendlich wehleidig und nickt. Jutta zieht an ihrer Zigarette und streichelt ihm durchs Haar, als hätte er gerade eine Fünf in Mathe mit nach Hause gebracht. Immerhin zaubert sie dadurch ein kurzes Lächeln auf Schlüttis Gesicht.

Jutta hat im *Schluckspecht* schon als Bardame gearbeitet, da müsste Helmut Schmidt noch Bundeskanzler gewesen sein. Dementsprechend souverän verwaltet sie mit all ihrer Erfahrung meine Kneipe. Sie macht die Bestellungen beim Großhändler, bedient die Gäste, brät die Frikadellen und macht meine Steuererklärung. Sie kümmert sich halt um *alles*. So habe ich den Kopf frei für andere Sachen. Zum Beispiel für unsere nächste Kegelfahrt oder für Lösungsmöglichkeiten im Hinblick auf Lisa, Nicole und meine damit verbundene Zukunft als Kneipenbesitzer.

»Also, ich will ma *so* sagen«, beginnt Jutta, »mit die Frauen is dat so wie im Alter mitn Rücken. Hasse immer ma wieder Tage mit dolle Probleme, aber dat is normal. Dat renkt sich allet schon wieder ein, mit die Zeit.«

Jutta zupft an Michas Rollkragenpullover herum und tätschelt ihm anschließend die Schulter.

»Hast ja recht ...«, sagt er und Jutta zieht wieder am Filter. Sie weiß natürlich Bescheid. Über Vanessa und ihr Stadtrand-Vorhaben, über Steffi und Lili und die neuen Zähnchen und über Lisas Jobfiasko wegen Nicole.

»Jetzt kloppt euch erstma 'n paar von die Biere rein«, sagt sie, »dann sieht die Welt schon wieder ganz anders aus!«

Wir lächeln. Jutta pustet sich gekonnt ihren Pony mit der Dauerwelle aus der Stirn, zieht ihr tief dekolletiertes pinkfarbenes Top über die strammen Hüften und geht zurück zur Theke. Einen Teil des Zigarettenqualms zieht sie hinter sich her, der Rest bleibt über uns stehen. Schlütti richtet sich auf, Michas Blick ist wacher. Keine Ahnung, wie Jutta es immer wieder schafft, uns mit ihrer schnörkellosen Art neuen Mut einzuhauchen.

»Vielleicht solltest du für den *Schluckspecht* einfach mal Werbung machen«, schlägt Micha vor.

»Wenn du mehr Geld verdienen willst, solltest du dringend auf Kundenfang gehen.«

Ich nicke. Micha hat wie immer recht. Aber wie soll das konkret aussehen? Wie soll man denn für eine Kneipe Werbung machen? Im Bierflaschenkostüm durch die Straßen von Bottrop laufen und Flyer verteilen? Nein danke.

»Ja, hm, keine Ahnung, ich muss mal gucken«, sage ich und habe den gleichen kraftlosen Tonfall, mit dem ich immer auf Lisas Bitte eingehe, endlich das kaputte Lämpchen am Badezimmerspiegel auszutauschen. Micha nickt, Schlütti seufzt wieder und ich will gerade einen Schluck Bier trinken, da wird die Klinke am Eingang von außen heruntergedrückt. Die Tür schiebt sich auf und die Scharniere quietschen, während ich mich wundere, dass an einem Dienstag um diese Zeit noch Kundschaft kommt, wo meine beiden Stammgäste Anton und Jupp doch bereits seit einigen Minuten mit herunterhängenden Schultern an der Theke sitzen und an ihren Schnäpsen schlürfen. Ich runzle die Stirn, wende den Kopf Richtung Eingang und sehe schwarz glänzende Lackschuhe, die elegant über die Türschwelle stolzieren und einen interessanten Kontrast zu den verdreckten Fugen der Steinplatten bilden, über die sie hinwegschweben. Dieses Schuhwerk passt weder zu Knolle noch zu Lars, schlussfolgere ich und taste mich mit meinem Blick vorsichtig nach oben. Eine schwarze Anzughose fällt locker auf die Glanz-Schuhe, ein sportliches Jackett und eine Krawatte verdecken große Teile des weißen Hemdes, das fein säuberlich in die Hose gesteckt ist und eine dezente Falte über der Gürtelschnalle wirft. Ich schaue an mir herunter, betrachte meine dreckigen Sneaker, meine ungebügelte Jeans und die Kapuzenjacke über meinem schwarzen Shirt, während der Mann mit dem Anzug ein paar Schritte durch meine Kneipe schlendert. Er schaut sich kurz um und kommt vor unserem Tisch zum Stehen.

»Guten Tag, ich bin auf der Suche nach einem Herrn Feldmann.«

Ich räuspere mich.

»Tja, der bin dann wohl ich«, sage ich und deute mit einer Kopfbewegung eine leichte Verbeugung an, was ich sofort bereue. Dieser Schmierlappen ist hier schließlich in meinem Revier und in meinem Revier sollte *er* derjenige sein, der sich verbeugt.

»Sehr gut«, sagt er allerdings mit fester Stimme und sein schmaler Oberlippenbart bewegt sich an den Seiten in die Höhe. Er lächelt wie ein Bösewicht in einem Disney-Film.

»Ich heiße Mustafa Orgun, darf ich Platz nehmen?«

Bevor ich antworten kann, zieht er den Stuhl zurück, setzt sich ohne meine Erlaubnis und faltet die Hände auf dem Tisch. Micha beißt auf seiner Unterlippe herum und selbst Schlütti sieht so aus, als hätte er die eigenen Zukunftssorgen kurzerhand verdrängt und würde sich im Hier und Jetzt fürchten. In einem Anflug aus Schrecken und Unsicherheit denke ich darüber nach, wer oder was Mustafa Orgun sein könnte, und überlege fieberhaft, ob Jutta tatsächlich meine Steuern bezahlt hat oder ob ich in letzter Zeit von Aliens entführt wurde oder jemanden kaltblütig erdrosselt habe. Orguns Auftreten lässt alles zu, Steuerfahndung, NASA und Morddezernat.

»Tag, Herr Orgun, ich bin der Schlütti«, holt mein Kumpel seine Begrüßung nach und betrachtet unseren Gast mit offenem Mund. Ich ramme meinen Ellenbogen in Schlüttis Rippen, um ihm zu verdeutlichen, dass uns unsere Ehrfurcht nicht so offensichtlich ins Gesicht geschrieben stehen sollte, wenn wir nicht wie die letzten Versager rüberkommen wollen. Orgun lächelt wieder.

»Ich bin Unternehmer«, sagt er.

Schön für dich, denke ich. Ich bin auch Unternehmer. Das ist nichts Besonderes, das kann alles und nichts bedeuten. Vor allem hier in Bottrop. Ich starre in Orguns Augen und konzentriere mich darauf, unbeeindruckt zu wirken, zumal er nicht viel älter aussieht als ich. Trotzdem macht sich hinter meiner Fassade Verunsicherung breit. Ohne Anzug und Lackschuhe schwingt meine Seriosität als Unternehmer nämlich eher im Subtext mit.

»Kommen wir direkt zur Sache, Herr Feldmann«, beginnt Orgun und lehnt sich über den Tisch. »Ich besitze im Umkreis ein Barlokal, welches Sie wahrscheinlich kennen, und ich bin gekommen, um Ihnen ein Angebot zu machen.«

»Ein Angebot wofür«, schießt es aus mir heraus.

Einerseits bin ich froh, dass Orgun offensichtlich nicht von der Steuerfahndung, der NASA oder dem Morddezernat ist, andererseits hat er etwas an sich, das ich mit jeder Faser meines Körpers verabscheue. Um nicht unprofessionell zu wirken, widerstehe ich dem Drang, einen Schluck Bier zu trinken, und schaue weiterhin so selbstsicher wie möglich.

»Ein Angebot für Ihre Kneipe«, sagt Orgun und ich

setze ein fragendes Gesicht auf. Orgun kneift die Augen zusammen und durchdringt mich mit seinem Blick, sodass ich wegschauen muss.

»Wie meinen Sie das, ein Angebot für die Kneipe?«, springt Micha für mich ein und ich schaue wieder hoch. Orgun lehnt sich selbstgefällig zurück und macht eine kunstvolle Pause.

»Sie alle kennen wahrscheinlich das *Fit-and-Green* Barlokal in der Innenstadt ...?«, sagt er dann und Schlütti stößt laut auf, während Micha seinen Kopf zu mir dreht und telekommuniziert, dass wir dieses Barlokal sogar sehr gut kennen. Es hat so ein bekopptes Konzept mit frischen Getränken, ultragesunden Snacks und freundlich-heller Einrichtung, sodass man im Prinzip sofort umdrehen möchte, wenn man reinkommt. »Gesund und Happy« steht auf dem Logo und »Healthy mit Smoothies« an der Fensterscheibe. Es wird mit Anglizismen nur so um sich geworfen, einfach schrecklich. Dummerweise denkt jedoch die gesamte Bottroper Jugend anders über Orguns Geschäft und überflutet seit dem Eröffnungstag in immer größeren Massen das Barlokal. Dabei finde ich allein die Bezeichnung »Barlokal« schon verwirrend. Entweder, man nennt es »Bar«, schenkt alkoholische Getränke aus, hat eine Theke und lässt Musik laufen, oder es ist ein »Lokal«, mit Essen und Kellnern und all solchen Sachen. Aber was um Himmels willen ist ein »Barlokal«? Und warum geht jeder Idiot da hin, statt im *Schluckspecht* sein Geld zu verprassen und dabei im anmutigen Charme ruhrpöttischer Einfachheit zu baden? Alle denken, diese Läden wären hip, trendy und modern, was dazu führt, dass niemand mehr in heruntergekommene Kneipen stolpert und Bier ohne Kohlensäure aus Gläsern mit Schmutzrand trinkt, um die Probleme des Alltags stilvoll zu ersäufen. Die Einzigen, die sich mutig gegen diese neue Mode stellen, sind meine Freunde und meine Stammgäste Anton und Jupp. Das macht mich zwar glücklich, reicht aber nicht aus, um mit Lisa finanziell abgesichert zu sein.

»Nun gut …«, fährt Orgun fort und inzwischen hasse ich ihn ein bisschen. »Jedenfalls bin ich der Besitzer dieses Barlokals und Sie dürften mitbekommen haben, dass unsere Geschäfte außerordentlich gut laufen.«

Schon wieder schön für dich. Ich will es dieses Mal laut aussprechen, presse aber die Lippen zusammen.

»Alles entwickelt sich hervorragend und deswegen suchen wir neue Standorte, um unser Angebot auszuweiten.«

Orgun schmunzelt. Ich würde ihn am liebsten schubsen, sodass er vom Stuhl fällt, aber er sieht deutlich muskulöser aus als ich. Also entgegne ich nur »Aha« und trinke endlich einen Schluck Bier, bevor meine Kehle vollkommen ausgetrocknet ist. Orgun wartet. »Und da ist mir Ihre Kneipe aufgefallen.«

Ich muss husten. Das Bier habe ich vor Schreck in die falsche Kehle bekommen. Michas Mund steht offen und Schlütti starrt wie versteinert auf sein Bierglas, als hätte Vanessa ihm gerade lachend seinen neuen Kombi auf die Kiesauffahrt geschoben. Ohne meine Kneipe würde Schlütti seinen Lehrerberuf nicht überleben, das kann man an seinem Blick ablesen, als wäre es mit Kreide auf eine riesige Tafel geschrieben.

»Das, äh, ist schön«, sage ich, als ich wieder Luft bekomme. Dann wische ich die Hände an meiner Hose ab und mit einem lauten »Plopp« schlägt Jupps Kopf auf die Theke. Er hat seine Anzahl an ertragbaren Schnäpsen erreicht, und das um 20 Uhr. Er ist halt Rebell.

»Na ja, Herr Feldmann, Sie wissen, worauf das hinausläuft.«

Orgun schaut demonstrativ auf seine goldene Armbanduhr, als hätte er vor, heute noch ein paar andere Immobilien zu kaufen. Ich schweige aus Überzeugung.

»Ich würde Ihnen gerne ein Angebot für Ihre Kneipe machen, um hier ein weiteres *Fit-and-Green* Barlokal zu eröffnen.«

Das reicht. Er hat es tatsächlich ausgesprochen. Diese Dreistigkeit ist zu viel. Meine Finger bohren sich in die Tischplatte. Allein die Vorstellung, dass sich der *Schluckspecht* in einen von diesen gesundheitsfanatischen Idiotenläden verwandeln könnte, bei denen man zu jedem alkoholfreien Fruchtcocktail ein Sushi-Röllchen gratis bekommt, ist vollkommen absurd.

»Ein sehr gutes Angebot sogar.«

Orgun sagt es und greift in die Innentasche seines Jacketts, um einen Stift und ein kleines Büchlein herauszuziehen. Gebannt beobachten Micha, Schlütti und ich seine schreibenden Hände, bis er den Zettel abreißt und ihn mir zuschiebt, als wäre er ein Drogendealer in einem Mafia-Film. Micha schaut über meine Schulter, macht dicke Backen und sagt: »Okay, also, das *ist* ein sehr gutes Angebot!«

Ich sehe Micha wie jemanden an, der im Verhandeln absolut scheiße ist. Dann schaue ich wieder auf den Zettel und betrachte die Ziffern der langen Zahl einzeln und intensiv, bis sie sich schließlich um meinen Kopf drehen.

»Also, ehm, ich, äh«, sage ich und ärgere mich sofort, dass ich so herumstammle.

»Das ist ja wirklich ein schönes Angebot, aber ...«

Ich schaue zu Schlütti, der mich mit aufgerissenen Augen anstarrt, pure Panik im Blick.

»Aber es ist so, dass ... also ... die Kneipe, die ist im Prinzip unverkäuflich.«

»Im Prinzip?«, sagt Orgun, senkt den Kopf und hebt die rechte Augenbraue.

»Nein, nicht im Prinzip«, korrigiere ich, »sondern wirklich. Also, im Prinzip definitiv.«

Ich atme aus und blicke hilfesuchend meine Freunde an, aber keiner von beiden macht Anstalten, mich zu unterstützen.

»Na, aber mal unter uns, Herr Feldmann: Die Zeiten von Kneipen wie diesen sind doch längst vorbei. Die Leute wollen Neues, Modernes, Frisches. Hip und gesund muss es sein. Ihre Kneipe erfüllt diese Kriterien ganz und gar nicht!«

Orgun zwirbelt selbstgefällig an seinem Oberlippenbart herum. Ich knurre. Dann schauen Micha, Schlütti und ich uns in der Kneipe um. Wir blicken auf die angebrochenen Beine der Barhocker, auf die rauchende Jutta hinter der Theke, auf die defekte Dartscheibe neben dem zerfledderten WM-Poster und auf den Riss im Bar-Spiegel.

»Also, Herr Orgun«, sage ich, »das ist ja alles lieb

und nett gemeint, aber es besteht wirklich nicht das geringste Interesse, den Laden zu verkaufen.«

Schlütti atmet erleichtert aus und wischt sich Schweiß von der Stirn. Orgun lächelt noch immer und ich hebe mein Bierglas an die Lippen und trinke und trinke und trinke, damit ich sein Gesicht nur durch den schaumbedeckten Boden des Glases sehen muss.

»Das ist schade«, sagt er.

Ich setze ab und versuche, nicht aufzustoßen.

Dann höre ich dumpfe Schritte.

Es wird dunkler.

Jutta steht neben uns.

Sie hat die Zigarette aufgeraucht, zupft an ihrem Top herum und blickt hinunter auf Orgun. Ihr Schatten breitet sich über seinen gesamten Körper aus wie bei einer Sonnenfinsternis. Ich rieche kalten Qualm.

»So! Wat is los hier?«, sagt sie, wirft ihr Geschirrtuch über die Schulter und stemmt die Hände in die Hüften. Für Sekundenbruchteile wirkt Orgun verängstigt.

»Alles unter Kontrolle«, sage ich.

Trotzdem fixiert Jutta den Mann im Anzug, als habe er gerade all unsere Bauklötze umgestoßen.

»Nun gut, Herr Feldmann, dann möchte ich Sie mal nicht länger belästigen. Aber wenn Sie es sich anders überlegen – und das werden Sie früher oder später ...«, Orgun hat seine Arroganz wiedergefunden und lässt den Blick durch meine Kneipe schweifen, »dann können Sie mich gerne anrufen!«

Er greift wieder in die Innentasche seines Jacketts und wirft eine weiße Visitenkarte auf den Tisch.

»Mustafa Orgun«, steht da, und »Unternehmer«. Das Logo mit dem Schriftzug »Gesund und Happy« thront oben links in der Ecke. Jutta guckt ihn böse an und geht nicht zur Seite, sodass Orgun sich an den vollen Hüften meiner Bardame vorbeiquetschen muss. Nachdem Micha, Schlütti und ich die Karte intensiv betrachtet haben, schauen wir hoch und sehen, dass Jutta zurück zur Theke schlurft und grummelt. Orgun ist nicht mehr da.

Schlütti lässt sein Kinn wieder auf sein Bierglas plumpsen.

»Wenn ich in einem Reihenendhaus am Stadtrand wohne und dann auch noch der *Schluckspecht* weg ist, dann springe ich auf die A3.«

»Boa«, sage ich und greife in meine Haare. »Ich verkaufe doch nicht!«

Ich schaue Micha an.

»Richtig?«, frage ich ihn, als hätte er die vernünftigste Lösung parat. Doch Micha zuckt nur die Schultern.

»Natürlich verkaufst du nicht«, sagt er, »aber die Nachfrage für Orguns Barlokal ist zweifelsohne vorhanden und nun will er expandieren. Rational betrachtet heißt das: Wenn du dich nicht so langsam als ernsthafte Konkurrenz für das *Fit-and-Green* etablierst und ein paar seiner Gäste in den *Schluckspecht* lockst, dann kannst du bald schließen …«

Ich blicke durch die Kneipe und beobachte, wie Jutta ein Pils zapft und es selber trinkt. Jupp liegt noch immer mit dem Kopf auf der Theke und Anton sitzt nur da und schweigt.

»Scheiße«, sage ich.

Die Zapfanlage brummt vor sich hin.

»Sag mal, Schlütti, weinst du?«, fragt Micha.

»Nein!«, sagt Schlütti und wischt sich die Tränen aus seinem Gesicht. »Und wenn, hätte ich jeden Grund!«

Micha schüttelt den Kopf und ich stöhne auf. Schlütti ist Lehrer, er ist bald verbeamtet, kauft sich ein nettes Häuschen an der Stadtgrenze und Vanessa ist ziemlich hübsch, sodass man sich seit Jahren immer wieder fragt, warum sie ausgerechnet mit Schlütti zusammen ist. Sein Leben ist doch wohl nicht zum Heulen. Ganz im Gegensatz zu meinem: Letzten Freitag beim Kegelabend war noch alles paradiesisch und heute wird mir wegen Lisas Ablehnung und Orguns Arroganzauftritt klar, dass ich kein Geld habe, meine Kneipe kaum Kundschaft anzieht und mein Wellensittich mittels Durchfallorgien prophezeit, dass bald alles nur noch schlimmer wird. Wer hat denn hier bitte schön Grund, in Tränen auszubrechen?

»Schlütti, echt«, sage ich, »du bist so ein Jammerlappen!«

Mit einer Handbewegung gebe ich Jutta zu verstehen, dass wir neue Getränke brauchen. Meine Bardame nickt und ist froh, dass sie etwas tun kann. Sie sollte es genießen, für heute wird es wohl eine ihrer letzten Aktionen sein. Denn nun liegt auch Antons Kopf regungslos auf der Theke.

5

Ich hätte nie gedacht, dass es dermaßen kompliziert ist, ein Ganzkörperkostüm in Form eines Bierglases aufzutreiben. Da ich Schlütti als Träger auserwählt hatte, musste es noch dazu ziemlich breit sein, damit er mit seiner von ihm als »Beziehungsbäuchlein« bezeichneten Wampe auch hineinpasst. Also bin ich heute Morgen extra früh aufgestanden und habe den gesamten Vormittag dutzende Läden abgeklappert, bis ich endlich ein passendes Kostüm gefunden hatte und bereit war, für meine Kneipe und mein Leben zu kämpfen. Scheiß auf das, was Orgun sagt. Wenn es eine Stadt gibt, in der eine heruntergekommene Kneipe überleben kann, dann ist es Bottrop.

Als ich Schlütti in seiner großen Pause anrief und ihm von meinem Plan berichtete, hielt sich seine Freude in Grenzen. Aber er deutete an, dass aktuell alles besser sei, als Vanessa bei ihren Vorbereitungen für den Umzug an den Stadtrand zu helfen. Also hat er sich gleich nach Schulschluss zur Innenstadt aufgemacht und steht nun mit mir in der frischen Bottroper Nachmittagsluft, die durch die kilometerdicken Giftwolken neben der Müllverbrennungsanlage die unverkennbare Wirkung erzielt, dass die Augen schlagartig zu tränen beginnen, sobald man in den Himmel schaut. Heute haben wir noch Glück, denn der Wind kommt aus Südwesten und im Südwesten liegt irgendwo Düsseldorf. Von dort weht häufig mal etwas Sauerstoff ins Ruhrgebiet herüber.

»Du darfst dich nicht bücken, das Kostüm war teuer«, sage ich zu Schlütti, nippe an meiner Cola und drehe mich in die Richtung, in der ich den Südwesten vermute. Schlütti dreht sich mit, ohne genau zu wissen, warum. Das Einzige, das man von ihm sehen kann, ist sein Gesicht, das umrundet ist von einer aufgepumpten Schaumkrone. Es ist knallrot vor Anstrengung oder Wut.

»Leck mich«, sagt er und zupft an dem Teil des überdimensionalen Bierglases herum, in dem sein Hintern steckt.

»Warum muss *ich* diesen Mist eigentlich machen?«

»Schlütti, du bist Lehrer«, sage ich, »du kannst einfach unheimlich gut mit Menschen umgehen. Verstärkend kommt hinzu, dass du sehr früh Schule aushast und die anderen noch arbeiten müssen.«

»Und was ist mit dir?«, fragt Schlütti und versucht verzweifelt, sich an der Nase zu kratzen. Allerdings hat das Bierglaskostüm einen zu großen Radius, sodass er mit seinen Ärmchen nicht weit genug kommt.

»Ich kontrolliere das alles hier«, sage ich. »Außerdem muss einer ja die Flyer verteilen und das sollte derjenige machen, der das Gesicht der Kneipe ist, und das bin nun mal ich.«

Gegen meine messerscharfen Argumente hat Schlütti nichts mehr einzuwenden. Ich gehe einen

Schritt auf ihn zu und kratze ihn an der Nase. Als Dankeschön für alles.

Wenn man ertragreich werben möchte, muss man zielgerichtet und systematisch vorgehen. Hat mir Micha gestern noch einmal ausführlich erläutert und der weiß so etwas. Er ist schließlich Banker und Familienvater und das alles. Also bearbeiten Schlütti und ich zunächst den Stadtkern und laufen über den Bottroper Marktplatz, der ungefähr so groß ist wie ein Tennisplatz und auf dem sich um diese Uhrzeit auch ähnlich viele Leute wie auf einem solchen herumtreiben. Nämlich genau vier. Ich drücke jedem einen Flyer in die Hand, während Schlütti unseren zuvor ausgemachten Zweizeiler vorträgt: »Bist du durstig wie ein Stier, dann ab zum *Schluckspecht*, trink ein Bier.« Weit entfernt von Shakespeare oder Goethe, aber immerhin direkt und ehrlich. Ruhrgebiet eben. Und bis auf die alte Dame, die mit ihrem Gehstock nach uns schlägt, lachen auch alle. Ich werte dies als ersten großen Erfolg im Kampf ums finanzielle Überleben und gegen Orgun, bei dem es um Männerkram wie Ehre und Respekt und all so was geht.

Nach dem Marktplatz nehmen wir uns die Einkaufsstraße vor, doch die anfänglich gute Laune verwandelt sich in Trostlosigkeit, da auch hier kaum etwas los ist. Die gesamte Stadtmitte, in der sich in meiner Kindheit noch aufstrebende Geschäfte und riesige Kaufhäuser aneinanderreihten, erscheint heute wie einer dieser einsamen Bahnhöfe in einem Western, an denen ein einzelner Strohballen vorbeirollt. Viele Läden sind pleitegegangen, alle anderen haben es sich aus Angst vor ebendiesem Schicksal in aussichtsreicheren Städten bequem gemacht. Dementsprechend gefragt ist die Bottroper Innenstadt an einem nasskalten Mittwochnachmittag mitten im April. Außerdem ist es 15 Uhr, was bedeutet, dass die Rentner schon wieder zu Hause sind und einen Mittagsschlaf machen, während die berufstätige Bevölkerung noch keinen Feierabend hat. Lehrer und Gastronomen mal ausgenommen. Natürlich gibt es in Bottrop auch eine erhebliche Anzahl an Hartz-IV-Empfängern, aber unser Besuch beim Arbeitsamt ist für 17 Uhr geplant, da stehen erfahrungsgemäß die meisten Menschen vor dem grauen Gebäude mit dem großen roten »A«. Früher waren alle immer schon um 8 Uhr da, aber inzwischen ist man als Arbeitssuchender in Bottrop gemütlicher geworden, und ob man sein Geld nun um 8 Uhr oder um 17 Uhr abholt, ist eigentlich egal. Wenn das mit meiner Kneipe schiefgeht, werde ich auch nicht wesentlich früher dort auftauchen.

Schlütti hustet und ich gähne, während wir an zahlreichen Ein-Euro-Läden, Secondhand-Boutiquen und geschlossenen Sportgeschäften vorbeigehen, deren Eingänge mit Holzbalken verbarrikadiert sind. Immer wenn ich uns im Schaufenster sehe, Schlütti im Bierglaskostüm und mich mit einem dicken Packen Flyer, denke ich mir, dass ich selten zwei so bemitleidenswerte Gestalten durch die Straßen habe schlurfen sehen.

»Das ist exorbitant warm hier drin ...«, sagt Schlütti nach einer Weile und stöhnt ein bisschen. Ich schaue hoch zum Himmel, suche die prall gefüllte Wolkendecke vergeblich nach einem Spalt ab, durch den Sonnenlicht brechen könnte, und sage, dass es kühl sei und dass er nicht so einen Aufstand machen solle. Als meine Augen anfangen zu tränen, drehe ich mich wieder nach Südwesten.

»Ja, du hast gut reden! Du steckst ja auch nicht in so einem Kostüm!«

Schlüttis vom Bierschaum eingerahmtes Gesicht ist farblich noch eine Stufe ins Stoppschild-Rot hochgeklettert. Er hechelt und schnauft und ich will mich gerade für alles entschuldigen und ihm für seine Mühe danken, da sehe ich das grün-weiße Neonschild, auf dem eine lachende Gurke ein Stück Sellerie umarmt und mir frech den Daumen zeigt. Unter den beiden Gemüsegestalten lese ich »Gesund und Happy«, über ihnen thront in fetten Druckbuchstaben: »FIT-AND-GREEN BARLOKAL«. Ich beiße die Zähne zusammen, halte die Luft an und meine Finger krümmen sich wie bei einem Werwolf kurz vor der Verwandlung. Irgendwohin muss ich meinen Druck ablassen und dann zische ich in Schlüttis Richtung: »Meine Güte! Jetzt stöhn hier doch nicht so rum! Wenn du mal öfter Sport treiben würdest, müsstest du auch nicht so jammern!«

Schlütti stammelt etwas, das wie Entrüstung klingt. Ich bleibe vor dem Neonschild stehen und schaue hoch.

»Du treibst doch selber keinen Sport!«, antwortet mein bester Freund, nachdem er sich gefasst hat, und ich sage, dass es jetzt nicht um mich geht.

»Schlütti, es geht um *uns*! Um Micha, Knolle, Lars, dich und mich. Unseren Verein, unsere Freundschaft, unseren *Schluckspecht*. Jetzt schau mal durch das

Fenster von Orguns Laden und sag mir, was du siehst.«

Da Schlütti seinen Kopf nicht drehen kann, wendet er wie ein Pinguin seinen gesamten Bierglaskörper Richtung Barlokal, was einigermaßen erbärmlich aussieht. Einige Sekunden höre ich nichts bis auf die entfernten Autogeräusche, die von der A3 zu uns herüberschallen.

»Menschen ...«, sagt Schlütti dann.

»So!«, sage ich und verschränke die Arme.

Orguns Gesundheitshölle ist in der Tat sehr gut besucht. Mit dem Bau der Hochschule vor ein paar Jahren wurden auch endlich wieder potenzielle Kunden nach Bottrop gespült. Junge Studenten. Die trinken ja gerne mal was. Aber die Welt hat sich verändert, niemand verirrt sich mehr in eine kleine Eckkneipe. Stattdessen sitzt man im *Fit-and-Green* Barlokal, schlürft gesunde Cocktails und isst Sushi-Röllchen. Orguns Laden ist wie ein verfluchter Magnet, der bis auf wenige trostlose Ausnahmen meinen gesamten Kundenkreis an sich zieht.

»*Viele* Menschen ...«, fügt die trostlose Ausnahme Schlütti hinzu und ich nicke.

»Und so muss es bei mir auch bald aussehen!«, antworte ich. »Menschen, Schlütti! Zahlende Menschen! Sonst kann ich die Kneipe bald schließen und wir stehen alle auf der Straße!«

Schlütti hustet sich die Vorstellung dieser Dystopie aus dem Leib, während mir einzelne Tropfen in die Haare ploppen. Ich ziehe den Kragen meiner Jacke hoch. Im Regen finde ich Orguns Laden noch mal doppelt doof.

»Sieh mal, die lachen sogar und sind glücklich«, sagt er. »Verstehe ich nicht, da gibt's doch nur gesunde Sachen!«

»Schlütti, die sind alle verblendet!«, antworte ich »Siehst du die beiden dahinten?«

Ich zeige auf zwei Typen, die dicke Ray-Ban-Brillen und Vollbärte tragen.

»Die beiden denken, sie wären Hipster und gesund sei modern und cool, dabei bekommen die gar nicht mehr mit, dass die Gurken in ihren Getränken haben!«

Schlütti nickt, der Regen wird stärker.

»Hallo? Gurken in Getränken? Was steckt denn da für ein Geschäftskonzept hinter? Das ist nicht gesund, das ist nicht hip, das ist absolut bescheuert!«

»Absolut bescheuert«, spricht Schlütti mir nach und drückt sein Gesicht an die Scheibe. Das Kostüm quietscht.

»Nur Idioten da drin«, sage ich und Schlütti reißt die Augen auf und zeigt mit verzerrtem Gesicht auf einen Tisch im hinteren Bereich. Ich verfolge die Richtung, in die sein Finger deutet, und sehe ein lachendes Frauengesicht.

»Nicole ...«, flüstere ich fassungslos und Schlütti sagt: »In der Tat.«

Augenblicklich verschwimmen vor meinen Augen die Smoothies, Tische und Gäste und es baut sich eine Welt auf, in der ich morgens um 12 Uhr aufstehe, den Tag genieße, abends den *Schluckspecht* abschließe und zu meinem kleinen Häuschen spaziere, um mich vor dem Einschlafen noch mit Lisa zu unterhalten, die mir erzählt, wie toll ihr neuer Zeitungsjob sei, wie viel Geld sie nun verdiene und wie gut es uns gehe. Sie fragt, ob ich einen Pudding haben wolle und ich nicke und wir löffeln und lachen und im Hintergrund läuft Musik und dann springt Nicole durch das Fenster. Sie ist mit riesigen Gurken und angeschnitztem Sellerie bewaffnet, grölt und zeigt mit dem Finger auf mich, bevor sie mit ihren Gemüsewaffen alles kurz und klein schlägt und mich mit den Selleriepfeilen beschießt, bis ich panisch aus dem Haus flüchte und hier stehe, mit Schlütti, der ein Bierglaskostüm trägt.

»Nicole …«, wiederhole ich und kneife die Augen zusammen. Ich schiebe Schlütti zur Seite, atme tief ein und aus und stampfe auf die Ladentür zu.

»Ey!«, ruft Schlütti, aber ich sehe nur noch Nicole, die meinen Fünfjahresplan zerstört hat. Wie sie lacht und an ihrem grünen Smoothie nippt. Wie diese Kuh ausgerechnet in dem Laden sitzt, dessen Besitzer vorhat, auch noch die letzten Reste meiner Zukunftsvision in Grund und Boden zu treten.

»Diese dumme, hässliche, beschissene …«

Mein Nuscheln wird unverständlicher, sogar für mich selbst.

»Mach keinen Mist!«, hallen Schlüttis Worte noch zu mir herüber, bevor ich die Tür aufreiße, losrenne und vor mir alles in rotem Wutgezerre zerfließt.

6

Um 20 Uhr sitze ich mit Schlütti wieder im *Schluckspecht.* Anton und Jupp hocken an der Theke und schauen mit halboffenen Augen zu, wie Jutta ihnen einen Schnaps einschenkt. Ich senke meinen Blick und betrachte den Senffleck auf dem Holztisch, den Schlütti beim Essen seiner Frikadelle produziert hat. Er sieht ein bisschen so aus wie Mecklenburg-Vorpommern. Viel deprimierender kann der Tag eigentlich nicht ausklingen.

»Tut noch sehr weh?«

Schlütti sieht mich mit seinen Rehaugen an und ich drücke mir den Kühlakku fester an die Stirn. Dass mein Angriff auf Nicole zu Ende war, bevor er überhaupt angefangen hat, ist allein Orguns Schuld. Wie kann man denn bitte unmittelbar hinter den Eingang eine Treppenstufe einbauen? Toller Unternehmer, dieser Orgun. Spielt mit dem Leben seiner Gäste und lässt sie nichtsahnend in ihr Unglück stürzen. Keine Warnungen, keine Hinweisschilder, kein Garnichts. Da war es doch nur eine Frage der Zeit, bis jemand die Treppenstufe übersieht, kopfüber und mit Karacho in einen Tisch von Geschäftsmännern stürzt, um unter lautem Getöse und Gekrache eingehüllt in eine

Tischdecke und verschüttet unter Salaten von allen Gästen angestarrt zu werden, bis ein wandelndes Bierglas namens Schlütti erscheint, einem wieder auf die Beine hilft und aus dem Saftladen zieht.

»Das ist exorbitant schlecht gelaufen«, bilanziert Schlütti und ich brumme. »Dass Nicole dich auch noch erkannt und gelacht hat, das war am schlimmsten, finde ich.«

»Ja, Schlütti«, sage ich und presse den Kühlakku so fest an die Stirn, dass es schmerzt, als könnte ich dadurch die Erinnerung an meine Demütigung durch die Schädeldecke nach außen drücken.

»Zumal ja auch ganz fett an der Tür stand: *Vorsicht Stufe!*«

Das muss ich in meiner Wut wohl übersehen haben. Ich räuspere mich und lenke geschickt vom Thema ab, indem ich sage, dass Schlütti jetzt echt mal die Klappe halten solle. Dann schlage ich vor, lieber über die Rettung des *Schluckspecht* zu sprechen, doch mir fällt auf, dass dieses Thema meine Stimmung auch nicht wesentlich aufhellen wird.

»Ich glaube, unsere Werbung hat nichts gebracht«, sagt Schlütti passend, kratzt sich am Hinterkopf und seufzt.

»Danke, Hauptmann Offensichtlich!«

Ich sage es und pople mir Salatreste aus den Haaren. Viele Flyer haben wir nicht verteilen können. Die meisten gingen unmittelbar nach meinem Sturz weg. Wo wir schon mal die Aufmerksamkeit auf unserer Seite hatten, drückte Schlütti den Schaulustigen im Barlokal und auf der Straße unsere Werbezettel in die Hände. Das war allerdings alles andere als systematisch. Michas Plan war gescheitert, ich hatte längst alle Hoffnung aufgegeben und wollte nur noch weg.

»Du hättest einfach offener sein müssen!«, sage ich und Schlütti dreht den Kopf zu mir.

»Ich, oder wer?«, fragt er. »Ich war doch total offen! Also so offen, wie man als Bierglas eben sein kann!«

»Aber gereicht hat es ja offenkundig nicht!«

Ich breite die Arme aus und zeige in die leere Kneipe.

»Tim, ich habe da draußen meinen Job riskiert! Überleg doch mal, wenn mich jemand gesehen hätte!«

Schlütti hat schon wieder eine zittrige Stimme.

»Tu nicht so, als wäre dein Job irgendwie wichtig«, sage ich und Schlütti antwortet, er würde Menschen formen, was ich ja für vollkommen übertrieben halte.

»Lehrer bist du«, sage ich und Jutta ruft von hinten, dass wir jetzt mit den Streitereien aufhören sollen. Wir nicken und Jutta zapft sich ein Pils.

»Kann doch nicht wahr sein«, sage ich, »warum kommt denn keiner?«

Schlütti schluckt und senkt den Kopf, als hätte Boris Becker gerade gefragt, warum ihn niemand mehr ernst nehme. Viel schlimmer kann es wirklich nicht werden. Dass Thorsten heute Morgen noch immer Durchfall hatte und ich im Moment ernsthaft in Erwägung ziehe, Bernadette umzusiedeln, weil sie mit ihren Nerven absolut am Ende ist, konnte ich ja noch ertragen. Aber dass ich mich ausgerechnet in Orguns Laden vor Nicole maximal blamiert habe und der gesamte Tag mit meinem intensiv ausgefeilten Werbeplan nicht das geringste Fitzelchen einer Erfolgshoffnung mit sich gebracht hat, ist einfach nur zum Heulen. Ich will gerade auf den Tisch hauen und sagen, dass wir einen neuen Plan brauchen, da quietschen wieder die Scharniere am Eingang.

»Aha!«, flüstere ich kaum hörbar, »ein Gast!«

Meine Euphorie verwandelt sich allerdings schlagartig in Enttäuschung, als ich in das Gesicht einer Frau mit streng zurückgekämmten Haaren und einer viel zu großen roten Brille blicke, die mich mit ihrem empörten Gesichtsausdruck stark an Bernadette erinnert. An ihrer Hand hat sie ein kleines Mädchen, das in unsere Richtung nickt. Die Frau hält einen meiner Flyer hoch, zeigt mit dem Finger auf Schlütti und schreit irgendetwas. Ich puzzle ihre Rede in meinem Kopf zusammen und nehme auf, dass sie damit droht, die Polizei zu rufen, sollten wir es noch ein einziges Mal wagen, ihre kleine Tochter mit billigen Werbezetteln in eine verrottete Kneipe zu locken. Es folgen ein kurzer Exkurs in Sachen Verführung von Minderjährigen, Vorwürfe im Hinblick auf Vorbildfunktion und zu guter Letzt eine allgemeine Gesellschaftskritik und wie es überhaupt so weit kommen konnte, dass erwachsene Männer kleine Mädchen am helllichten Tag auf offener Straße belästigen.

»Was für eine Furie«, entfährt es Schlütti ungünstigerweise viel zu laut und die Frau, die sich gerade umdrehen wollte, formt ihre Augen zu Schlitzen. Sie sagt, sie werde nun vorsichtshalber doch zur Polizei gehen, wo sie uns beide hier so sehe, Alkohol trinkend, unter der Woche, ohne weibliche Begleitung. Die Tür fällt ins Schloss, für Sekunden ist alles still. Jutta trocknet ein Glas mit ihrem verdreckten Handtuch ab, Anton nippt am Schnaps. Mein Blick bleibt an Schlütti hängen.

»Hast du dem kleinen Mädchen einen Flyer von meiner Kneipe gegeben?«, frage ich so beherrscht, wie ich kann, und sehe, dass sich die Gesichtsfarbe meines Kumpels irgendwo zwischen Schulkreide und Erbrochenem eingependelt hat.

»Du bist Lehrer, Alter«, sage ich und auch Jutta schaut streng in unsere Richtung.

»Ich wollte doch nur Werbung machen …«

Schlütti wirkt paralysiert, weitere Diskussionen wären nicht ertragreich.

»Hat geklappt …«, sage ich und bin begeistert von der Vorstellung, dass es sich bei den Einzigen, die ich heute durch die Werbemaßnahmen auf meine Kneipe aufmerksam machen konnte, um eine Feministin mit einer Petzliese als Tochter und um die Bottroper Polizei handelt, wobei beide Parteien jetzt davon ausgehen, dass sich der *Schluckspecht* nun offiziell auf die Fahne geschrieben hat, kleine Mädchen in den Alkoholismus zu treiben. Mein Leben driftet langsam, aber sicher aus der gewohnten Bahn. Und das alles nur, weil Nicole sich wie eine dumme Kuh verhalten musste und weil Orgun nicht deutlich genug auf diese verdammte Treppenstufe hinter seiner Eingangstür hingewiesen hat.

Und natürlich, weil Schlütti ein Idiot ist.

7

»Mein lieber Hase, du wirst es mir nicht glauben, aber unser Leben wird bald ganz neu anfangen! Ich habe die beste Nachricht des Jahrtausends für uns! Hol mich bitte um 18 Uhr vom Yoga ab und dann feiern wir! Ich liebe dich! 1000 Küsse!!!«

Ich starre auf die Whats-App-Nachricht meiner Freundin und ärgere mich im ersten Moment instinktiv darüber, dass ich sie vom Yoga abholen muss. Erstens habe ich keine Ahnung, wo das ist, obwohl ich es wissen sollte, was bedeutet, dass ich Lisa fragen muss, die mir dann wieder vorwerfen kann, ich würde ihr nie zuhören. Zweitens wollte ich um 18 Uhr schon längst wieder in der Kneipe sein und neue Pläne schmieden, um den *Schluckspecht* zu retten. Lisa abzuholen, passt demnach ganz und gar nicht in meinen Tagesplan.

Ich setze mich auf die Couch und lese die Nachricht erneut, von vorne bis hinten. Wenn man die Yoga-Sache außer Acht lässt, klingt das alles eigentlich ganz gut, auch wenn mir der Informationsgehalt deutlich zu gering ist und ich dem Braten deswegen noch nicht traue. Günstige Nachrichten waren in den letzten Tagen eher spärlich gesät und Thorstens

Magenprobleme sind noch nicht überstanden. Wieso sollte sich dann plötzlich alles zum Guten wenden? Irgendetwas kann da nicht stimmen, denke ich mir und überprüfe Lisas Text ein weiteres Mal, gezielt und gründlich, Wort für Wort.

Die Anrede scheint zunächst nicht sonderlich außergewöhnlich zu sein. »Hase« nennt sie mich, wenn ich etwas Zufriedenstellendes getan habe, wie den Müll rauszubringen oder die Spülmaschine auszuräumen. »*Lieber* Hase« dagegen ist neu, zeigt ihren Enthusiasmus, der vor allem durch die dutzenden Ausrufezeichen im weiteren Text unterstützt wird. So weit, so gut. Das große Problem kommt allerdings unmittelbar danach. »Unser Leben wird bald ganz neu anfangen«, steht da, und ich kratze mich an der Stirn. Wenn das Leben »neu anfängt«, bedeutet das im Umkehrschluss, dass das alte aufhört. Eine Vorstellung, die mich verunsichert. Natürlich haben wir aktuell mittelschwere Probleme, aber die Formulierung »neu anfangen« erscheint mir so drastisch und schwerwiegend, so fundamental. Eigentlich soll mein Leben genau so bleiben, wie es ist, mit dem kleinen Zusatz, dass Lisa diesen Job bei der Zeitung bekommt. Ich will nichts »neu anfangen«, ich will »wie gewohnt weitermachen«, mit leichten Modifikationen. Dass der nächste Satz von ihr lautet, sie habe »die beste Nachricht des Jahrtausends für uns«, beruhigt mich jedoch wieder. »Beste« ist schließlich der Superlativ von »gut« und »gut« ist überaus positiv, was in Kombination mit dem »Jahrtausend« insofern gesteigert wird, als ein Jahrtausend sehr lang ist. Da kann viel passieren und dann könnte die »beste Nachricht« innerhalb einer so langen Zeitspanne für uns tatsächlich in einem der oberen Bereiche von »gut« liegen. Doch genau bei diesem »uns« stutze ich wieder. Denn das, was Lisa manchmal als das Beste für *uns* ansieht, finde *ich* absolut blöd, sodass ich mich fragen muss, ob das Beste für sie und das Beste für uns auch zwangsläufig das Beste für mich sein muss. Lisa findet beispielsweise, dass *Notting Hill* für uns der beste Film an einem Samstagabend ist, was natürlich kompletter Unsinn ist, wo es doch Bruce Willis gibt. Da muss man also vorsichtig sein. Die anschließende Bitte, sie um 18 Uhr vom Yoga abzuholen, stört noch immer, wobei das damit verbundene »feiern« diese Wirkung abschwächt. Dass sie mich liebt, ist schön, 1000 Küsse sind viel und im Großen und Ganzen könnte ich mit der Aussicht auf eine tolle Neuigkeit höchst zufrieden sein. Aber irgendetwas legt sich auf diese Nachricht, das wie ein Schatten alles Aussichtsreiche verdeckt und in meiner Brust eine Unruhe entstehen lässt, die sich immer weiter in meinem Körper ausbreitet. Ich schaue durch den Raum, zu dem Käfig der Wellensittiche, aus dem Fenster. Nirgendwo erkenne ich Anzeichen für einen Glückswandel. Bernadettes angriffslustiger Blick ist auf Thorsten gerichtet, der sich vor Nervosität mit seinen Krallen in der kleinen Leiter verheddert hat. Und draußen verdichten sich die Wolken immer mehr und mehr und der graue Himmel verschmilzt mit den grauen Häuserfassaden zu einer grauen Einheit, sodass lediglich die verdreckten Dachziegel vermuten lassen, wo das eine Grau anfängt und das andere aufhört. Mit gerunzelter Stirn beuge ich mich zur Fernbedienung und schalte auf

RTL2, um möglichst nicht zum Nachdenken angeregt zu werden. Die beste Nachricht des Jahrtausends, schwirrt es in meinem Kopf herum, und ich überlege, ob es heute nicht sinnvoll wäre, das kaputte Lämpchen am Badezimmerspiegel auszutauschen. Das würde mich immerhin ablenken. Doch kurz bevor ich aufstehen will, klingelt das Telefon. Ich greife nach dem Hörer, verschiebe den geplanten Austausch des Lämpchens kurzerhand auf irgendwann später und drücke auf das grüne Symbol. Dann höre ich Juttas Schnaufen.

»Problem«, sagt sie zur Begrüßung und ich bekomme schlagartig Herzrasen.

»Das ist schlecht …«, antworte ich mit zittriger Stimme und es raschelt in der Leitung. Da nichts weiter passiert, frage ich: »Was heißt denn ›Problem‹, Jutta? Präzisier das mal.«

Ich kralle mich in meine Couch und gucke böse zu Thorsten, der noch immer einbeinig mit der Leiter kämpft.

»Also«, beginnt meine Bardame und seufzt. Schlechtes Zeichen.

»Ett is so: Ich bin jetz grade angekommen hier und hab die neuen Bierfässers angenommen. Und, na ja …«

Jutta macht eine Pause.

»Und, na ja, was?«

»Und, na ja, da is nur Wasser drinne …«

»Wie, da ist nur Wasser drin?«

»Ja, in die Bierfässers, da is nur Wasser drinne!«

»Und wieso ist da nur Wasser drin?«

»Ja, wat weiß ich denn!«

Jutta schmatzt.

»Aber ett schmeckt irgendwie nach Gurke.«

Mein Gesicht friert ein, meine Pupillen vergrößern sich und der Hörer rutscht mir beinahe aus der Hand.

»Außerdem lag auf ein von die Fässers 'ne Karte. Da steht drauf: Fit, ehm …«

»Fit and Green?«, frage ich und schließe die Augen.

»Ja, genau«, sagt Jutta. »Und ›Mustafa Orgun‹, dat steht da auch drauf.«

Ich schüttle den Kopf und lache verächtlich.

»Unternehmer …«, zitiert Jutta die Visitenkarte.

»Ich bin auch Unternehmer!«, sage ich und schlage mit der flachen Hand auf meinen Wohnzimmertisch. Vor Schreck kippt Thorsten vornüber und fällt von der Leiter. Immerhin ist er nun frei.

»Ja, nee, is klar, Jungchen«, sagt Jutta. »Jedenfalls … seh ich dat richtich, dat dieser Mustafa Orgun, dat der dieset Würstchen von letztens is? Der Hampelmann mit den Anzug an?«

Ich schweige. Jutta versteht.

»Okay, also, allet kein Problem«, sagt sie, »jetzt pass mich ma auf. Wir haben nun zwar kein Bier mehr und Anton und Jupp quengeln jetz schon, aber ich krieg dat hin …«

»Ja, wie denn?«, heule ich auf.

Juttas Stimme ist beruhigend.

»Gleich mit Schnaps anfangen«, sagt sie.

Ich balle die Fäuste. Orgun, dieses Arschloch. Zettelt der tatsächlich einen Krieg an und will mich mit miesen Tricks aus meiner eigenen Kneipe mobben. Aber da hat er sich mit dem Falschen angelegt, das wird ihm nicht gelingen, diesem Anzugfuzzi, diesem Schnöselpenner, diesem …

»Jungchen«, unterbricht Jutta meinen Gedankengang, »jetz mach dich ma keine Sorgen. Ich gib heute einfach allen Schnaps. Und morgen ruf ich bei den Achim an und sach den, der soll neue Fässers bringen …«

Ich hauche ein schwaches »Okay« und Jutta legt mit den Worten »Mach gut« auf. Ich halte den Hörer noch eine Zeit lang in der Hand und starre aus dem Fenster. Orgun meint es also ernst. Da könnten große Probleme auf mich zukommen.

8

»Da geh ich nicht rein!«

Ich zeige auf die lachende Gurke, die das verblödete Stück Sellerie umarmt, und ärgere mich, dass Orgun einfach so damit durchkommt, Gästen zu suggerieren, Gemüse hätte ein Gesicht und wäre immer glücklich. Schließlich kommen auch Kinder hierhin, deren gesamtes Weltbild man dadurch verfälscht. Da muss man als Unternehmer doch auch mal dran denken.

»Wie bitte?«, fragt Lisa und sieht mich irritiert an. »Wieso?«

»Weil ich da nun mal nicht reinwill!«

Ich sage es und stampfe mit dem linken Fuß auf, während Lisa ein Gesicht macht, das mir wortlos sagt: »Hör auf mit dem Blödsinn und komm!« Es ist hoffnungslos. Meine Freundin zerrt mich über die Türschwelle, ich tipple widerwillig mit und werfe dem »Healthy-durch-Smoothies«-Schriftzug einen Blick der Verachtung zu. Dann stolpere ich über die Treppenstufe direkt hinter dem Eingang und kann mich nur auf den Beinen halten, weil Lisa schnell reagiert und mich festhält. »Rumms!« Mein Ausfallschritt erschüttert den Boden und der gesamte Laden starrt mich an. Am liebsten würde ich jedem Einzelnen feierlich meine beiden Mittelfinger entgegenrecken, aber Lisa würde das bestimmt nicht gutheißen.

»Draußen stand doch *Vorsicht Stufe!*«, flüstert meine Freundin und lacht. »Und jetzt komm! Ich kann kaum erwarten, dir alles zu erzählen!«

Fünf Minuten später sitze ich auf einem grünen Metallstühlchen und betrachte die Baum-Attrappen, die sich links und rechts neben mir aus dem Holzboden bohren. In meinem Getränk schwimmt ein Stückchen Gurke.

»Lecker, oder?«, fragt Lisa und grinst. Mit einem Kopfnicken animiert sie mich, an meinem Strohhalm zu ziehen, und ich beuge mich vor, um den *Fruchtigen Fridolin* in mich hineinzusaugen. Er ist ein Gemisch aus Tonic-Water, Avocado, Spinat und diesem schwimmenden Stück Gurke. Es schmeckt beschissen.

»Ja, echt lecker«, sage ich und blicke Lisa erwartungsvoll an. Sie genießt es regelrecht, mich auf die Folter zu spannen.

»Manchmal muss man eben etwas Neues ausprobieren!«, sagt sie mit einem verschwörerischen Grinsen und ich ignoriere ihre nichtssagende Aussage, für die sie beim *Doppelpass* zwei Euro ins Phrasenschwein hätte werfen müssen.

»Und was sind das jetzt für tolle Nachrichten, von denen du gesprochen hast?«

Lisa saugt an ihrem *Gesunden Gustav*, in dem irgendetwas Gesundes drin ist, inklusive Karottenstück. Allein die Namen der Drinks machen mich wütend, weil sie kein bisschen lustig sind. Die *Fette Frieda*, das wäre ein witziger Name für ein Getränk.

Oder der *Obdachlose Orgun*. Die Vorstellung zaubert mir ein Lächeln aufs Gesicht. Auch Lisa grinst.

»Also«, sagt sie und Grübchen entstehen in ihren Wangen.

Sie legt ihre Hände auf die Holzplatte, lehnt sich vor und ihre Augen quellen vor Freude fast aus den Höhlen.

»Ich«, beginnt sie endlich, »habe – einen – neuen …?«

Lisa blickt mich erwartungsvoll an. Ich mag es nicht, wenn ich ihre Sätze vervollständigen soll. Vor allem, wenn ich keinen blassen Schimmer habe, wie sie weitergehen. Sie hat einen neuen *Was*? Ich hoffe nicht, dass der Satz endet mit »Ausschlag an einer blöden Stelle«.

Sekunden verstreichen und meine innere Stimme kreischt: *Jetzt sag's doch endlich!*

Lisa zieht ein weiteres Mal an ihrem Strohhalm, schluckt und grinst. Dann haucht sie: »… Job!«

Irgendjemand im Barlokal lässt seine Gabel auf den Boden fallen und in meinem Kopf knallen die Synapsen.

»Nein …«, antworte ich und Lisa sagt: »Doch! Ich habe ein Jobangebot! Ist das nicht super?«

Ich sacke zusammen. »Super« ist gar kein Ausdruck. Fantastisch. Phänomenal. Das dürfte es treffen. Ich suche weiter nach passendem Vokabular und merke, wie all der Stress der letzten Tage von mir abbröckelt und wie ich endlich wieder frei durchatmen kann. Was war das für ein Druck in der vergangenen Woche! Ich sehe Bilder vor mir von Thorsten mit Durchfall, von Schlütti im Bierglaskostüm, von Lisa als Bandmitglied von Kiss und von Orgun, der arrogant durch meine Kneipe winkt, als hätte er sie schon gepachtet. Die Furcht vor der Zukunft, die Sorge vor dem finanziellen Ruin, die Not, sich unbedingt etwas einfallen lassen zu müssen. Doch jetzt? Jetzt wird alles gut! Das Leben kann weitergehen. Die Welt um mich herum erstrahlt in neuem Glanz. Ich lächle, atme tief durch und ziehe am *Fruchtigen Fridolin.* Und mal ehrlich: So scheiße schmeckt er gar nicht. Er schmeckt sogar ziemlich gut. Erfrischend. Und Lisa hat recht, warum nicht mal etwas Neues ausprobieren? Man sollte einfach viel gesünder leben, generell mehr Sport treiben und ab und zu bei Orgun vorbeischauen, einen leckeren Smoothie in seinem Barlokal schlürfen. Bereits nach ein paar Schlucken fühle ich mich vitaler, aktiver, zufriedener. Orgun hatte einfach eine tolle Idee und als Unternehmerkumpel sollte man ihm auch den nötigen Respekt zollen und anerkennen, was hier geleistet wurde. Hut ab, Orgun!

»In München!«

Wenn meine Freunde sich auch auf so etwas einlassen würden, dann wäre ihnen schon sehr geholfen. Schlütti trinkt im *Schluckspecht* fast jeden Tag Bier, Knolle arbeitet in Piotres Werkstatt als KFZ-Mechaniker, da ist Bier das Pausenbrot. Ich sollte sie mal hierhin einladen, ihnen beweisen, dass alkoholfreie Smoothies wirklich lecker sind und dazu beitragen, dass man sich fitter fühlt. Einfach frischer. Allein die Baum-Attrappen um mich herum geben mir das Gefühl, als hätte ich ein schattiges Plätzchen auf einer Wiese gefunden und wäre eins mit der Natur. Die Farben, die Holztische, das Ambiente, die

Gurke. Ich finde das Ganze hier sen – sa – tio – nell.

»In München bei einer der bekanntesten Tageszeitungen!«

Lisa lächelt immer breiter und auch ich lächle, ziehe am Strohhalm und überlege, ob ich mir nicht ein Röllchen Sushi bestellen sollte. Mal etwas Neues ausprobieren. Ich greife nach der Speisekarte und dann sehe ich ohne Vorwarnung einen riesigen Laster mit Fernlicht auf mich zurasen, der keine Anstalten macht zu bremsen. Der einfach draufhält, als wäre ich ein Reh in Schockstarre. Verdunkelte Scheiben. Münchner Kennzeichen. Der Laster fährt durch mich durch, meine Gesichtszüge verkrampfen sich, ich will blinzeln, aber es funktioniert nicht.

»In wo?«, frage ich, höre meine Worte aber nur gedämpft.

»In München!«, antwortet Lisa und das Lächeln hat sich in mein Gesicht eingebrannt.

»Wo?«, frage ich wieder.

Vielleicht habe ich mich ja nur verhört. Vielleicht gibt es in Bottrop einen Stadtteil, der Flünchen oder Strünchen heißt. Lisa nuschelt manchmal, das könnte berufstechnisch irgendwann zu einem Problem werden, zum Beispiel, wenn sie Interviews führen muss. Ich krame in meinen Hirnarealen herum und komme zu dem Schluss, dass das mit dem Stadtteil tatsächlich möglich ist. Es klingt gut. »Wo kommst du her?« – »Aus Bottrop-Flünchen.« Es könnte stimmen, die Hoffnung besteht. Vielleicht liegt es irgendwo am Stadtrand, ganz weit außerhalb. Da, wo Schlütti hinmuss.

»München, Tim! In Bayern! Ist das nicht der absolute Wahnsinn?«

Lisa trommelt vor Freude auf dem Tisch herum und mein Herz pumpt das Blut immer schneller durch meine Venen. Ich würge ein »Wahnsinn« heraus und alles dreht sich. Vor meinen Augen erscheint die hysterische Frau mit dem Nasenpiercing und dem Hot Button, die verzweifelt nach einer Stadt mit »M« fragt. Wunderschön zum Leben, sagt sie, und ich sehe Männer in Lederhosen, Frauen im Dirndl, Weißbier und Manuel Neuer im Bayern-Trikot mit der sechsundachtzigsten Meisterschale in Folge in den Händen. Ich muss aufstoßen, schmecke Gurke und frage mich, welcher Vollidiot eigentlich auf die Idee gekommen ist, Gemüse in Getränke zu werfen. Was soll das denn? Der Stuhl bohrt sich in meinen Hintern und beim Wischen über die Tischplatte schmerzt es in meinem Finger. Bestimmt ein Splitter. Orgun nimmt in seiner Pseudo-Natur-Hölle mit den Treppenstufen und rustikalen Holztischen billigend in Kauf, dass seine Gäste sich verletzen. Wie bescheuert kann ein Laden eigentlich sein? Und warum in drei Teufels Namen heißt der *Fruchtige Fridolin Fruchtiger Fridolin*, wenn da keine Früchte, sondern Spinat und Gurken drin sind?

»Tim, ich freue mich so sehr! Das ist mein absoluter Traumjob und München ist eine Traumstadt. Außerdem kommen wir dann mal raus aus der gewohnten Umgebung und das wäre ein so wichtiger Schritt für unsere Zukunft!«

Lisa kullern die Freudentränen von den Wangen und sie lacht dieses Lachen, in das ich mich damals verliebt habe. Doch München ist der allerletzte Ort, an den ich will. Für ein Wochenende, ja. Kein Problem. Zum Oktoberfest auch. Sehr gerne sogar. Aber dort wohnen? Dort leben? Als Pottkind? Ohne meine Freunde? Ohne den *Schluckspecht*? Ohne die Giftwolken neben einer Müllverbrennungsanlage? In einer völlig fremden Kultur, so weit entfernt von der Heimat und zu allem Überfluss auch noch in der Stadt des FC Bayern? Da bekomme ich doch einen Kulturschock!

»Ja, Mäuschen, toll, das klingt klasse!«

Ich sage es und würde mir am liebsten selbst mit Stollenschuhen in die Weichteile treten. Panik durchströmt meinen Körper, kämpft sich vor bis zu den Lungen und versucht, meinen Brustkorb aufzureißen, während ich vor mich hin lächle. Lisa steht auf, kommt um die Holzplatte gelaufen und drückt mich an sich. Ich weiß überhaupt nicht, wie mir geschieht, und klopfe ihr beim Umarmen mehrmals auf die Schulter, wie ich es bei Schlütti mache, wenn Borussia ein Tor geschossen hat.

»Schön, schön«, höre ich mich sagen und Lisa lässt mich los. Ihre Augen glänzen, sie dreht sich um und setzt sich wieder. Mit einer Serviette tupft sie sich die Tränen ab und ich bemerke, dass ich seit einigen Sekunden nicke, ohne aufhören zu können.

»Also«, sagt Lisa und zieht ihre Nase hoch, »eine Mitarbeiterin der Zeitung hat mir geschrieben, dass man sich für mich entschieden hat. Offiziell wird dann in drei Wochen der Vertrag zugeschickt. Das heißt, wir hätten noch eine Weile, um alles vorzubereiten. Thorsten würde der Tapetenwechsel mit

Sicherheit guttun, der hat im Moment ja ganz dolle Magenprobleme!«

Lisa lacht auf und ich lache instinktiv mit, auch wenn hinter der Fassade tiefstes Schwarz und kältestes Nichts regieren.

Drei Wochen.

»Aber Lisa …«, sage ich und gehe damit seit Beginn des Gesprächs den ersten Schritt in die richtige Richtung. Und wenn meine Freundin mich nicht so verdammt glücklich ansehen würde, könnte ich einen möglichen Einwand sogar zu Ende führen.

Während sie meine verkrümmte Hand streichelt, überlege ich krampfhaft, wie ich ihr ohne Wenn und Aber die Undurchführbarkeit eines Umzugs präsentieren könnte. Eine Möglichkeit wäre, Schlütti in die Sache hineinzuziehen und zu sagen, er habe Beziehungsprobleme, er brauche mich. Oder ich suche im Internet nach eindeutigen Beweisen dafür, dass Wellensittiche in München aufgrund des wechselhaften Klimas nicht überlebensfähig sind. Am besten wäre allerdings, irgendetwas mit meiner Kneipe anzuführen, dass man sie nicht verkaufen kann aus irgendwelchen juristischen Gründen. Ich könnte mir da etwas aus den Fingern saugen. *Paragraph 51a, Absatz II, BGB: Kneipen dürfen in Bottrop nur dann veräußert werden, wenn damit kein unmittelbarer Umzug in die Stadt München verbunden ist.*

»Aber ich will dich nicht vor vollendete Tatsachen stellen«, unterbricht Lisa meine Überlegungen. »Wir müssen darüber reden. Sag ehrlich, ob du dir das vorstellen kannst. Meinst du, wir sollten so einen bedeutenden Schritt wagen und in eine fremde Stadt ziehen?«

Lisas Augen strahlen vor Freude und ich denke fieberhaft darüber nach, wie man auf so eine Frage einfühlsam und gleichzeitig kategorisch ablehnend reagieren könnte.

»Ja, sicher«, sage ich allerdings wie aus der Pistole geschossen und bin von meiner eigenen Aussage total geschockt. Warum sage ich nicht das Offensichtliche? Dass ich mir das natürlich *nicht* vorstellen kann, dass wir natürlich *nicht* diesen bedeutenden Schritt wagen sollten, dass Lisa ja wohl bescheuert ist! Aber ich kann es nicht aussprechen. Lisas Freude schnürt mir das Herz und damit auch den Mund zu.

»Das wäre definitiv eine Möglichkeit«, mache ich unbeirrt weiter und nicke eifrig. Ich habe anscheinend jede Kontrolle über meinen Körper verloren.

»Oh, mein Gott, das ist ja super! Das ist ja fantastisch!«, piepst meine Freundin und ich sage: »Supantastisch!«

Supantastisch?, denke ich und schüttle mich. Das Wort gibt es doch gar nicht, was ist denn bitte los mit mir? Mir läuft es eiskalt den Rücken runter und Lisas glückliches Gesicht dreht sich im Kreis. Ich sollte nun definitiv einlenken, bevor Lisa da etwas falsch versteht.

»Aber Mäuschen, jetzt mal Spaß beiseite ...«, beginne ich und werde unterbrochen.

»Herr Feldmann!«, dröhnt es von links oben und ich schaue in Orguns grün glänzende Augen, die zunächst auf Lisa und anschließend auf mich gerichtet sind. Er lächelt. Ich nicht. Genau *du* hast mir noch gefehlt, du Arschloch.

»Nett, dass ich Sie hier treffe!«, macht Orgun weiter. »Und ich möchte auch gar nicht lange stören, aber ich habe mir noch einmal Gedanken gemacht und würde mein Angebot für Ihre Kneipe gerne erhöhen!«

Für drei Sekunden herrscht Stille.

»Ihr Angebot?«, fragt Lisa dann und schaut von Orgun zu mir und von mir zu Orgun.

»Ihr Angebot?«, frage auch ich, weil ich noch keine Strategie habe, wie ich mit der Situation angemessen umgehen soll. Es ist zum Verrücktwerden. Erst will mich Lisa lachend in den verdammten Süden katapultieren und dann kommt auch noch Orgun, um das Ganze zu zementieren. Ich stehe kurz vor dem Nervenzusammenbruch, als mein neuer Erzfeind in die Innentasche seines Jacketts greift und einen Zettel über den Tisch schiebt, auf dem die gleiche Zahl steht wie beim letzten Mal. Orgun zwinkert, ich knurre. Von wegen »verbessertes Angebot«, Orgun will einfach nur provozieren.

»Das gibt es ja gar nicht, das ist ja perfekt!«, sagt Lisa und springt auf ihrem Metallstühlchen auf und ab, als würde sie auf einem Pferd galoppieren. »Wir haben nämlich gerade beschlossen, dass wir nach München ziehen!«

»Lisa!«, zische ich und beiße die Zähne zusammen. Wann habe ich denn bitte die offizielle Zusage für ihren Teufelsplan gegeben? Habe ich da etwas nicht mitbekommen? Ich lecke über meine Lippen und Orgun hebt seine linke Augenbraue.

»Ach?«, sagt er und schmunzelt.

»Missverständnis«, sage ich und drehe mich zu Lisa.

»Hör auf!«, flüstere ich. »Wir müssen das sowieso noch mal alles besprechen!«

Lisa scheint meinen Einwurf nicht mitbekommen zu haben.

»Was für ein Zufall!«, sagt sie nur und lacht und kurz darauf lacht Orgun und die Gurke auf dem Logo des Barlokals lacht sowieso schon die ganze Zeit, während ich auf meinem Höckerchen sitze und am liebsten alles kurz und klein schlagen würde.

»Lisa, du, aber …«

Ich mache eine Pause und denke nach.

»Wieso, wawa, ehh …?«, fahre ich fort und Lisa hört auf zu lachen, um mich anzustarren.

»Hast du einen Schlaganfall?«, fragt sie und ich seufze. Heute kann ich nichts Sinnvolles mehr anbringen, da bin ich sicher. Also schüttle ich den Kopf und Orgun übernimmt an meiner Stelle die Initiative.

»Wissen Sie was, Frau …?«

Er wartet und lächelt meine Freundin an.

»Lisa!«, sagt sie so stolz wie ein kleines Mädchen, das endlich seinen Namen aussprechen kann. Ich finde ihren Enthusiasmus ätzend.

»Wissen Sie, Lisa, auf diese tolle Nachricht gebe ich eine Runde Smoothies aus und spendiere zusätzlich noch einige Röllchen Sushi!«

Lisa ist so begeistert, dass sie in die Hände klatscht.

»Hast du das gehört, Tim?«

Ich nicke und frage mich, ob hier irgendetwas herumliegt, mit dem ich Orgun bewerfen könnte.

»Wenn es einmal läuft, dann läuft es aber auch!«

Lisa lächelt breit.

»Auf München!«, sagt Orgun, nimmt ohne Erlaubnis meinen *Fruchtigen Fridolin* vom Tisch und stößt das Glas gegen Lisas *Gesunden Gustav*.

»Auf München!«, sagt meine Freundin.

Dann macht mein Kreislauf endgültig schlapp und ich kippe seitlich vom Stuhl.

9

Ich sollte mich unbedingt mal mit der Relativitätstheorie von Einstein beschäftigen. Damals im Physikunterricht habe ich dummerweise nicht zugehört. Ich war mitten in der Pubertät, hatte gerade meine ersten Achselhaare bekommen und war dementsprechend mit mir selbst beschäftigt. Aber ich kann mir vorstellen, dass man das in diesem Moment stattfindende Phänomen durchaus mit Einsteins Theorie erklären könnte. Denn seitdem ich Schlütti vor ein paar Sekunden den entscheidenden Stoß Richtung Rheinbecken gegeben habe und die Erdanziehungskraft den Rest erledigt, läuft alles um mich herum in stark verminderter Geschwindigkeit ab. Da ist irgendetwas mit Raum und Zeit passiert, das man bestimmt mit der Gleichung $E = mc^2$ auflösen könnte. Die Menschen bewegen sich langsamer, der Wind ist fast zum Stillstand gekommen und Schlütti ist noch immer nicht auf dem Wasser aufgeschlagen. Er fällt und kreischt in Zeitlupe, sodass sein Schrei beängstigend tief und lang gezogen zu mir heraufdröhnt. Aber keine Angst, mein Freund, bald ist dieser ganze Albtraum vorbei.

Ich weiß noch, wie Schlütti mich fassungslos anstarrte, als ich ihm von Lisas München-Plänen berichtet hatte. Einerseits erschien ihm der eigene Umzug an den Bottroper Stadtrand gar nicht mehr so tragisch, wo ich nun mit München das deutlich härtere Los gezogen hatte. Andererseits ging mit Lisas Jobangebot der Verkauf des *Schluckspecht* einher, sodass der Weg frei gewesen wäre für Orguns Plan, unsere Jugendkneipe zu einem seiner Gesundheitstempel umzufunktionieren. Avocado, Spinat und Gurke statt Frikadelle, Bier und Jägermeister. Für Schlütti bedeutete diese Vorstellung so etwas wie das Ende der Welt. Die Apokalypse. Wo sollte er all seinen Unterrichtsstress abbauen? Ich hatte Orgun zwar nach meinem Kreislaufzusammenbruch im *Fit-and-Green* Barlokal zum zweiten Mal unmissverständlich abblitzen lassen, aber ich war mir darüber im Klaren, dass er sich damit niemals zufriedengeben würde. Ganz im Gegenteil. Er hatte gelächelt und an seinem Oberlippenbart herumgezwirbelt, als würde es jetzt erst losgehen. Und genau das ist ja dann auch passiert. Es war der Anfang vom Ende. Ich wusste es. Und Orgun wusste es auch. Nur Lisa interessierte das Ganze herzlich wenig. Sie war mit ihren Gedanken bereits tief im Süden und so euphorisch, dass sie unsere Zukunft schon einmal bis ins kleinste Detail plante. Sie schlug mir vor, in München doch einfach mein Jurastudium abzuschließen, um danach in einer renommierten Anwaltskanzlei zu arbeiten. Sie strahlte und es sprudelte weiter aus ihr heraus. Sie als rasende Reporterin, immer auf der Suche nach den weltbewegenden Schlagzeilen, ich als Star-Anwalt für die Münchner High Society. Das wäre es doch, sagte sie. Ich lächelte, während ich dem Drang widerstand, ihr meine Ablehnung ins Gesicht zu schreien: Dass ich Unternehmer sei und nicht wieder zurück an die Uni ginge! Dass ich nie wieder irgendetwas mit Jura, Gesetzesbüchern und Paragraphen zu tun haben wolle. Und dass ich das alles erst recht nicht in der Heimatstadt des FC Bayern München machen würde. Wie ein Bottroper Junge denn da unten überhaupt überleben solle. Das Ruhrgebiet ist doch eine ganz andere Welt. *Meine* Welt. Hier schiebt der Postbote sein Fahrrad neben sich her, damit er in Ruhe seine Zigarette rauchen kann. Hier gibt es Fördertürme und Industrieruinen, alte Zechen und Schrebergärten, Kohle und Stahl, echten Fußball und Pils. Die Feldmanns leben seit Generationen hier, mein Opa hatte damals noch unter Tage die Felsbrocken aus der Erde gekloppt. Das ist *meine* Heimat, *meine* Stadt. In München spielen doch alle nur Golf, fahren Porsche und haben haufenweise Geld, da war ich mir sicher. Orgun würde mit seinem Gesundheitswahn dorthin passen, dachte ich mir. Aber doch nicht ich! Allein Jutta war Grund genug, hierbleiben zu wollen. Immer wenn ich sie ansehe, mit ihrem rosafarbenen Lippenstift und dem sonnenstudiobraunen Altfrauengesicht, dann fühle ich mich einfach zu Hause. Dazu kommen meine Freunde, mit denen ich seit der Grundschule Tür an Tür wohne. In München würde es genau *eine* Person geben, die ich kenne, und das wäre Lisa. Und die würde dort mit ihrem Traumjob sicherlich genug zu tun haben. Da war es doch nur selbstverständlich, dass ich diese gesamte München-Angelegenheit sabotieren wollte, um mein gewohntes und geliebtes Leben weiterzuführen. Hätte ich damals allerdings geahnt, wo das alles hinführt, gewusst, dass ich damit mein gesamtes Leben ruiniere, und für möglich gehalten, dutzende andere Opfer mit mir in die Tiefe zu reißen, dann hätte ich natürlich sofort die Koffer gepackt, Lisa unter den Arm genommen und wäre in die erstbeste Billigmaschine gestiegen, um Richtung Süden zu fliegen. Aber jetzt ist alles zu spät. Jetzt stehe ich hier und schaue zu, wie Schlütti fällt, wie Orgun im Wasser paddelt und wie Knolle, Micha, Lars und Jutta bereits am Rheinufer warten. Das einzig Gute ist, dass meine Anspannung bald ein Ende haben wird. Wobei dank Einstein dieses »bald« zu einem sehr dehnbaren Begriff geworden ist. Vielleicht stehe ich hier ja noch eine gefühlte Ewigkeit, vielleicht ist das alles aber auch in einer Millisekunde vorbei. Ich weiß es nicht. Ich habe alle Orientierung verloren. Ich will Pudding.

Verdammte Relativität.

10

»Ich sach ma *so*: Dat, wat sich 'ne Frau in den Kopp reingesetzt hat, dat is wie ein Rotweinflecken aufm weißen Teppich. Krisse nur ganz schwer wieder raus.«

Jutta sagt es, trampelt mit dem Tablett an uns vorbei und stellt jedem ein Fläschchen Jägermeister vor die Nase. Aber niemand reagiert. Für einen Kegelabend hängen die Mundwinkel von meinen Freunden ganz schön weit herunter. Kein Wunder. Micha und Schlütti hatten ja schon vorher ihre eigenen Probleme. Aber nun habe ich ihnen von Lisas Horrorplan berichtet und der gesamte Kegelverein ist sprachlos, konsterniert, geschockt. Juttas Lebensweisheiten muntern uns in solchen Situationen normalerweise auf, dieses Mal seufzen wir allerdings kollektiv.

»Warum denn ausgerechnet München ...?«, jammert Schlütti und Micha schüttelt den Kopf, während die Koboldmaki-Augen von Lars auf den Boden gerichtet sind und Knolle auf seiner Oberlippe herumbeißt. Wir sitzen da und schweigen. Die Kegelbahn summt uns ihre Bereitschaft entgegen, es hat heute noch niemand geworfen. Wir sind zu deprimiert. Micha seufzt, lehnt sich vor und kippt als Erster den Jägermeister in sich hinein. Völlig untypisch. Im Normalfall ist er derjenige, der bei unseren Kegelabenden mit Bedacht trinkt. Schließlich ist er Kassenwart. Er muss bei all den Würfen, Spielen und Strafen einen halbwegs klaren Kopf haben. Aber heute macht er eine Ausnahme. Lili bekommt neben ihren Zähnchen nun auch noch Fieber und das damit verbundene Geschrei geht Micha nicht mehr aus dem Kopf. Auch Steffi ist gestresst und überlastet und hat nur eine einzige Person um sich herum, auf die sie all ihre Anspannung abladen kann: Micha. Sie sagt, er solle gefälligst mehr für seine Tochter da sein. Mehr für sie tun. Was genau, ist Micha unklar, aber darum geht es auch gar nicht. Es geht ums Prinzip. Er ist an irgendetwas schuld und das soll er verdammt noch mal akzeptieren. Und ausgerechnet jetzt kommt auch noch meine Hiobsbotschaft im Hinblick auf den *Schluckspecht* hinzu. Michas Rückzugsort vor der Familienhölle ist in großer Gefahr. Das ist zu viel für ihn. Er braucht Betäubung.

»München ist doch total schickimicki«, argumentiert Knolle messerscharf und massiert sich die Schläfen. »Wobei Frauen in Dirndln ziemlich heiß sind.«

Er neigt den Kopf nachdenklich zur Seite und Jutta zieht ihre Jeans hoch, pustet die Dauerwelle aus der Stirn und zündet sich eine Zigarette an. Ihr blauer Lidschatten reflektiert das Licht der Deckenlampe.

»Ich tu ma neue Bier«, sagt sie und dreht sich um, während ich meinen Kopf auf die Tischplatte fallen lasse und brumme. Es ist zum Heulen. Lisa hat im *Fit-and-Green* Barlokal meine Zustimmung zum Umzug nach München tatsächlich so aufgefasst, als würde ich einem Umzug nach München zustimmen. Gut, das lag ja auch nahe, aber ich war doch völlig unzurechnungsfähig. Streng genommen wollte ich gar nicht zustimmen. Ich wollte ablehnen. Ganz strikt ablehnen. Aber dieser Zug ist inzwischen abgefahren.

»Das ist exorbitant scheiße«, fasst Schlütti noch einmal prägnant zusammen und ich erhebe mich wieder. Der Alkohol beginnt zu wirken. Mir wird schwindelig und dicke Buchstaben tänzeln vor meinen Augen. Sie fügen sich zusammen, bis dort das Wort »München« steht. Der Schriftzug dreht und wendet sich wie bei einem dieser Windows-95-Bildschirmschoner und ich schüttle mich, bis die Konturen um mich herum wieder schärfer werden. Lars steht auf, nimmt eine Kugel und wirft unbeholfen in die Rinne. Micha schreibt ihm zehn Cent Strafe für einen Fehlwurf auf, blickt mich an und sagt »Tja«. Für einen kurzen Augenblick sieht es so aus, als wäre das die Einleitung für einen längeren Gesprächsbeitrag, doch Micha schweigt. Er hat keine Lösung. Das ist beängstigend.

»Sprich doch mal ein Machtwort und sag Lisa, dass du nicht umziehen willst«, schlägt Knolle vor. »Und dass du der Mann im Haus bist, dass du das Sagen hast, dass der Zwergenaufstand abgeblasen ist!«

Ich schaue Knolle an.

»Hm, ja«, sage ich dann. »Ich müsste diese Ansage nur noch ein wenig modifizieren.«

Knolle nickt, während Micha und Schlütti den Kopf schütteln. Sie wissen natürlich genauso gut wie ich, wie dämlich Knolles Vorschlag ist. Wir wissen, wie langjährige Beziehungen funktionieren. Wie Frauen auf Vokabeln wie »Machtwort«, »Mann im Haus«

und »Zwergenaufstand« reagieren. Selbstverständlich könnte ich Lisa einfach sagen, dass ihre Umzugsidee im Allgemeinen ja gar nicht so schlecht sei, aber München schlichtweg keine Option für mich darstelle. Doch unabhängig von der Tatsache, dass ich bereits ungewollt zugestimmt habe, hätte sie die Argumente eindeutig auf ihrer Seite. Sowohl die emotionalen, weil sie da unten ihren Traumjob hat, als auch die rationalen, weil wir in Bottrop in finanzieller Hinsicht nicht überlebensfähig sind. Würde ich versuchen, Lisa zum Bleiben zu überreden, wäre das Resultat höchstwahrscheinlich ein Streit, den ich nur verlieren könnte. Und wenn es um so etwas Fundamentales wie einen Umzug geht, ist das Konfliktpotenzial sehr hoch, sodass die Folgen eines solchen Streits irgendwann unkontrollierbar werden könnten. Dieses Risiko gehe ich nicht ein, ich will Lisa unter keinen Umständen verlieren. Ich liebe sie ja. Irgendwann in ferner Zukunft werde ich vor ihr auf die Knie fallen und irgendetwas von der wunderschönen Zeit bisher faseln, dass ich mir ein Leben ohne sie nicht mehr vorstellen kann und ob wir zwei nicht so eine Art Familie werden sollten. Mit Kindern, Haus und Baum im Garten. Mit diesem ganzen Micha-Kram eben. Da sollte man schon einen gemeinsamen Zukunftsplan haben. Eine Fernbeziehung war im Studium vielleicht noch cool, aber ich gehe rasant auf die dreißig zu, da braucht man so etwas nicht mehr. Außerdem würde es sich im Hinblick auf Lisas Job auch nicht nur um ein paar Jahre handeln, das wäre längerfristig. Das wäre ein Dekadenplan. Wenn nicht sogar ein Lebensplan. Für mein ganzes Leben. Ich bekomme Gänsehaut.

»So!«

Jutta ist wieder da und stellt mir eines der Biergläser vor die Nase. Keine Schaumkrone, keine Hoffnung.

»Man, man, man, Jungens«, sagt sie und setzt sich mit einem langgezogenen Stöhnen an den Tisch. Der Stuhl knarzt bedenklich laut und das Feuerzeug macht »klick, klick«, bevor eine Flamme zum Vorschein kommt, die Juttas Zigarette zum Glühen bringt. Ich schaue skeptisch Richtung Feuermelder.

»Dat is ja nich zum Aushalten mich euch!«, sagt sie und pustet Rauch durch die Kegelbahn. »Ihr seid doch nich auf den Kopp drauf gefallen! Frauen sind 'ne Wissenschaft für sich, dat is ja mal klar. Und deswegen kann man die auch nich so einfach umstimmen, wenn die wat wollen. Die Kunst is, dat man die dazu bringt, wat anderes zu wollen, aus sich selbst heraus, und zwar dat, wat man selber will.«

Jutta lässt ihren Blick durch die Runde wandern, als hätte sie uns gerade gesagt, wo wir den Heiligen Gral finden. Dann wendet sie sich Micha zu.

»Ich tu ma konkreter werden«, sagt sie, »nur als Beispiel: Wenn die Steffi will, dat du dich mehr mit die Lili beschäftigen sollst, dann sachste der einfach, die Kleene hätte endlich ihr erstes Wort gesacht, und dat war *Papa*. Wat meinste, wie schnell die Steffi dann nachts wegen der Lili ihr Geschrei aufsteht und hofft, dat die auch bald ma *Mama* sagen tut. Und zack, is die Steffi wegen jede Sache am Rennen und du hast erstma wieder Ruhe.«

Micha runzelt die Stirn. Man hört es in seinem Hirn rattern wie bei einem alten Windows-Rechner.

Bevor er sagen kann, dass diese Idee gar nicht mal so schlecht ist, dreht Jutta ihren Kopf zu mir.

»Und Tim, du muss die Lisa dazu bringen, dat die von sich selber aus nich wegziehn will. Dat muss von *sie* kommen! Zeich der doch mal, wat Bottrop für 'ne schöne Stadt is, Kerl! Und dann leg ma in Vergleich dazu 'ne Dokumentation über dat Oktoberfest in dein Fernseher rein. Wo all die Besoffskis brechen und die Frauen an betatschen dran sind. Wat meinste, wo die Lisa dann der ihre Zukunft verbringen will? Dat is hier doch immerhin der ihre Heimat. Frauen sind in solche Sachen doch emotional!«

Jutta hebt pathetisch den Zeigefinger in die Höhe, bevor sie ihre letzten Sätze spricht.

»Du muss ma aktiv werden!«, sagt sie. »Kämpfen! Die Kneipe retten! *Kommando Schluckspecht*!«

Jetzt bin ich derjenige, der die Stirn runzelt und denkt, dass dieses Gesamtkonzept gar nicht mal so schlecht ist.

»Und Schlütti«, knöpft Jutta sich den letzten der Kummerpatienten vor, »Hand auffet Herz drauf: Ein Umzuch an Stadtrand is jetzt echt nich so schlimm.«

Schlütti sackt zusammen, da er den Jammer-Wettbewerb nun ganz offiziell verloren hat. Aber als Jutta ihm durchs Haar streichelt, huscht ein kurzes Lächeln über sein Gesicht.

»Wird schon allet ...«

Mit diesen Worten steht Jutta auf, nickt noch einmal durch die Runde und verlässt die Kegelbahn. Der Zigarettenrauch weht hinter ihr her und ihr Körper verschwindet im Qualm wie der eines Superhelden.

Am Tisch herrscht angespannte Stille.

»Jutta hat recht«, sagt Micha nach einer Weile. »Mit Steffi und Lili werde ich schon fertig und Schlütti, du wirst am Stadtrand nicht sterben. Das ist alles akzeptabel. Aber ich denke, dass niemand im Kegelverein Interesse daran hat, dass wir den *Schluckspecht* verlieren und dass Tim so weit wegzieht, dass wir uns kaum noch sehen. Wir haben drei Wochen, bis der Vertrag von Lisa in Tims Briefkasten liegt, und wir müssen jetzt vernünftig über alles nachdenken und analysieren, was wir tun können, um den *Schluckspecht* zu retten. Juttas Ansatz finde ich in diesem Zusammenhang sehr vielversprechend. Die Initiative muss von Lisa ausgehen. Sie muss bleiben *wollen*!«

Ich runzle die Stirn und denke nach. Wenn man ehrlich ist, gibt es für meine Freundin wenig Gründe, in Bottrop bleiben zu wollen. Unsere Heimatstadt zieht in Sachen Lebensqualität gegenüber München definitiv den Kürzeren. Außerdem hat Lisa mit Nicole ihre einzige gute Freundin verloren, die sie an Bottrop hätte binden können. Einen Job hat sie hier ebenfalls nicht, dafür hat sie Karriereaussichten in einer Weltstadt wie München. Stichhaltige Argumente gegen einen Umzug zu finden, könnte daher außerordentlich schwierig werden.

»Und *wieso* sollte Lisa bitte in Bottrop bleiben wollen?«, präsentiere ich also die Gretchenfrage und alle am Tisch fassen sich kollektiv ans Kinn. Kreative Pause.

»Sex …«, sagt Knolle dann und ich sehe ihn fragend an.

»Wie Sex?«, hake ich nach.

»Hm, ja, keine Ahnung. War nur so ein Gedanke …«

Lars schüttelt den Kopf.

»Das ist eigentlich *immer* dein Gedanke«, sagt er und Knolle antwortet, dass er lieber über Sex nachdenke als über *Star Wars*.

»Ich habe das Gefühl, wir driften gerade ab«, werfe ich ein.

»Ich würde vorschlagen, an Juttas Gedanken anzuknüpfen, dass Lisa bleiben wollen könnte, weil Bottrop nun mal ihre Heimat ist. Das ist doch ein starkes Argument, oder nicht?«

Michas Aussage wabert eine Zeit lang durch die Kegelbahn, bis alle nicken und etwas wie »stimmt« und »genau« sagen.

»Und gleichzeitig könnte Lisa bleiben wollen, weil München doch nicht so toll ist, wie sie denkt!«, wirft Schlütti ein. »Sie kennt die Stadt doch kaum. Höchstens aus der Zeitung oder dem Fernsehen. Und es wird ja auch viel gelogen in den Medien. Das mache ich gerade mit meiner zehnten Klasse. Medienkritik. Exorbitant wichtige Sache, sonst wäre es ja nicht im Curriculum und …«

»Guter Punkt!«, unterbreche ich Schlütti, bevor er noch weiter vom Thema abkommt.

»Wer war denn schon mal in München und weiß, wie das da so ist?«, frage ich und alle melden sich. Ich präzisiere.

»Oktoberfest jetzt mal ausgenommen.«

Die Hände gehen wieder herunter. Ich nicke. Offensichtlich können wir nicht auf Insiderinformationen zurückgreifen.

»Im Prinzip muss Tim die Stadt München vor Lisa bei jeder sich bietenden Gelegenheit ganz subtil schlechtreden«, denkt Micha laut. »Überteuerte Wohnungen, Verkehrsprobleme, Umweltverschmutzung. Da gibt es ja genug. Lisa darf Tims wahre Absichten halt nur nicht bemerken.«

»Und gleichzeitig musst du Lisa ein paar tolle Tage in Bottrop bescheren«, bringt sich Knolle ein und nickt mir zu. »Du musst Ausflüge mit ihr machen, die Vorzüge der Stadt präsentieren, voll auf Romantik setzen. So, als hättest du jede Menge erster Dates mit ihr. Gibt es hier Museen? Weiß das jemand?«

Micha nickt. »Bestimmt«, sagt er.

»Siehst du«, macht Knolle weiter, »Bottrop muss im Glanz erstrahlen, während Lisa gleichzeitig mit negativen Einzelheiten über München gefüttert wird. Wenn du das geschickt anstellst, dann läuft das bei ihr alles im Unterbewusstsein ab, das bekommt die überhaupt nicht mit. Und irgendwann wird sie nachdenklich, unsicher, sentimental. Frauen sind so. Glaub mir.«

Knolles Augen funkeln. Er ist in seinem Element. Und was er sagt, klingt plausibel. Lisa ist immerhin in Bottrop geboren und aufgewachsen und außerdem wohnen auch ihre Eltern hier. Heimweh zu erzeugen könnte also funktionieren, wenn ich gezielt Ruhrpott-Romantik einsetze. Und sollte ich es parallel schaffen, in Lisa erste Zweifel an der Schönheit Münchens zu säen, könnte ich den Umzug womöglich in der Tat verhindern. Allerdings wäre da noch eine Kleinigkeit.

»Und wovon sollen wir dann hier leben?«, frage ich in die Runde und es herrscht betretenes Schweigen.

»Ja, den finanziellen Aspekt muss man ebenfalls

miteinbeziehen!«, sagt Micha dann. »Neben dem Schönreden von Bottrop und dem Schlechtreden von München beinhaltet *Kommando Schluckspecht* demnach die Erhöhung deiner Kneipeneinnahmen, sodass ihr auf das Gehalt von Lisa eine Zeit lang nicht angewiesen seid. Es kommt ja nur auf die nächsten drei Wochen an, bis der Vertrag kommt. Den darf sie nicht unterschreiben. Und irgendwann danach wird sie sicherlich einen Job hier in der Nähe finden!«

Mir wird klar, dass *Kommando Schluckspecht* von Minute zu Minute ein schwierigeres Unterfangen wird. Meine Freundin zu manipulieren, Bottrop neben München gut aussehen zu lassen, zu hoffen, dass Lisa irgendwann einen anderen Job in Bottrop bekommt, und dazu auch noch meiner Kneipe zum Wunderaufstieg zu verhelfen, das ist definitiv ein Mammutprojekt. Aber die Augen meiner Kegelbrüder sind endlich wieder von Tatendrang erfüllt und selbst ich spüre unerklärlicherweise Zuversicht. Niemand will sich damit abfinden, dass sich von nun an alles ändert. Und meine Freunde haben recht. Den Kopf in den Sand zu stecken, würde mir nur tiefstes Heimweh, einen miserablen Juraabschluss und ein zum Scheitern verurteiltes Engagement in einer Anwaltskanzlei bescheren. Meiner Freundin durch miese Tricks den Traumjob madig zu machen, ist natürlich auch keine Heldentat, allerdings würden wir in München bestimmt nicht glücklich werden. Im Prinzip muss ich Lisa also vor sich selbst beschützen.

»Okay, abgemacht!«, verkünde ich mit starker Stimme und erhebe mich. »Ich habe mich entschieden. *Kommando Schluckspecht* wird in die Tat umgesetzt. Und wir sollten sofort mit den Vorbereitungen beginnen!«

Ich recke meine geballte Faust in die Höhe und der gesamte Kegelverein grölt Beifall. Keine Frage, wir sind bereit, und nichts wird uns aufhalten. Von nun an werden wir durcharbeiten, ohne Pause. Wir sind schließlich echte Männer. Und echte Männer werden niemals müde.

Niemals.

11

Kurz nach Mitternacht kann kaum noch jemand die Augen offen halten. Die Zapfanlage brummt, Jutta raucht, drei leere Flaschen Jägermeister stehen vor uns.

»Ich muss jetzt echt gehen …«, nuschelt Micha und klappt mit unrunden Bewegungen meinen Laptop zu. Er sagt, er wolle in diesem Zustand eigentlich nicht nach Hause, aber er *müsse*.

»Steffi ist hundertprozentig schon total sauer, weil sie Lili ja auch irgendwie alleine bettfertig machen musste und so.«

Schlütti nickt und lallt, dass er ebenfalls nicht nach Hause will, weil Vanessa inzwischen selbst die Nächte für die Umzugsvorbereitungen nutzt und zu dieser Zeit besonders reizbar ist. Knolle sieht mit großen Augen zu mir herüber, als wäre er heilfroh, dass er mit so einem Beziehungsmist nichts am Hut hat. Er holt sein Handy heraus und lächelt verstohlen. Bestimmt seine Affäre. Guter Sex, keine Gefühle, vollkommen unkompliziert.

»Ich habe alle Berichte, die wir gefunden haben, auf deinem Desktop gespeichert«, sagt Lars, »ich habe sie formatiert und verändert, sodass das Datum auf den Seiten stimmt. Du kannst die Dokumente einfach ausdrucken und in die aktuelle Tageszeitung einsortieren.«

Er lächelt. Die Augen hinter den dicken Brillengläsern sind rot. Anton und Jupp bestellen per Handzeichen einen Schnaps und Jutta sagt, es sei der letzte für heute. Aufbruchstimmung. Es wird aber auch Zeit. Zwei Stunden haben wir das Internet durchsucht und recherchiert, wir haben gesammelt und archiviert, überlegt und geplant. Und wir haben tatsächlich einiges gefunden, das Potenzial hat, Lisa zumindest ein wenig zu verunsichern. Wir sind zum Beispiel auf Statistiken zur Umweltverschmutzung in deutschen Städten gestoßen, bei denen München hinter Stuttgart auf dem zweiten Platz rangiert. Der Jahreswert beim Stickstoffdioxid ist in Lisas temporärer Traumstadt demnach mehr als doppelt so hoch wie der zulässige Grenzwert, was ich ja sehr bedenklich fände, wenn mir so etwas nicht völlig gleichgültig wäre. Der aktuelle Mietspiegel beweist außerdem, dass man sich dort wirklich nicht mal das kleinste Loch leisten kann, und auch der kritische Zeitungsbericht über die Unverhältnismäßigkeit der Kaffeepreise in der Münchner Innenstadt könnte uns helfen. Lisa und ich trinken immerhin gerne Kaffee und wohnen müssen wir schließlich auch irgendwo. Und Schlütti warf als Geschichtslehrer noch ein, dass München ja sozusagen die Geburtsstätte des Nationalsozialismus und symbolische Hauptstadt des Dritten Reichs gewesen sei. Aber diese harten Geschütze werde ich wohl erst auffahren, wenn es nicht mehr anders geht. Ich taste mich lieber vorsichtig heran. Vielleicht sind die kleinen Dinge bei Lisa die wirkungsvolleren. Micha und ich haben einen Facebook-Artikel gefunden, in dem ein Tierschutzverein dem Münchner Zoo vorwirft, Wellensittiche an Raubtiere verfüttert zu haben. Wenn Lisa *das* nicht emotional packt, dann weiß ich auch nicht mehr weiter. Viele Puzzleteile, die sich zu einem Bild des Grauens zusammensetzen werden, kurz bevor der Vertrag eintrudelt. Das ist absolut machbar.

»N'abend …«

Ich schrecke auf und schaue mich um. Ich habe gar nicht mitbekommen, dass zwei Gäste in meiner Kneipe stehen. Nach Mitternacht. Es dauert einige Sekunden, bis ich realisiere, dass die Gäste genau genommen gar keine »Gäste« sind. Sie tragen blaue Uniformen.

»Wir würden gerne mal mit dem Besitzer dieser Gaststätte sprechen …«

Ich halte die Luft an. Das hat mir gerade noch gefehlt. Einen Besuch von der Polizei kann ich im Moment genauso gut gebrauchen wie einen *Fruchtigen Fridolin.* Einer der beiden ungebetenen Besucher schaut zu Jutta, die mit skeptischem Blick ein Schnapsglas abtrocknet.

»Warum? Wat is?«, fragt sie.

Die Beamten gleich mit meiner leicht zu provozierenden Bardame zu konfrontieren, könnte sich negativ auf die Polizistenseele auswirken, also greife ich ein.

»Ja, hallo, hier«, sage ich und hebe meine Hand wie ein Grundschüler. Die Polizisten drehen ihre Köpfe zu mir.

»Sie sind der Besitzer?«, fragt die größere Uniform

ungläubig und fokussiert die leeren Jägermeisterflaschen auf unserem Tisch.

»Ja, das bin ich ...«

Das Schnapsglas ist längst trocken, trotzdem wischt Jutta weiter, ohne unsere Besucher aus den Augen zu lassen. Ihr Reiben ist das einzige Geräusch in der Kneipe. Anton und Jupp interessiert das kleine Intermezzo eher weniger. Sie haben sich nicht einmal umgedreht. Ich schaue die Beamten an und mir wird heiß.

»Na ja«, beginnt die kleinere Uniform, »wir sind jedenfalls hier, weil ...«, er schaut sich um und runzelt die Stirn, »... weil wir eine Beschwerde wegen Lärmbelästigung erhalten haben.«

Stille durchdringt den Raum. Ich höre, wie Schlütti schluckt.

»Lärmbelästigung ...?«, frage ich vorsichtig.

Die Polizisten wirken verunsichert.

»Ja, also, wir müssen so etwas ja überprüfen.«

Jutta stellt das Schnapsglas endlich ab und wirft das Geschirrtuch auf den Tresen. Sie geht um die Theke, baut sich vor den Beamten auf und stemmt die Hände in die Hüften.

»Und?«, fragt sie und ihr Bauch wölbt sich über den Gürtel. »Fertich überprüft?«

Der Polizist räuspert sich.

»Ehm, ja, nur ... die Sache ist Folgende: Das war jetzt die zweite Meldung innerhalb kürzester Zeit. Vor einigen Tagen ist uns zu Ohren gekommen, dass gezielt Kinder in diese Gaststätte gelockt wurden.«

Ich schaue zu Schlütti. Der ist wieder kreidebleich.

»Missverständnis«, sage ich und Jutta winkt in meine Richtung, als wäre ich ihr verhaltensgestörtes

Pflegekind, das zum hundertsten Mal vom Jugendamt überprüft wird.

»Um dat ma klarzustellen«, beginnt sie, »erstens werden hier keine Kinder angelockt, zweitens is hier nix mit Lärm und drittens is dat keine Gaststätte, sondern 'ne Kneipe.«

»Wer schickt Sie denn?«, unterbreche ich Jutta, bevor sie zu angriffslustig wird.

»Anonymer Hinweis!«

Sekunden verstreichen, in denen ich nachdenke. Ein Biertropfen perlt aus dem Zapfhahn. Anton stößt auf.

»Orgun!«, sage ich dann und schlage mit der Faust auf den Tisch. Meine Freunde schrecken auf. Ich raufe mir die Haare. Das *muss* einfach Orgun gewesen sein. Wer hetzt denn sonst die Polizei mitten in der Nacht wegen Lärmbelästigung auf eine fast leere Kneipe, in der die Musikanlage seit Monaten kaputt ist?

»So!«, sagt Jutta und bringt mich damit aus der Schusslinie, bevor die Beamten fragen können, wer oder was Orgun ist.

»Wie gesacht, hier is ja offensichtlich nix mit Lärm. Wollen die Herren dann wenigstens ein Bier für auffe Hand? Bevor se dann gehen?«

Juttas Blick könnte kaum provozierender sein. Die Polizisten wirken eingeschüchtert, schütteln irritiert den Kopf und sagen im Chor: »Nicht im Dienst.« Jutta nickt verächtlich, zündet sich eine Zigarette an und will sich gerade umdrehen, da reißt einer der Beamten seine Augen auf, fuchtelt mit den Händen herum und brabbelt etwas von »fehlenden Genehmigungen« und dem »Nichtraucherschutzgesetz in Gaststätten«.

»Jetzt krieg ich hier aber gleich die Pimpernellen!«, lautet Juttas Kommentar, der nicht wesentlich zur Entspannung der Situation beiträgt. Ich versinke immer tiefer in meinem Stuhl. Der Abend war viel zu anstrengend, als dass ich die Kraft hätte, mich einzumischen. Also lasse ich die impulsive Diskussion zwischen Jutta und den Polizisten im Hinblick auf Privatsphäre und Korinthenkackerei über mich ergehen, statt sie zu entgiften. Ich wehre mich auch nicht, als ich kurze Zeit später als Verantwortlicher des *Schluckspecht* verhältnismäßig unwirsch aufgefordert werde, meine Personalien anzugeben. Jutta hat die Polizisten bei ihrer Ehre gepackt und nun sind sie sauer. Also bleibt mir nichts anderes übrig, als mich meinem Schicksal zu ergeben. Die Kneipe dreht sich, der Jägermeister hat ganze Arbeit geleistet. Verwarnung wegen Ruhestörung, Missachtung des Nichtraucherschutzgesetzes und besondere Beobachtung des *Schluckspecht* aufgrund der versuchten Verführung Minderjähriger, schnappe ich auf. Alles geschieht im Zeitraffer. Ich trinke Bier, Anton und Jupp bestellen Schnäpse, ich unterschreibe irgendetwas, die Beamten verschwinden.

»Offensichtlich müssen wir an mehreren Fronten kämpfen«, höre ich aus Knolles Mund, »die erste Operation von *Kommando Schluckspecht* sollte sich nicht gegen München, sondern gegen Orgun richten.«

Ich nicke. Orgun ist ein Arschloch, sage oder denke ich und Jutta zündet sich tatsächlich eine neue Zigarette an. Wir drehen ungläubig unsere Köpfe zu ihr.

»Jetz is eh egal …«, sagt sie.

12

»Hast du die Heftzwecke?«

Knolle nickt und zeigt mir den erhobenen Daumen. Die lachende Gurke mit dem Stück Sellerie auf dem Eingangsschild macht mich nervös und aggressiv. Es ist Sonntagabend und das *Fit-and-Green* Barlokal macht seinem Ruf als Stadtmagnet schon wieder alle Ehre. Im Laden ist kaum noch ein Platz frei, er quillt beinahe über. Auch wenn das im Hinblick auf unseren Plan von Vorteil ist, ärgert es mich. Meine Kneipe war noch nie so überfüllt und das ist ja wohl eindeutig unfair. Ich wende den Blick ab und schaue in den Himmel. Es ist bewölkt und kalt. Die Sonne ist fast untergegangen und der Wind pfeift mir um die Ohren. Typisches Bottroper Wetter. So kurz vorm Regnen. Ich drehe mich nach Südwesten und beobachte, wie sich Knolle den falschen Schnurbart unter die Nase klebt.

»Ist Lars schon drin?«, frage ich und Micha legt seine Hand auf meine Schulter.

»Ganz ruhig, Tim. Es ist alles vorbereitet, mach dich nicht verrückt.«

Er zeigt mit dem Finger auf Lars, der mit einer viel zu großen Vokuhila-Perücke in Orguns Laden sitzt und hektisch an seinem Fruchtgetränk nuckelt. Ich nicke. Micha nickt. Alles ist gut. Vielleicht sollte ich mich tatsächlich beruhigen. Was kann schon schiefgehen? Der Plan ist perfekt.

Nachdem die Beamten vorgestern verschwunden waren, diskutierten wir noch eine Weile über meinen neuen Unternehmererzfeind. Wir waren uns einig, dass wir schleunigst einen Gegenangriff starten sollten. Dass wir auf seine Provokationen mit gnadenloser Härte reagieren müssen, uns nichts mehr von ihm gefallen lassen dürfen. Ab jetzt wird zurückgeschossen, hatte Knolle gesagt. *Operation Heftzwecke.* Ohne Erbarmen.

Nachdem wir unseren präzisen Anschlag ausgearbeitet hatten, ging ich mit einem guten Gefühl nach Hause. Obwohl ich todmüde war, hatte ich noch einiges zu tun. Wir befinden uns schließlich in einem Zwei-Fronten-Krieg. Wir kämpfen nicht nur gegen Orgun, sondern auch gegen München. Also verteilte ich vor dem Schlafengehen noch sorgfältig unsere zusammengetragenen Katastrophen-Dokumente über die bayrische Landeshauptstadt in der Wohnung. Ich sortierte die Statistiken zur Umweltverschmutzung und den Artikel über die horrenden Kaffeepreise in die frisch eingeworfene Tageszeitung ein und ließ den Facebook-Artikel über die Wellensittich-Affäre scheinbar willkürlich neben Thorstens und Bernadettes Käfig liegen. Lisa wird bestimmt schockiert in meine Arme fallen, wenn sie das alles gelesen hat. Ich sehe es praktisch vor mir: »Tim, Hilfe! Ich nehme alles zurück! In München werden Wellensittiche brutal ermordet! Die Kaffeepreise sind so hoch! Und dann auch noch dieser Jahreswert beim Stickstoffdioxid!

Um Himmels willen, da will ich nicht hin! Wir bleiben hier!« So in der Art wird sie reagieren. München hat keine Chance. Auch *Operation Diffamation* wird ein voller Erfolg, da bin ich sicher.

»Okay, es kann losgehen!«

Knolle sagt es und reißt mich damit aus den Gedanken. Ich komme zu mir, schüttle mich und wir schwärmen aus. Organisator Micha stellt sich mit dem Ablaufplan unter die Überdachung von *Tareks Handybörse*, Schlütti lehnt an der Wand neben *Döner Istanbul* und ich bewege mich weiter Richtung Marktplatz. An der Ecke gehe ich in die Hocke und beobachte, wie Knolle durchschnauft, zielstrebig die *Fit-and-Green*-Gesundheitshölle betritt und sich an einen Einzelplatz setzt, direkt neben eine Baum-Attrappe. Ein paar Tische weiter hält sich ein kleiner Mann mit Vokuhila krampfhaft die Getränkekarte vors Gesicht, um unauffällig zu bleiben, und erreicht damit das genaue Gegenteil. Mein Blick geht zurück zu Knolle. Ein Kellner kommt zu ihm, sie reden miteinander und es wird gelacht. Guter Kundenkontakt, denke ich mir, bevor ich mich daran erinnere, dass ich Orgun, seinen Laden und die gesamte Belegschaft verabscheue. Der Kellner verschwindet, Knolle schlägt die Beine übereinander und studiert die Getränkekarte. Schlütti hat sich inzwischen bei *Döner Istanbul* eine Cola bestellt und stützt sich mit den Ellenbogen auf dem Plastik-Stehtisch am Eingang ab. Gute Idee. Mit der Cola in der Hand sieht er nicht mehr so deplatziert aus, er tarnt sich als Unbeteiligter. Ich zeige ihm den erhobenen Daumen. Weiter so, forme ich mit den Lippen und Schlütti stellt hastig die Cola ab, nickt und marschiert Richtung *Fit-and-Green* Barlokal. Ich schrecke auf.

»Nein, nein, das war nicht das Zeichen!«

Ich fuchtle wild mit meinen Armen herum und benutze einen Mix aus Flüstern und Schreien.

»Das ist noch zu früh! Kommando zurück!«

Aber Schlütti hört und sieht nichts mehr. Er hat den Tunnelblick und blendet alles um sich herum aus, als säße er gerade beim Elternsprechtag und würde mit Vorwürfen von uneinsichtigen Müttern bombardiert werden. Er hat mir mal erklärt, wie er in solchen Extremsituationen handelt. Wie in Trance. Einfach abschalten, hat er gesagt. In eine andere Welt abtauchen, nicht mehr nachdenken, automatisiert handeln. Und genau das macht er auch in diesem Moment.

»Scheiße, scheiße, scheiße«, flüstere ich und Micha hält am anderen Ende der Straße aufgeregt den Ablaufplan in die Höhe. Seine detaillierte Ausarbeitung droht nach wenigen Minuten auseinanderzubröseln. Ich halte die Luft an, Schlütti reißt die Eingangstür auf. Für einen kurzen Augeblick steht die Welt still. Und dann schreit Schlütti.

»Oh mein Gott, eine Heftzwecke?«

Alle Gäste drehen ihre Köpfe und starren ihn an, selbst Knolle und Lars sind perplex. Ich klatsche mir an die Stirn, Micha zerknüllt den Ablaufplan und vergräbt das Gesicht in seinen Händen. Der Trubel im Barlokal ist schlagartig verklungen, einige runzeln die Stirn, der Rest schaut sich fragend um.

»Kommando zurück, verdammt noch mal!«, rufe ich nun etwas lauter und Schlütti wacht auf. Er dreht sich zu mir, ich schüttle den Kopf und winke ihn aus dem Eingang heraus. Panik in seinen Augen. Ich winke weiter. Weg da, du Idiot, du bist viel zu früh! Schlütti nickt. Ganz langsam geht er rückwärts aus dem Barlokal, als hätte er den Unsichtbarkeitsmantel von Harry Potter übergeworfen. Sanft fällt die Tür ins Schloss und Schlütti dreht sich um, geht schnellen Schrittes zurück zur Dönerbude und lehnt sich an den Stehtisch, als hätte er nie etwas anderes getan. In Orguns Laden kommt allmählich wieder Bewegung.

Das war nicht hilfreich. Ich gehe im Kopf durch, ob wir *Operation Heftzwecke* damit abbrechen sollten. Aber Knolle und Lars bleiben sitzen und Micha gibt mir per Handzeichen zu verstehen, dass wir trotz allem fortfahren sollen. Ich nicke und schaue ins Barlokal. Der Kellner bringt Knolle seinen Drink, sagt etwas und lächelt. Jutta lächelt nie Gäste an. Sie raucht aber auch viel. Außerdem zapft sie, räumt auf und macht meine Steuererklärung. Da kann man ja nicht gleichzeitig auch noch Gäste anlächeln. Ich entscheide mich dafür, dass ich das Verhalten von Orguns Kellner absolut aufgesetzt finde, als Knolle endlich in sein Taschentuch schnäuzt. Das ist das Zeichen für mich. Ich halte Schlütti meine Handfläche entgegen, um ihm zu verdeutlichen, dass er sich bereitmachen soll. Und dann geht alles ganz schnell. Der Kellner geht weg, Knolle nimmt einen großen Schluck von seinem Grünkohl-Mango-Smoothie, er schluckt, reißt die Augen auf, erhebt sich, verzieht das Gesicht und beginnt zu würgen.

»Uaaargh«, macht er.

Man kann es bis auf die Straße hören. Einige Tische weiter links schmeißt Lars theatralisch die Getränkekarte von sich weg und rennt in Knolles Richtung. Sein Vokuhila flattert hinter ihm her. Tumult bei *Fit-and-Green*. Die Gäste unterbrechen ihre Gespräche, schauen sich um, lassen ihr Besteck fallen. Lars packt Knolle mit seinem schmächtigen Körper von hinten, drückt ihn an sich, springt hoch, Knolle springt mit. Die meisten Menschen in Orguns Laden stehen nun, einige wollen helfen. Ich winke Schlütti zum Eingang und er rennt los, reißt wieder die Tür auf. Knolle würgt noch immer, gurgelt, schnauft. Alle Blicke sind auf ihn gerichtet. Und dann spuckt er in seine Hand.

Sekunden verstreichen. Niemand rührt sich.

»Eine Heftzwecke!«, ruft Knolle endlich. »Da war eine Heftzwecke in meinem Getränk!«

»Das darf doch nicht wahr sein!«, kommentiert der Lebensretter mit dem Vokuhila diese unübersichtliche Situation und wirkt fassungslos, geradezu geschockt. Dann meldet sich Schlütti zu Wort.

»Oh mein Gott, eine Heftzwecke?«, schreit er.

Was für ein Schlamassel für Orgun. Ein Skandal. Da erstickt beinahe einer seiner Gäste an einem seiner ach so gesunden Grünkohl-Mango-Smoothies und überlebt nur, weil ihm ein Fremder zu Hilfe geeilt ist. Wenn das mal keine Katastrophe fürs Geschäft ist.

Ich kämpfe mich zum Eingang vor, drücke mich an die Mauer und zupfe in der Hocke an Schlüttis Hemdzipfel.

»Operation abschließen«, flüstere ich, aber mein Kumpel ist gerade richtig in Fahrt.

»Eine Heftzwecke in einem Fruchtgetränk?«, ruft er. »Also das ist ja die Höhe! Ich muss hier raus! Wer kommt mit?«

Mit Handbewegungen animiert Schlütti die Gäste, Orguns Laden schnellstmöglich zu verlassen.

»Das tue ich mir auch nicht an!«, sagt Knolle und wirft einen Zehneuroschein auf den Tisch. Der Kellner ist wie festgewachsen. Jetzt lächelt er nicht mehr.

»Alle raus hier! Das ist ja lebensgefährlich!«

Das kam von Lars. Schlütti steht nun neben ihm und die beiden stützen gemeinsam Knolle, der aus unerfindlichen Gründen humpelt, als hätte die Heftzwecke bei ihm zu allem Überfluss auch noch einen Muskelfaserriss verursacht.

»Los, kommt mit!«, wirft Schlütti ein letztes Mal über die Schulter, aber alle Gäste schauen den drei Gestalten nur so irritiert hinterher, als wäre gerade ein Tsunami über sie hinweggefegt. Als wir außer Sichtweite sind, renne ich auf Micha zu und mache High Five mit ihm.

»Das wird Orgun eine Lehre sein!«, sagt er und ich lächle.

»Oh ja! Das wird es!«

13

Unsere Aktion war Orgun offensichtlich weniger eine Lehre als eine offene Kriegserklärung. Jutta klang am Telefon fast schon beeindruckt, als sie mir erzählte, dass über Nacht meine Leuchtreklame abmontiert wurde und der Boden vor dem Eingang der Kneipe heute Morgen mit tausenden Heftzwecken übersät war. Sie musste durch sie hindurchwaten wie durch meterhohen Schnee und hat sich etliche Kratzwunden zugezogen.

Dass Orgun so unverzüglich und trotzdem originell auf unsere Aktion reagiert hat, ruft in mir eine Mischung aus Anerkennung und Empörung hervor. Ich frage mich vor allem, wo man in der Nacht von Sonntag auf Montag so viele Heftzwecken herbekommt, dass man ganze Eingangsbereiche damit zupflastern kann. Je länger ich über alles nachdenke, desto wütender werde ich. Die Heftzwecken kann man ja noch wegfegen, doch ohne die Leuchtreklame über meiner Eingangstür wirkt es so, als sei der *Schluckspecht* geschlossen. Dabei ist es in meiner derzeitigen Situation zwingend notwendig, dass er einladend wirkt. Das weiß Orgun ärgerlicherweise genauso gut wie ich. Dieser Mistkerl.

Als Ersatz für die Reklame habe ich nun meine Freunde auserkoren. Die Jungs leuchten zwar nicht im Dunkeln, dafür werden sie heute Abend vor dem Eingang stehen und nach außen Geselligkeit und ausgelassene Lebensfreude demonstrieren. Im Hinblick auf das Ansprechen potenzieller Gäste habe ich Schlütti jedoch bereits unmissverständlich darauf hingewiesen, dass er sich auf eine bestimmte Zielgruppe konzentrieren soll, aus der Minderjährige und vor allem Grundschülerinnen kategorisch ausgeschlossen sind. Er murrte herum und sagte, dass Vanessa und er eigentlichen einen Couchabend ausgemacht hätten und dass die Situation sowieso schon angespannt sei, weil er in letzter Zeit immer bei mir gewesen sei, statt sich mit seiner Freundin um den gemeinsamen Umzug an den Stadtrand zu kümmern. Aber ich legte sofort mein Veto ein. Micha hatte als Erster die »Ich bekomme Beziehungsprobleme«-Karte ausgespielt und die gibt es nur einmal. Er muss auf Lili aufpassen, weil Steffi auf eine Tupperparty gehen möchte. Schlütti kann ich nicht auch noch entbehren, also muss er helfen. Einen Couchabend kann er auch morgen machen. Vanessa wird das bestimmt verstehen.

Mein Zeitplan für den heutigen Tag ist straff. Da Lisa gestern bereits tief und fest schlief, als ich vom *Schluckspecht* heimgekommen bin, werden wir erst heute Nachmittag über die grauenhaften neuen Erkenntnisse sprechen können, die sie praktisch rein zufällig über die Stadt München gewonnen hat. Danach gehe ich zur Kneipe, damit ich mich um die zahlreichen Gäste kümmern kann, die meine Freunde mit ihrer charmanten Art zuhauf akquiriert haben. Dafür muss ich jedoch wie jeden ersten Montag im Monat zunächst in die Metro fahren und meine Alkohol- und Speisevorräte auffüllen. Es soll heute Abend schließlich niemand hungrig oder durstig bleiben. Vor dem Hintergrund dieses vollen Terminkalenders wird mir klar, dass ich auch heute wieder nicht dazu kommen werde, das kaputte Lämpchen am Badezimmerspiegel auszutauschen. Aber wenn alles tatsächlich so ideal eintritt wie eben zusammengesponnen, nehme ich das gerne in Kauf.

Mit einer kraftvollen Bewegung erhebe ich mich von der Couch und winke Bernadette und Thorsten zum Abschied zu. Bernadette dreht sich beleidigt zur Seite, Thorsten tapst unsicher in die hinterste Ecke des Käfigs. Offensichtlich brodelt es wieder in seinem kleinen Körper. Der Arme. Heute Abend bekommt er zur Aufmunterung ein extra großes Gurkenstück.

Ich lächle noch einmal in die Richtung der Wellensittiche, bevor ich die Tür schließe, die Treppen hinuntereile und ins Freie trete. Die Luft ist heute noch schlechter als sonst. Ich wische mir die Tränen aus den Augen und wundere mich im ersten Moment noch über die zahlreichen Handabdrücke auf der verdreckten Motorhaube meines Autos, zucke dann aber mit den Schultern und hieve mich in den klapprigen Ford. Lisa wird München inzwischen bestimmt abgrundtief hassen, rede ich mir ein und stutze, als der Motor nur ruckelt, statt zu starten. Ich drehe den Schlüssel erneut, aber nun ruckelt es noch nicht einmal mehr.

»Kann doch nicht wahr sein«, nuschle ich und steige wieder aus. Ich klappe die Motorhaube auf, als hätte ich irgendeine Ahnung von Autos, und ringe kurz darauf nach Luft. Es ist kein Experte nötig, um festzustellen, was los ist. Mitten auf dem verdreckten Motor ist eine einzelne, sorgfältig positionierte und silber glänzende Heftzwecke zu sehen. Ich spüre, wie mein Gesicht die Farbe verliert, und stütze mich auf der Karosserie ab. Nicht ausrasten, flüstere ich vor mich hin und meine Beruhigungsstrategie funktioniert hervorragend, bis ich dann doch ausraste. Mit Wucht trete ich gegen das Nummernschild und boxe anschließend auf dem Kühlwasser-Behälter herum. Keine Ahnung, *was* Orgun da gemacht hat, aber er *hat* etwas gemacht. Und jetzt verspottet er mich mit dieser verfluchten Heftzwecke. Dieser verfluchte Mistkerl!

Ich brauche einige Sekunden, bis ich mich beruhigt habe und wieder klar denken kann. Hilfe wäre angebracht. Also krame ich mein Handy hervor und rufe zuerst Knolle an, der sagt, dass er gerade bei seiner Affäre sei. Er verspricht aber, sich das Auto später mal anzuschauen. Ich lege auf und wähle die Nummer von Micha. Er ist gerade mit Steffi und Lili im Einkaufscenter, Babyschuhe gucken. »Toll!«, sage ich. Mehr bringe ich nicht heraus. In den nächsten fünf Minuten erfahre ich, dass Schlütti Elternsprechtag hat und Lars im Labor festsitzt. Und Jutta kann mich ebenfalls nicht zur Metro fahren, da sie keinen Führerschein hat.

»Ich kriege zu viel!«, schreie ich in das Innere der Motorhaube und werde von einem vorbeilaufenden Jungen mit Lutscher angestarrt, als würde ich einen Trachtenhut und Lederhosen tragen.

»Hau ab!«, zische ich und balle die Faust.

Das ist doch alles nicht zu fassen. Es vergeht wirklich kaum ein Tag, an dem nicht irgendeine neue Katastrophe über mich hereinbricht. Ich bin aber auch selbst schuld. Würde ich nicht immer bis mittags schlafen, wäre es für Orgun sicherlich nicht so kinderleicht, mich von vorne bis hinten zu demütigen. Was man an einem Montagmorgen nicht alles schaffen kann, wenn man einigermaßen früh aufsteht. Leuchtreklamen klauen, Autos zerstören und Heftzwecken kaufen, um sie an jedem seiner Tatorte liegen zu lassen wie ein durchgeknallter Psychokiller. Orgun hat mich bestimmt beschatten lassen und herausgefunden, dass der frühe Morgen meine tageszeitliche Achillesferse ist. Der Zeitpunkt, an dem man zuschlagen kann. Doch das hat nun ein Ende, ab heute klingelt mein Wecker bei Sonnenaufgang!

Entgegen aller Wahrscheinlichkeit steige ich erneut in meinen Ford, hoffe auf ein Wunder und drehe den Schlüssel herum. »Klick, klick«, macht es und ich knurre. Mein Lenkrad bekommt einen Faustschlag ab, Orgun einige Flüche geschickt und Lisa einen Anruf mit der dringlichen Bitte, auf dem Heimweg noch eben im Supermarkt eine Palette Schnaps zu besorgen.

14

»Hier«, sagt Lisa und stellt zwei Flaschen Jägermeister auf den Wohnzimmertisch. »Wozu brauchst du die überhaupt so dringend? Feierst du deinen Ausstand?«

Lisa lacht. Ich runzle die Stirn.

»Nein«, antworte ich, »letzte Woche habe ich mit Schlütti doch Flyer verteilt und Werbung gemacht. Vielleicht kommen heute deswegen ein paar mehr Gäste.«

»Das ist doch jetzt auch egal, wo wir bald weg sind, oder?«

»Hast du nur diese zwei Flaschen gekauft?«, lenke ich ab.

Lisa stellt ihren Rucksack auf den Stuhl, zieht sich die Jacke aus und legt den Schal ab.

»Das waren die beiden letzten.«

Ich verdrehe die Augen. Lisa sagt es so gleichgültig, dass ich ihren Begrüßungskuss kaum erwidere. Was soll ich denn bitte mit zwei Flaschen Jägermeister anfangen? Die trinkt Schlütti doch allein.

»Super«, sage ich patzig und schon ist die Stimmung wieder im Keller. Lisa beginnt einen Vortrag darüber, dass sie den gesamten Tag arbeiten gewesen sei, auf dem Fahrrad sowieso nicht mehr Flaschen hätte transportieren können und ich genug Zeit gehabt hätte, mich selbst darum zu kümmern. Dagegen ist schwer anzukommen, trotzdem reagiere ich gereizt und rede mich um Kopf und Kragen, bis ich das Gefühl habe, dass unser Streit kurz davor ist, in leidenschaftlichen Sex umzuschlagen. Wie es in diesen Filmen immer passiert. Ich wage einen Annäherungsversuch, den Lisa aber entschieden abwehrt. Ich seufze.

Nachdem Lisa geduscht hat, ist unsere Meinungsverschiedenheit immerhin wieder in den Hintergrund gerückt. Auch deshalb, weil wir uns gemeinsam über den Wellensittichkäfig beugen, um Thorstens Ausscheidungen zu inspizieren. Er hat noch immer Durchfall und Lisa macht sich inzwischen ernsthafte Sorgen. Für mich ist das der perfekte Anlass, um auf diesen herzlosen Zoo in München einzugehen, der, ohne mit der Wimper zu zucken, blutrünstigen Raubtieren wehrlose Wellensittiche zum Fraß vorwirft.

»Ich habe mal recherchiert, was Thorsten haben könnte«, sage ich, »und da bin ich auf einen Artikel über Wellensittiche gestoßen. Der lag doch hier irgendwo neben dem Käfig, oder?«

Ich setze meine Unschuldsmiene auf und streiche Lisa zärtlich über ihren Rücken, als vorgezogene Tröstung.

»Habe ich in die Küche gelegt«, sagt sie, »das war aber sowieso nur irgendetwas über eine Tierschutzorganisation …«

Lisa bricht ab und begutachtet mit zusammengekniffenen Augen den Käfig. Bernadette knabbert an ihrer Möhre, Thorsten stößt mit seinem Köpfchen gegen die Kletterstange und plappert Flüche.

»Was stand denn da genau drin?«, hake ich nach. »Irgendetwas mit Wellensittichen, die ermordet wurden, oder?«

Mein Versuch, Lisa in die gewünschte Richtung zu stupsen, misslingt. Meine Freundin dreht sich um, greift in ihren Rucksack und fischt ein braunes Papiertütchen heraus.

»Weintrauben?«, fragt sie.

Ich seufze. Nein, Lisa, ich will keine Weintrauben. Ich will, dass du hier heulend zusammenbrichst, weil in München ausschließlich grausame Wellensittich-Mörder herumlaufen. Ist das wirklich zu viel verlangt?

»Nein danke«, sage ich, »aber wie war das jetzt mit dieser Tierschutzorganisation?«

»Ach, keine Ahnung, Tim. Im Münchner Zoo wurden angeblich Wellensittiche an die Tiger verfüttert oder so …«

»Oh nein!«, sage ich und schlage mir die Hand vor den Mund, als könnte ich mein Entsetzen nicht verbergen. »Und das war in München?«

»Ach, wo du das gerade ansprichst«, sagt Lisa, »als ich das gelesen habe, ist mir erst einmal klar geworden, dass die in München sogar einen eigenen Zoo haben! Ist das nicht toll? Dann müssen wir nicht wie hier erst über die Autobahn bis nach Duisburg oder Gelsenkirchen fahren und im Stau stehen!«

Lisa lächelt breit.

»Wobei das in München eigentlich kein *Zoo* ist, sondern ein *Tierpark*! Das müssen wir uns unbedingt merken!«

Lisa wirft sich mit einem Lächeln die nächste Weintraube in den Mund und streicht mir durchs Haar. Dann lacht sie. Ich kapituliere.

»Unbedingt ...«, stöhne ich und drehe mich wieder zu Thorsten.

»Tierpark!«, krächzt er und es vergehen einige Minuten, in denen Lisa ausführt, dass sich unsere Wellensittiche im südlichen Klima sicherlich besser zurechtfinden würden als hier, zwischen der Auffahrt zur A3 und der Müllverbrennungsanlage. Außerdem habe sie sich über die Universität München informiert und auf der Internetseite der Juristischen Fakultät gelesen, dass die Anmeldefrist für das Wintersemester noch nicht verstrichen sei. Wenn ich sofort einsteigen würde und womöglich schon im nächsten Jahr meinen Abschluss machen könnte, wäre das doch eine tolle Sache, sagt sie. »Unbedingt!«, sage ich wieder und schüttle den Kopf. Meine Güte, Lisa. Erstens ist diese Zeitplanung völlig utopisch und zweitens habe ich mein Jurastudium doch nicht aus Versehen abgebrochen, sondern ganz bewusst und voller Überzeugung. Ich will nicht wieder zurück an die Uni, ich will nicht wieder in der Bibliothek vor Gesetzbüchern sitzen, die dicker sind als Juttas Oberschenkel, und ich will auf keinen Fall mehr auf irgendwelche jämmerlichen Juristenpartys gehen, auf denen sich die Hälfte der Studenten einen Lacoste-Pullover um den Hals hängt und Chardonnay schlürft. Ich fand das alles im Ruhrgebiet schon schlimm, da tue ich mir das doch nicht auch noch ein zweites Mal in München an!

Ich atme durch und versuche mir einzureden, dass

Lisa es nur gut meint, aber als sie schließlich damit anfängt, dass sie mir zuliebe durchaus mal ins Stadion gehen würde, um mit mir ein Spiel des FC Bayern anzuschauen, platzt mir der Kragen. Ins Dortmunder Stadion wollte sie nie. Also krame ich in der Tageszeitung herum, bis ich den von mir einsortierten Artikel finde.

»Hoher Jahreswert beim Stickstoffdioxid«, zitiere ich und überprüfe mit einem Seitenblick, ob Lisa mir zuhört. Sie ist allerdings gar nicht mehr im Wohnzimmer, sondern klappert in der Küche herum. Ich renne mit der Zeitung in der Hand hinterher und setze eine besorgte Miene auf.

»In München mehr als doppelt so hoch wie der zulässige Grenzwert ...«, mache ich weiter und reibe mir nachdenklich übers Kinn. »Habe ich heute Morgen schon zufällig in der Zeitung gelesen und wollte dir das sagen, Schatz. Das muss man ja auch beachten, wenn man dorthin zieht. Ist nämlich durchaus gefährlich, so viel Stickstoffdioxid. Gerade für Thorsten und Bernadette!«

Lisa schnibbelt Zwiebeln und fragt, seit wann ich mich für Stickstoffdioxid interessiere. Ich antworte, dass ich als Mann eine gewisse Verantwortung hätte und sie und die Wellensittiche beschützen wolle. Gerade vor solchen Sachen wie Stickstoff. Lisa lacht, dreht sich um, schiebt mich zur Seite, öffnet die Kühlschranktür, kramt herum.

»Sollte man auf jeden Fall nicht unterschätzen, die Gefahr«, füge ich an und warte.

Lisa wirft sich aber nur ein paar Trauben in den Mund und sagt trocken, dass es in Bottrop heute

Morgen eine kleine Schießerei gegeben habe. Ganz in der Nähe. Familienkrach und so weiter. Zwei Tote. Schlimme Sache. Sie zuckt mit den Schultern und schmatzt. Ich bin starr und kann nicht reagieren. Eine Schießerei? Ganz in der Nähe? Zwei Tote? Ich will nachhaken, aber die Worte bleiben mir im Hals stecken. Die Polizei habe die Täter bereits geschnappt, fährt Lisa fort, trotzdem sei das beunruhigend.

»Außerdem habe ich heute in der Mittagspause mit ansehen müssen, wie eine Rentnerin bei Edeka in die Apfel-Auslage vor dem Eingang geschubst wurde, weil man ihre Handtasche stehlen wollte. Manche Menschen sind eben einfach nur asozial«, sagt sie. »Aber was will man machen. Wir kennen das ja. Kommste nach Bottrop, kriegste aufn Kopp dropp«, beendet sie ihren Vortrag und lacht wieder. Ich lache mechanisch mit.

»Hast du Hunger?«, fragt meine Freundin dann und ich nicke oder schüttle den Kopf. Ich weiß es nicht. Ich kann mich auch kaum wehren, als Lisa an mir vorbeitippelt und vergnügt eine Weintraube in meinen Mund schiebt.

»Essen ist gleich fertig«, trällert sie und tief in meinem Inneren beschleicht mich das ungute Gefühl, dass für Lisa ein Umzug nach München noch immer eine Option ist.

15

Micha hat Elternzeit. Seit gestern. Er sagt, er sehne sich schon jetzt wieder nach seiner Arbeit. In der Bank gab es zwischendurch wenigstens mal Leerlauf. Bei Lili gibt es den nicht. Niemals. Micha rechnet auch nicht mehr in Minuten oder Stunden, sondern in Hirsekringeln. Als ich ihn gegen Mittag anrief, sagte er, er habe knapp zwei Hirsekringel Zeit, um mit mir zu telefonieren. Dann würde Lili wieder zu schreien beginnen.

»Lili liebt Hirsekringel«, führte er aus, »sie kann an ihnen nicht ersticken, sie sind gut für ihre neuen Zähnchen und das Gekaue stellt sie eine Zeit lang ruhig.«

Ich brach seinen Vortrag ab, indem ich ihm antwortete, dass ich das alles ja ganz toll fände, wir aber nun andere Dinge zu erledigen hätten. Er müsse mich zu Piotres Werkstatt fahren, informierte ich ihn. Kurz zuvor hatte Knolle wie versprochen meinen Ford angeschaut, aber nur ratlos den Kopf geschüttelt. Er könne auch nicht genau sagen, was los sei. Er würde den Wagen einfach mal zum Chef schleppen lassen, schlug er vor. Ich nickte und schaute zu, wie er mit seinem Auto wieder Richtung Stadtmitte fuhr. Während ich hinterherschaute, fiel mir auf, dass ich nun gar keine Möglichkeit mehr hatte, später zur Werkstatt zu kommen, um den Ford wieder abzuholen. Also rief ich Micha an. Er sagte, jetzt sei es gerade schlecht, er müsse Lilis Windeln wechseln, aber er habe am späten Nachmittag ungefähr sieben Hirsekringel Zeit. Ohne eine genaue Umrechnungstabelle im Kopf zu haben, versicherte ich ihm, dass sieben Hirsekringel locker reichen würden.

»Danke noch mal«, sage ich, als Micha hastig winkt und mit seinem Elektroauto von Piotres Gelände summt. Sieben Hirsekringel sind anscheinend doch nicht so lang, wie ich vermutet hatte. Lili heulte und kreischte und jaulte die halbe Autofahrt und ich bin heilfroh, dass ich mich endlich in Freiheit befinde.

Knolle steht bereits neben meinem Ford und wartet auf mich, als ich über den Schotter stampfe.

»Weißt du schon was?«, frage ich ihn, aber er zuckt nur mit den Schultern.

»Chef hat drübergeguckt, der kommt gleich.«

Ich nicke. Knolle nickt zurück und es entsteht eine Pause.

»Affäre läuft?«, frage ich und Knolle antwortet mit: »Affäre läuft.«

Er schielt auf sein Handy, steckt es zurück und lehnt sich an das Eingangstor der Werkstatt, die aussieht wie die heruntergekommenste Bretterbude einer brasilianischen Favela. Das Dach des Gebäudes macht den Eindruck, als würde es jeden Moment einstürzen, das Plastikglas der kleinen Röhrenlampe ist zerbrochen und der Rost an der Fassade hat sich fast bis zum Schriftzug *Auto Szczesny* hochgefressen, der über dem Garagentor thront wie ein Warnzeichen.

Die beiden Zetts baumeln nur noch an einzelnen Nägeln herunter und es kann nicht mehr lange dauern, bis sie abfallen und auf dem blauen Blechmülleimer landen, auf dem so viele Zigaretten in den Sand gedrückt wurden, dass er mich an einen Mettigel erinnert.

Passend zu dem trostlosen Anblick beginnt es zu nieseln.

»Is nich gut …«

Ich höre es und drehe mich um. Piotr stampft in einem ölverschmierten Unterhemd aus der anliegenden Garage, deutet auf meinen Ford und wirft sich einen dreckigen Putzlappen über die Schulter. Knolle und ich blicken uns an. Piotr präzisiert.

»Auto kaputt!«, sagt er und zündet sich eine Zigarette an. Er schnauft, drückt seinen Rücken durch und zieht die Hose über den Bierbauch. Dann blickt er hoch, mustert die dicken Wolken über uns und sagt: »Wetter schlecht …«

Die Selbstverständlichkeit, mit der Piotr mir von dem Zustand meines Fords berichtet, macht mich beinahe wütender als der Zustand selbst. Ich bekomme noch kein Wort heraus, Knolle springt für mich ein.

»Ja, wie, Chef? Auto kaputt?«, sagt er und ich nicke eifrig, da mir eine ähnliche Frage durch den Kopf ging.

Sollte Orgun es tatsächlich geschafft haben, meinen Wagen unwiderruflich zu zerstören? Ich habe den Ford seit zehn Jahren, habe ihn nie sonderlich gepflegt, bin beinahe stümperhaft mit ihm umgegangen. Trotzdem hat er überlebt, ohne Anzeichen von Verschleiß. Wie ein Nokia 3210. Und nun soll er einfach kaputt sein? Mal ganz von der emotionalen Bindung abgesehen, die ich über die Jahre zu ihm aufgebaut habe, benötige ich dringend ein Fortbewegungsmittel, um meine Einkäufe für die Kneipe erledigen zu können. Gestern waren zwar lediglich Anton, Jupp und meine Freunde da, aber es war ja auch Montag. Ab Donnerstag könnte sich die Anzahl der Gäste drastisch erhöhen und daher muss ich mobil bleiben. Der Kauf eines neuen Autos passt mal so gar nicht in meinen Finanzplan.

»Motor kaputt, muss neue Motor rein!«

Piotres fachmännische Meinung gibt mir wieder etwas Hoffnung.

»Dann kaufen wir halt so einen neuen Motor?!«, sage ich und verwende extra die »Wir-Form«, um eine Art Schicksalsgemeinschaft zwischen Piotr, Knolle und mir herzustellen. Piotr lacht aber nur und Knolle presst die Lippen zusammen. Er sagt, dass der Kauf eines neuen Motors etwas anderes sei, als mal eben ein paar Teelichter zu besorgen. Der Regen wird stärker.

»Motor teuer! Motor, ich kann holen, aber kost mehrere hundert Euro!«

Piotr reibt Daumen und Zeigefinger aneinander, um die Problematik gestisch zu untermauern. »Totalscheiße …«, wirft er hinterher und ich wiederhole es.

»Totalscheiße?«

»Total*schaden*«, übersetzt Knolle und Piotr nickt.

»Motor teurer als Wagen wert! Nix machen, machen keine Sinn!«

Ich werfe den Kopf zurück und starre in die Regenwolken. Einzelne Tropfen ploppen in meine Augen und mir wird schwindelig.

»Das kann doch alles nicht wahr sein …«, flüstere ich und Piotr schließt seinen Erklärungskreis geschickt mit seinen Anfangsworten »Auto kaputt«.

Meine Atmung wird schwerer, mein Herz pumpt schneller, meine Brust tut weh. Orgun schadet mir ganz offensichtlich nicht nur finanziell, sondern auch gesundheitlich. Also versuche ich in einem ersten Schritt, meinen Pulsschlag zu normalisieren und mich zu beruhigen. Micha hat mir geraten, bei Hiobsbotschaften die Emotionen herunterzufahren und die Situation sachlich-kühl zu analysieren. Also entkrampfe ich meine Finger und denke nach. Bier wird mir geliefert, das ist kein Problem. Aber Schnaps, antialkoholische Getränke und Kleinigkeiten für die Küche kaufe ich immer selbst ein. Gerade jetzt, wo ich den *Schluckspecht* unbedingt zu neuem Leben erwecken muss, ist Mobilität ein ganz entscheidender Faktor. Der öffentliche Nahverkehr in Bottrop ist eine Katastrophe. Und auf Lisas Fahrrad steige ich nicht, das ist doch lebensgefährlich, wenn man Jahrzehnte nicht mehr gefahren ist. Aber was bleibt dann noch? Die Hilfe meiner Freunde? Auf die kann man sich ja anscheinend überhaupt nicht mehr verlassen, wenn sie ständig mit ihren Affären, Babyschuhen, Chemieformeln oder Elternsprechtagen beschäftigt sind. Strenggenommen hängt also meine gesamte berufliche Existenz an dem Ford und Piotr sagt einfach nur »Auto kaputt« und »Wetter schlecht«?

Ich starre Knolle an, maximale Bestürzung in meinem Gesicht.

»Wirtschaftlicher Totalschaden, Alter«, sagt er, »kann man nichts machen.«

Ich schließe die Augen und stöhne.

»Das ist scheiße«, sage ich und Piotr stimmt mir zu. »Totalscheiße!«

Er zieht ein letztes Mal an seiner Zigarette, klopft mir auf die Schulter, als hätten wir gerade mein Meerschweinchen im Garten beerdigt, und verschwindet wieder zwischen den Autos.

»Tut mir leid«, sagt Knolle und ich stehe einfach nur da. »Orgun ist echt ein Arschloch ...«, wispere ich.

Erst die Manipulation meiner Bierlieferung, dann die Ausübung polizeilichen Drucks, die Vernichtung einladender Werbeschilder und zum Schluss auch noch die Eliminierung des entscheidenden Fortbewegungsmittels. Orgun macht mich systematisch fertig. Und er weiß, dass ich nicht nur an dieser Front kämpfen muss. Lisa sitzt mir im Nacken und will, dass ich meine Heimat verlasse. Und jetzt muss ich eine ganze Stadt diskreditieren, muss meiner Freundin die Schönheit Bottrops unterschwellig nahebringen, muss meine Kneipe vor dem wirtschaftlichen Zusammenbruch retten und werde nebenbei noch von Orgun in diesen Kneipenkrieg getrieben, bei dem es am Ende doch nur Verlierer geben kann. Das alles wäre selbst für einen stressresistenten Menschen zu viel. Für jemanden, der es schon anstrengend findet, sich einen Pudding aus dem Kühlschrank zu holen, wenn er auf der Couch liegt, ist das die absolute Hölle.

Ich stoße Flüche aus und rufe Micha an, der mir versichert, dass er mich in neun Hirsekringeln abholen kann. Knolle klopft mir noch einmal auf die Schulter und geht zurück in die Werkstatt. Ich schaue ihm hinterher und sehe zu, wie eine kleine Windböe das zweite Zett aus dem Schriftzug *Auto Szczesny* herausreißt. Es prallt auf den Mettigel-Blechmülleimer, landet auf dem Boden und versinkt in den Regenpfützen. Mein Ford steht daneben.

Leb wohl, mein alter Freund. Dein Ende wird nicht ungesühnt bleiben, das verspreche ich dir.

16

»Sie wissen, dat die Zervelat im Angebot is, oder?«

Die Frau hinter der Wursttheke hat mich missverstanden. Ich will nichts bestellen, ich brauche Hilfe. Mit einem kurzen Blick an die Decke vergewissere ich mich, ob es Überwachungskameras in diesem Supermarkt gibt, die meinen Einkaufsirrweg die letzte Dreiviertelstunde aufgezeichnet haben. Es gibt welche. Und bestimmt sitzen gerade zwei Sicherheitskräfte in einem abgedunkelten Zimmerchen tief unter der Erde und lachen sich darüber kaputt, wie ein durchgeschwitzter Idiot mit seinem Einkaufswagen durch die endlosen Gänge des Ladens stolpert und so planlos wirkt wie ein Elch im Kino.

»Ich will keine Zervelatwurst kaufen, ich habe ein ganz anderes Problem: Ich weiß nicht, wie Fenchel aussieht!«

Mit dem Finger deute ich auf meinen zerknitterten Einkaufszettel, aber die Wurstfachverkäuferin glotzt mich nur irritiert an. Ich warte einige Sekunden auf eine hilfreiche Reaktion, dann drehe ich mich weg. Hier ist keine Unterstützung zu erwarten. Ich bin verloren und das habe ich einzig und allein Knolle zu verdanken. Er war es doch, der mich dazu gedrängt hat, romantische Aktionen für Lisa zu organisieren, damit sie auf diese Weise in ihrem Unterbewusstsein Bottrop mit positiven Empfindungen verknüpft. »Du musst dir einfach nur ganz viel Mühe geben, dann ist die hin und weg. Weibliche Psychologie und das alles, du verstehst.«

Ich verstand. Es klang ja auch einleuchtend. Aber warum *Operation Heimatstadt* in ihrer Konkretisierung ausgerechnet ein selbstgekochtes Abendessen bedeuten muss, ist mir noch immer schleierhaft. Knolle kann da vielleicht bei seinen Affären punkten, aber ich habe noch nie in meinem Leben etwas gekocht. Nudeln mit Ketchup mal ausgenommen. Meine Lebensmitteleinkäufe haben sich bislang meist auf Chips, Tiefkühlpizzen und Frikadellen beschränkt. Nun plötzlich Fenchel und Kokosmilch zu organisieren, um eine Kürbissuppe als Entree für ein Drei-Gänge-Menü zu kreieren, bringt mich definitiv an meine Grenzen. Ich meine, welcher Mann weiß denn bitte schön, wer oder was Fenchel ist, geschweige denn, wie er oder es aussieht. Ich kenne nur Fenchel*tee*. Aber ich kann ja schlecht einen Teebeutel in eine Suppe werfen.

Im Internet stand das Rezept noch in der Rubrik »simpel«, was mich gerade gehörig auf die Palme bringt. Am liebsten würde ich einen hasserfüllten Kommentar auf die Internetseite schreiben und mich darüber echauffieren, dass ein männlicher Otto Normalverbraucher neben Kartoffeln, Erbsen und Möhren doch kaum Ahnung von irgendwelchen Gemüsesorten hat. Vor allem nicht von solch ominösen wie Fenchel. Allerdings kann ich meinem Ärger auf *ein-*

fach-kochen.de momentan keine Luft machen, weil das Internetvolumen meines Handys aufgebraucht ist und in diesem Supermarkt gibt es kein WLAN. Daraus resultiert, dass ich auch mein Fenchel-Problem nicht mithilfe des World Wide Web lösen kann. Ich brauche Hilfe in der realen Welt, wenn ich Fenchel finden möchte, bevor der Laden schließt.

Ich biege links ab, schiebe meinen Einkaufswagen an Regalen mit Spülmittel vorbei und komme zu dem Schluss, dass ich hier vollkommen falsch bin. Vielleicht hätte ich einfach auf Schlütti hören und mit Lisa gemütlich in die Frittenbude gehen sollen. Currywurst-Pommes-Mayo. Da weiß ich wenigstens, wie jede einzelne Zutat aussieht. Außerdem schmeckt es sicherlich besser als eine Kürbissuppe. Insbesondere, wenn die Kürbissuppe von *mir* zubereitet wird.

»Kann ich Ihnen helfen?«

Endlich, denke ich. Endlich die Frage, auf die ich so lange gewartet habe. Der Supermarktangestellte hastet auf mich zu und ich würde ihn am liebsten umarmen.

»Ja, das können Sie!«, sage ich.

Der Kittel bleibt allerdings nicht stehen, sondern geht an mir vorbei, wirkt hektisch.

»Und zwar wollte ich etwas kochen und ich brauche Fenchel, aber das Problem ist …«

»Vorne in der Gemüseabteilung!«

Der Verkäufer verschwindet so schnell hinter dem nächsten Regal, wie er gekommen ist.

»… dass ich nicht weiß, wie Fenchel *aussieht*!«, rufe ich hinterher und erhalte als Antwort … Stille.

Ich nuschle Flüche in mich hinein. Ich war schon

vier Mal in der Gemüseabteilung, aber etwas Fenchelartiges habe ich dort nicht gesehen. Schilder sind auch nur vereinzelt angebracht und ausschließlich bei demjenigen Gemüse, das man sowieso schon kennt. Möhren. Kartoffeln. Dafür brauche ich kein verdammtes Schild.

Ich flüstere noch immer Unverständliches, als eine Oma mit Rollator ihren Kopf von den Fertigsoßen zu mir dreht und mich so abwertend ansieht, als könnte ich etwas für ihre niedrige Rente.

»Wissen Sie, wie Fenchel aussieht?«, frage ich und lächle sie an. »Mein Internetvolumen ist aufgebraucht, ich kann es nicht googeln und hier gibt's kein WLAN!«, füge ich hinzu, um mögliche Missverständnisse gleich im Keim zu ersticken. Allerdings schüttelt die ältere Dame lediglich den Kopf, setzt ein verängstigtes Gesicht auf und flüchtet im Eiltempo in den gegenüberliegenden Gang, als wäre ich ein Zeuge Jehovas.

»Das war nicht hilfreich«, sage ich ins Nichts und über die Lautsprecher höre ich eine nasale Stimme, die darüber aufklärt, dass die Zervelatwurst heute im Angebot ist. Ich schüttle den Kopf und entfalte meinen Einkaufszettel. Die Fenchel-Kokos-Kürbissuppe kann man bestimmt auch ohne Fenchel machen, beschließe ich. Damit wäre dieses Problem schon einmal gelöst. Für das Thai-Curry-Erdnuss-Hühnchen fehlen mir dagegen noch Bambussprossen, Gemüsebrühe und Zuckerschoten. Bei den Zuckerschoten habe ich allerdings ein ähnliches Identifizierungsproblem wie beim Fenchel. Wenn man bedenkt, dass ich darüber hinaus auch Speisestärke brauche, wird alles noch komplizierter. Ich bin mir nämlich unsicher, ob Speisestärke in Flaschen, Dosen oder Beuteln verkauft wird, was die Suche erheblich erschwert und doppelt blöd ist, weil ich noch nicht einmal einordnen kann, in welcher Abteilung sich Speisestärke befinden könnte.

Ich drehe mich um und der Kittel kommt mir wieder entgegengerannt. Ich schiebe meinen Einkaufswagen in seinen Laufweg und frage ohne große einleitende Worte, wo ich hier Zuckerschoten finden könne.

»Direkt neben dem Fenchel«, sagt der Kittel und quetscht sich an meinem Wagen vorbei. Ich rufe irgendetwas, das Richtung Empörung geht, aber meine Worte verhallen zwischen den Fertigsoßentüten und den Vollkornnudelpackungen. Aus den Lautsprechern höre ich wieder, dass die Zervelatwurst heute im Angebot ist, und am liebsten würde ich schreiend durch den Laden rennen und alle Regale umstoßen.

Zwei Stunden später sitze ich an dem kleinen Tisch in unserer Küche und starre hoffnungsvoll in Lisas Augen.

»Schmeckt es dir?«, frage ich und Lisa lächelt gezwungen.

»Ja, schon«, sagt sie und streichelt mir über die Schulter, als wäre ich ein übergewichtiges Schulkind, das trotz höchster Anstrengungen beim Hürdenlauf als Letztes ins Ziel gekommen ist. Aber damit kann ich leben. Hauptsache angekommen.

»Gut«, sage ich und schiebe mir eine Gabel Vollkornnudeln in den Mund.

»Wobei die Kombination etwas unkonventionell ist, oder?«

Lisas Einwand lässt mich auf meinen Teller starren.

»Wieso?«, frage ich, obwohl ich die Antwort bereits kenne.

»Na ja, also, Nudeln mit Zervelatwurst habe ich noch nicht so oft gegessen …«

Ich schmatze und nicke verständnisvoll, als stünde ich bezüglich der Esskultur meilenweit über ihr und würde solch ausgefallene Gerichte schon lange kennen und lieben.

»Wo hast du denn das Rezept her?«

»Internet«, sage ich, »außerdem war die Zervelatwurst im Angebot.«

Ich wuchte mir die nächste Gabel in den Mund, damit ich nicht noch mehr erklären muss. Das Ganze ist mir schon peinlich genug. Vorsichtshalber greife ich nach der Flasche Wein und schütte unsere Gläser voll. Alkohol kann im Moment nicht schaden. Wenn Lisa und ich Glück haben, tötet er den Geschmack des Hauptgangs weitestgehend ab.

»Vielleicht machst du beim nächsten Mal einfach noch eine Soße dazu oder so …«

Lisa lächelt mich an und ich lächle mit. Sie hat recht. Trockene Nudeln mit trockenen Zervelatwurststückchen sind insgesamt doch trockener, als ich gedacht habe.

»Aber für den Anfang gar nicht so schlecht, mein Hase!«

Ich nicke. Die Fenchel-Kokos-Kürbissuppe ohne Fenchel war tatsächlich in Ordnung. Allerdings habe ich dadurch gleich bei der Vorspeise die Latte unverhältnismäßig hoch gelegt und bei Lisa die Hoffnung geweckt, mein Menü würde sich von Gang zu Gang qualitativ steigern. Ein fataler Trugschluss. Denn leider hatte ich beim Hauptgang noch einschneidender improvisieren müssen als bei der Vorspeise, weil für das Thai-Curry-Erdnuss-Hühnchen mehr als die Hälfte der Zutaten nicht auffindbar waren. Vollkornnudeln und Zervelatwurst dagegen schon. Als krönenden Abschluss habe ich aber immerhin noch eine Packung Vanilleeis in der Hinterhand und Vanilleeis mag ja eigentlich jeder gern. Insgesamt ist dieses Drei-Gänge-Menü also besser als ein Nervenzusammenbruch in einem Billigdiscounter. Ich habe heute regelrecht meine Gesundheit riskiert, da wäre es überaus deprimierend, wenn es sich nicht wenigstens gelohnt hätte.

»Wirklich gut?«, hake ich deswegen nach und deute mit einem dezenten Blick auf die romantische Kerze zwischen uns, um mein Abendessen nicht nur auf das Essen zu reduzieren, sondern das gesamte Ambiente miteinzubeziehen.

»Ja, mein Schatz! Danke!«

Ich nicke wieder. Die Lastwagengeräusche von der A3 dröhnen in unsere Küche herüber.

»Ganz im Ernst, du hast dir so eine Mühe für diesen schönen Abend gegeben, das war wirklich eine tolle Überraschung. Und das Essen ist …«

Lisa stockt, ich mache große Augen.

»… das Essen ist auch irgendwie toll. Anders – aber toll. Ganz einfach, weil *du* es gemacht hast!«

Ich spare es mir, zwischen den Zeilen zu lesen. Hauptsache, der Plan hat funktioniert und Lisas Unterbewusstsein findet Bottrop jetzt total super.

»Ich hoffe, das war kein einmaliger Ausrutscher, dass du kochst!«

Lisa trinkt einen Schluck Wein, blickt mich an und ich liebe sie für dieses Lächeln. Dass sie mich trotz meines umfassenden kulinarischen Versagens lobt, macht mich sentimental. Was findet Lisa an mir denn bitte schön so toll, dass sie bei mir bleibt, statt in München mit irgendeinem erfolgreichen Immobilienmakler durchzubrennen? Ich habe sie überhaupt nicht verdient, zumal ich seit Tagen versuche, sie aus purem Egoismus zu manipulieren, damit sie von sich aus auf ihren Traumjob verzichtet. Statt sie zu unterstützen, belüge ich sie, zerstöre ihr Glück und gefährde unsere Gesundheit mit improvisierten Drei-Gänge-Menüs. Warum stelle ich meine Bedürfnisse nicht einfach zurück und ziehe für sie um, statt mich wie ein egoistisches Arschloch zu verhalten?

»In München sind die Restaurants nämlich ziemlich teuer! Aber dafür trifft man dort vielleicht auch irgendwann mal einen Spieler vom FC Bayern! Wäre das nicht abgefahren?«

Lisa lacht und mir bleibt ein Stück Zervelatwurst im Hals stecken. Einen Spieler vom FC Bayern soll ich treffen? In einem überteuerten Restaurant? Plötzlich finde ich mein eben gefälltes Selbsturteil deutlich zu hart. Ich bin doch kein egoistisches Arschloch, ich will Lisa ja nichts Böses. Ich will sie doch nur vor einem großen Fehler bewahren! Der Job in München ist bestimmt gar nicht so toll, wie sie denkt. Die kochen da unten doch auch nur mit ganz lauwarmem Wasser. Hört man doch immer wieder. Wir würden zweifellos nicht glücklich werden. Und die Spieler des

FC Bayern will wirklich niemand beim Essen sehen. Ich sollte Lisa vor ihrem Irrglauben beschützen und mit *Operation Diffamation* fortfahren, sodass sie sich München aus dem Kopf schlägt und stattdessen in ihrer Heimatstadt glücklich und zufrieden wird. Ja, genau das sollte ich tun. Ich werde ihr helfen. Ich bin so etwas wie ein Retter. Lisas Retter. Ihr Held. Das muss ich mir einfach nur immer und immer wieder sagen.

17

Ich habe gegoogelt. Die Fenchelknolle sieht aus wie ein menschliches Herz, ist weiß mit grünen Stielen und wurde 2009 zur Arzneipflanze des Jahres gekürt. Ich habe mir den gesamten Wikipedia-Artikel durchgelesen und bin jetzt so eine Art Fenchel-Experte. Es war eine willkommene Ablenkung. Es ist genau sieben Tage her, dass Lisa mir im *Fit-and-Green* Barlokal den Boden unter den Füßen weggerissen hat. Nun sind es nur noch zwei Wochen, bis dieser Teufelsvertrag aus München bei uns in den Briefkasten flattert. Die Vorstellung, dass Lisa ihn dann freudestrahlend unterschreibt und auf diese Weise unsere Zukunft besiegelt, katapultiert mich auf die höchste Stufe meiner Panik-Skala. Ich musste mich gestern nach den Zervelatwurst-Nudeln also auf andere Gedanken bringen. In meiner Kneipe war nichts los, mein Laptop stand da, ich war kurz vor einer Depression. Da kam mir ein eingehendes Studium der *Foeniculum vulgare* aus der Familie der Doldenblütler als Verdrängungsmöglichkeit gerade recht.

Inzwischen habe ich allerdings eingesehen, dass mir eine mentale Flucht in die Welt des Fenchels nicht weiterhilft. Ganz im Gegenteil. Ich habe dadurch wichtige Stunden verschwendet, die ich hätte nutzen können, um Aktionen zu planen, durch die in Lisa weitere Zweifel an der Schönheit Münchens gesät werden. Vor dem Schlafengehen fasste ich den Entschluss, von nun an konsequenter zu sein. Als ich heute Morgen durch meinen neuerdings auf 8.30 Uhr gestellten Wecker aufgewacht bin, nuschelte ich Lisa dementsprechend meinen in der Nacht auswendig gelernten Text zu: Dass ich mich ja total auf den Umzug freue, aber dass in München durch die Nähe zu den Alpen ein schier unberechenbar wechselhaftes Klima vorherrsche, dessen gesundheitliche Folgen für Menschen aus dem Ruhrgebiet kaum abzuschätzen seien. Sie solle sich meine Sparkassen-Karte nehmen und uns so schnell wie möglich dicke Winterjacken kaufen. Sonst würde das ein bitteres Ende mit uns nehmen. Und mit Thorsten und Bernadette ebenfalls. Lisa lachte und gab mir einen Kuss auf die Wange, als hätte ich einen Scherz gemacht.

»Du bist *so* doof!«, sagte sie und grinste mich an, was auf Frauensprache so viel heißt wie: »Du bist *so* süß!«, und was eine denkbar ungünstige Reaktion ist, wenn man seine Freundin eigentlich durch messerscharfe Argumentation von einer Umsiedelung in den Süden abbringen möchte. Also hieß es für mich: Aufstehen, anziehen, weiterkämpfen. Seit dreißig Sekunden bin ich bei Schlütti, weil ich seine Hilfe brauche, und nun bereue ich es schon, weil er den Spieß umdreht.

»Nimm du die Kiste dahinten, die können wir dann schon mal ins Auto packen!«

Mein Kumpel atmet schwer, deutet mit einer Kopfbewegung auf einen der großen braunen Umzugskartons in seinem Wohnzimmer und stützt die Hände in die Hüften. Seine Stirn glänzt, sein Gesicht ist rot, seine Laune im Keller. Er ist mitten im Umzug. Nächste Woche geht es an den Stadtrand. Vanessa hat deswegen schon vorzeitig die Playstation abgebaut und irgendwo verstaut, wo Schlütti sie nicht wiederfindet. Damit er auch wirklich beim Packen hilft.

»Alter, was ist denn hier drin?«, sage ich und lasse den schweren Karton wieder fallen.

»Bücher ...«, lautet Schlüttis knapper Kommentar und er setzt sich auf eine der Kisten neben den Fernseher.

»Du kannst lesen?«

»Schulbücher ...«

»Ach so.«

Schlütti seufzt, wir blicken durch seine Wohnung und auf meiner Brust lastet plötzlich ein Gewicht. Schlütti hat immerhin sieben Jahre hier gelebt. Eine schöne Zeit. Wir haben viele tolle Augenblicke in diesen vier Wänden erlebt, viele leckere Tiefkühlpizzen in diesen Ofen geschoben und viele spannende Fußballspiele auf dieser Couch geschaut. Jetzt ist die Wohnung fast leer. Kalt. Sie wirkt schon gar nicht mehr wie Schlüttis altes Heim, sondern wie eine stinknormale Bude, in der es leicht nach Schimmel riecht. Schlüttis eingefallenes Gesicht sagt mir, dass er ähnlich empfindet. Eine Ära geht zu Ende. Ein neues Leben beginnt. Kiesauffahrten, »Willkommen-zu-Hause«-Fußmatten, Reihenendhäuser, Kombis. Die Männer-Jugend-Jahre sind vorbei, man zieht nun mit Frauen zusammen. Plötzlich werden Kerzen in der neuen Wohnung stehen. Aus dem Kaktus, der auch ohne gießen jahrelang überlebt hatte, werden dutzende Topfpflanzen, die sich in allen Räumen verteilen. Aus Vitrinen mit internationalen Bierdosen werden Kommoden, auf denen Fotos in silbernen Bilderrahmen stehen. Und die Playstation wird früher oder später zu einer eBay-Kleinanzeige, weil sie farblich nicht mehr zu den Gardinen passt. Schlüttis Zukunft ist auch meine Zukunft. Ein Schauer durchzuckt meinen Körper und mein bester Freund seufzt. Er sagt, Vanessa gehe langsam das Verständnis für seine ständige Jammerei aus und sie habe ihm aufgetragen, heute endlich mal zu schuften. Dabei habe er auch noch genügend andere Dinge zu erledigen. Die Schule stresse ihn. Er müsse mehrere dicke Stapel Klassenarbeiten korrigieren und die Sechstklässler würden sowieso nur noch Terror machen. Auf einem Umzugskarton als Stuhl, der vor einem Umzugskarton als Tisch stehe, lasse sich der Unterricht nur mühsam vorbereiten. »Alles ist doof«, resümiert Schlütti seine Situation und ich schaue auf die Uhr. Es wird Zeit, die Melancholie in diesem Raum zu durchbrechen und zum eigentlichen Grund meines Besuchs zu kommen.

»Ach, hör auf!«, sage ich also und winke ab. »Du hast es doch noch gut. Sieh mich mal an. Ich bin mitten im Krieg mit Orgun, der mein Auto zerstört hat, weil er mir den *Schluckspecht* wegnehmen will. Gestern bin ich zum Supermarkt gelaufen und habe über eine Stunde nach Fenchel gesucht, um mir am Ende trockene Brocken Zervelatwurst die Kehle runterzuwürgen, nur um das Unterbewusstsein meiner Freundin anzuzapfen, was definitiv nicht funktioniert hat. Wenn es nach Lisa geht, sitze ich in zwei Wochen nicht an der Bottroper Stadtgrenze, sondern mit Lederhosen in der Juristischen Fakultät in München! Wer hat denn hier bitte die Arschkarte gezogen?«

Keine Ahnung, ob Schlütti zuhört, er starrt schon seit einiger Zeit ins Leere. Ich will mich ja auch nicht immer in den Mittelpunkt drängen, aber im Moment gehöre ich da einfach hin! Wenigstens Schlütti sollte das akzeptieren, wo ich doch Lisa die Tragweite meiner Schwierigkeiten kaum erklären kann, ohne eine Trennung zu riskieren. Als ich ihr den tragischen Verlust meines Autos mitteilte, meinte sie nur, das sei gar nicht so schlimm, da man in einer Großstadt wie München sowieso kein Auto mehr brauchen werde. Sie habe sich erkundigt. Man bewege sich dort anders fort. »Fahrräder«, warf sie ein und ich kippte vor Schreck fast von der Couch. Lisas Vorstellungen von meinem bevorstehenden Leben werden immer radikaler. Sie hat einen Plan, der derjenigen Zukunftsvision total zuwiderläuft, die mir seit meiner Kindheit im Kopf herumspukt. Einen Plan, in dem ich auf einem Fahrrad vergnügt an der Isar entlangradle, um anschließend in irgendeinem Biergarten ein Paulaner in mich hineinzuschütten und mit anderen Gästen übers Golfen oder meine neue Vierzimmerwohnung mit Balkon zu quatschen, die so teuer ist wie eine ganze Neubausiedlung in Bottrop.

»Komm, egal, nutzt alles nichts. Lass uns die Kartons runterbringen …«, sagt mein Kumpel und steht stöhnend auf. Ich bleibe sitzen.

»Nein«, sage ich. »Hör zu, Schlütti, wir können

das mit den Kartons gerne morgen vor unserem Kegelabend machen, aber nicht jetzt. Du musst mir einen großen Gefallen tun, außer dir hat niemand Zeit. Knolle ist bei seiner Affäre, Lars auf der *Star-Wars*-Convention und Micha mit Steffi und Lili im Zoo. Ich habe kein Auto mehr und brauche noch heute ganz dringend eine Dokumentation über das Oktoberfest. Eine schockierende Dokumentation. FSK 18, Fremdschämfaktor 1000. Wie Jutta gesagt hat. Nur so kann ich Lisas harmonisches Bild von München zerstören. Du musst mich fahren und mir helfen. Jetzt! Keine Diskussion!«

Schlütti sieht mich entgeistert an.

»Weißt du, was Vanessa mit mir macht, wenn die Kartons heute nicht aus der Wohnung herausgeräumt sind?«

»Boa, Schlütti«, sage ich, »es geht jetzt *einmal* nicht um dich. Hier geht es um die Zukunft des *Schluckspecht,* um die Zukunft unseres Kegelvereins, um die Zukunft von uns allen! Oder sind dir deine Freunde inzwischen egal?«

»Natürlich nicht!«, sagt Schlütti.

»So!«, sage ich und Schlüttis Körper plumpst entkräftet auf den Umzugskarton. Irgendetwas knackt. Wir schauen herunter. »Küchengeräte«, steht auf der braunen Pappe und wir zucken synchron mit den Schultern.

»Na ja, aber Vanessa wird exorbitant sauer sein, wenn …«

»Los, jetzt komm«, unterbreche ich ihn. »Lass uns fahren und die Dokumentation kaufen.«

Ich ziehe Schlütti hoch, greife nach seinen Autoschlüsseln und schubse ihn Richtung Wohnungstür. Er sagt »Ey!« und will sich umdrehen, aber ich lasse mich auf nichts mehr ein. Zu viel steht auf dem Spiel.

Bevor Schlütti einen weiteren Einwand formulieren kann, wechsle ich das Thema und informiere ihn darüber, dass die Fenchelknolle wie ein menschliches Herz mit grünen Stielen aussieht und 2009 zur Arzneipflanze des Jahres gekürt wurde. Das stellt ihn vorerst ruhig.

18

The Octoberfest – the German way of life.

Der Titel ist vielversprechend. Schlütti und ich haben uns gestern extra für eine US-Import-DVD entschieden. Es standen noch ein paar andere Dokumentationen über das Oktoberfest im Regal, aber kaum eine konnte meinen Ansprüchen gerecht werden. Nur diese englischsprachige Version hat mich sofort angesprochen. Auf dem Cover ist ein Mann in Lederhosen zu sehen, der von einem kleinen Hügelchen auf einen anderen Mann in Lederhosen hinunterbricht. Die Amerikaner übertreiben bekanntlich ja gerne in allen Dingen, was mir in diesem Falle endlich mal zugutekommen könnte. Jetzt kann ich nur noch hoffen, dass der Inhalt hält, was die Außenansicht verspricht. Lisa soll am Ende auf der Couch sitzen, vollkommen verstört und fassungslos, angeekelt von den Menschen und Feiergewohnheiten in München. Und dann wird mein Moment kommen und ich werde klarstellen, dass wir meinetwegen nicht unbedingt nach München ziehen müssen. Dass wir auch in Bottrop bleiben können. Ich höre schon ihre Worte: »Ach, Tim! Wirklich? Wir müssen nicht umziehen? Ich bin ja so unendlich dankbar!« Sie wird mich umarmen und wir werden uns in unserer billigen Vierzimmerwohnung mitten im wunderschönen Ruhrgebiet im Kreis drehen, bis die Welt um uns herum in bunter Farbenpracht erstrahlt.

»Zeig mal das Cover!«, sagt meine Freundin und reißt mich damit aus meinen Gedanken. Ohne lange zu zögern, schiebe ich die Hülle tief in den Fernsehschrank.

»Da weiß ich jetzt gerade gar nicht, wo ich das hingetan habe.«

Lisa nickt. Ich gehe zu ihr, setze mich neben sie und lege meinen Arm um ihre Schultern.

»Ist eine normale Doku, sah aber wirklich interessant aus.«

Das ist zumindest nicht gelogen.

»Tolle Idee!«, lobt Lisa und nun nicke ich.

»Wir müssen uns ja vorbereiten«, sage ich. »Wir wissen doch gar nicht, was uns da erwartet.«

Lisa lehnt sich zurück und entspannt sich. Im Internet habe ich gelesen, dass es auf dem Oktoberfest etwas gibt, das man den »Kotzhügel« nennt. Ich reibe mir die Hände und entspanne mich ebenfalls.

»Hast du für die Nachmieter eigentlich mal das kaputte Lämpchen am Badezimmerspiegel ausgetauscht?«, fragt Lisa und ich sage, dass es zeitlich noch nicht geklappt habe. Dass die Nachmieter überhaupt nicht existieren, weil ich die Kündigung für unsere Wohnung natürlich zerrissen und weggeworfen habe, statt sie beim Vermieter abzugeben, verschweige ich.

»Aber jetzt lass uns doch erst einmal die DVD anschauen!« Ich drücke auf *Play* und der Bildschirm flimmert. Die Produktionsmittel der Dokumentation scheinen so begrenzt gewesen zu sein, dass es nicht zu einem Menü gereicht hat. Der Film geht sofort los. Die erste Einstellung. München von oben, irgendwelche Gebäude, ein englischer Kommentator.

»*Munich is one of the most interesting cities in the world …*«, beginnt er und ich kuschle mich an meine Freundin.

»Jutta hat übrigens vorhin angerufen«, sagt sie beiläufig und wirft sich eine Handvoll Popcorn in den Mund. »Sie meinte, dass jemand an die Fenster vom *Schluckspecht* ein paar Werbeschilder von *Fit-and-Green* geklebt hat.«

Ich stemme mich hoch und starre meine Freundin ungläubig an. Da bleibt mir doch glatt die Spucke weg.

»Komisch, oder?«, macht Lisa weiter. »Weiß Orgun denn nicht, dass wir erst in einem Monat umziehen?«

Ich schlucke. Das weiß Orgun ganz genau, dieser hinterlistige Mistkerl. Aber offensichtlich ist er sich nicht im Klaren darüber, dass ich diesen Umzug verhindern werde, und den *Schluckspecht* überlasse ich ihm erst recht nicht. Da kann er aufhängen, was er will. Trotzdem bin ich schockiert und es verunsichert mich, dass Orgun sich neuerdings vollkommen offenkundig als Verursacher des Kneipenterrors preisgibt. Er agiert selbstbewusst. Mit offenem Visier.

»Ach, das ist nur ein Scherz«, sage ich, »Orgun und ich necken uns immer mal wieder.«

Ich versuche, das Wutzittern in meiner Stimme zu unterdrücken, was nur mittelgut funktioniert.

»Na ja«, sagt Lisa und tätschelt wieder meine Schulter. Man kann nur hoffen, dass Schlütti in seiner großen Pause nicht am *Schluckspecht* vorbeigekommen ist. Die grinsende *Fit-and-Green*-Gurke an meiner Fassade hätte bei ihm bestimmt eine Herzattacke hervorgerufen. Aber auch bei mir sticht es schon wieder in der Brust.

»*... and with more than one point three million people ...*«

Ich versuche, Orguns Anschlag so gut wie möglich zu verdrängen und mich auf die Dokumentation zu konzentrieren. Aber so langsam geht sie mir ganz schön gegen den Strich. Immer noch keine Alkoholgelage, immer noch keine brechenden Menschen, immer noch keine Sexszenen im Freien. Ganz im Gegenteil, wir sind inzwischen mitten in der Stadt auf irgendeinem Platz und das Ganze sieht beängstigend schön aus.

»Ach, da, guck!«, sagt Lisa. »Das Rathaus!«

Ich nicke. Was für Scharlatane waren denn da am Werk? Da stimmt doch was nicht.

»*... and the building was finished in 1909 ...*«, sagt der Kommentator und ich werde immer unruhiger. Ich will hier doch nicht mit geschichtlichen Exkursen zugemüllt werden. Wieso geht es jetzt um das Rathaus, wenn vorne extra groß *The Octoberfest* draufsteht? Blöde Amerikaner. Anscheinend kann man überhaupt niemandem mehr auf dieser Welt vertrauen.

»Ach, ist das schön!«

Lisa zeigt auf den Bildschirm. Das Münchner Rathaus. Es ist knapp hundert Meter lang, mit ein paar Türmchen rechts, einem größeren Türmchen links und einem noch größeren Turm dazwischen, der wie ein gigantischer Phallus daherkommt. Wie protzig, urteile ich. Nicht mein Ding. Außerdem ist der Hauptturm noch nicht einmal mittig, sodass der gesamte Komplex für meinen Geschmack ziemlich unsymmetrisch aussieht. Ich nehme mir vor, Lisa diesen Eindruck zu einem passenden Zeitpunkt mitzuteilen.

»Neogotischer Stil!«, klugscheißert sie allerdings zunächst und ich setze einen überrascht-anerkennenden Gesichtsausdruck auf.

Die Kamera taucht unter die Arkaden und es sind Menschen zu sehen, die begeistert auf dem Marienplatz stehen und die Gebäude bestaunen. Der Kommentator brabbelt etwas von »*million visitors a year*« und dann ist wieder das Rathaus in voller Pracht zu sehen. Das gibt es doch nicht, wieso werden da denn keine wehrlosen Frauen von betrunkenen Männern angetatscht?

»Irgendwie ist das Rathaus unsymmetrisch …«, sage ich endlich und Lisa neigt den Kopf.

»Ja, stimmt«, gibt sie zu und ich balle innerlich die Faust. Ein erster kleiner Erfolg. Denn mal im Ernst: Wer bitte will in eine Stadt ziehen, in der unsymmetrische Gebäude herumstehen? Doch wohl eindeutig niemand.

»Da! Da ist die Marienstatue!«, sagt Lisa und ich nicke wieder. Innerlich bin ich so wütend, dass ich bereits beschlossen habe, der Dokumentation auf *Amazon* noch heute eine schlechte Bewertung zu geben. Das ist doch vorsätzliche Irreführung. Auf dem Cover stand *The Octoberfest*. Da waren brechende Menschen abgebildet. Wann geht das denn endlich los?

»An der Mariensäule hat übrigens schon der Papst gebetet!«, sagt Lisa stolz und ich will antworten, dass der Papst schon an sehr vielen Orten gebetet hat und dass das unterm Strich daher wenig beeindruckend ist. Der könnte auch in Bottrop beten, hat er, soweit ich weiß, sogar schon. Dafür bräuchte man also keine Marienstatue. Ich verkneife mir diese Gegenrede und antworte, dass ich das mit dem Papst ja ganz sensationell fände.

»*The ›Glockenspiel‹ is a reason for many people to visit the Marienplatz. It's one of the most …*«

»Ach, davon habe ich auch schon gehört!«

Lisa sagt es und ich starre auf den Bildschirm, auf dem die Besucher des Platzes ihre Köpfe in den Nacken legen und verzückte Gesichter aufsetzen. Was für eine beschissene Harmonie. Lisa übersetzt derweil für mich, dass wir gerade dreiundvierzig Glocken klingen hörten und dass es sich damit um das fünftgrößte Glockenspiel Europas handle. Ich strenge mich an, wieder überrascht und begeistert zu gucken, und hoffe gleichzeitig, dass sich dieser Ausdruck nicht langsam in mein Gesicht einbrennt.

Lisa geht mir mit ihrer Informationsparade ganz schön auf den Keks. Sie hat sich vorbereitet und verfolgt ganz offensichtlich eine ähnliche Strategie wie ich. Sie will mir München schönreden, ich will ihr München schlechtreden. Rein moralisch betrachtet, sind wir also gar nicht mehr so weit auseinander. Und ich habe hier seit Tagen ein schlechtes Gewissen, während Lisa nicht viel besser ist als ich.

»Wirklich ein kulturelles Highlight …«, sagt sie und setzt anschließend ihren Bericht über das Rathaus fort, indem sie von der aufwendigen Restauration des Glockenspiels im Jahr 2007 berichtet und etwas über eine Hochzeit von Herzog Wilhelm V. mit Renate von Lothringen doziert. Aber sie ist nicht die Einzige, die unfair spielt. Sie ist nicht die Einzige, die recherchiert hat. So ganz nebenbei werfe ich ein, dass München eine Stadtpartnerschaft mit Kiew unterhalte, was in Zusammenhang mit der Ukraine-Krise langfristig geopolitische Gefahren für jeden berge, der dort lebe.

Jetzt ist es Lisa, die verblüfft dreinschaut.

»Das wusste ich nicht«, sagt sie und ich klopfe mir innerlich auf die Schulter.

Die Kamera schwenkt noch einmal über den Platz, dann ist München von oben zu sehen und der Kommentator faselt etwas von »*Theresienwiese*«. Und tatsächlich: Ich sehe Karussells, ich sehe Zelte, ich sehe eine zierliche Frau mit Dirndl, die gefühlt sechsundzwanzig Bierkrüge in den Händen hält. Jetzt geht's endlich los. Ich atme tief durch und entspanne mich.

»Kann ich mal etwas mit dir besprechen?«, fragt Lisa vollkommen unpassend und ich antworte: »Gleich. Guck jetzt erst mal. Da! Siehste?«

Ich zeige auf den Fernseher und Lisa richtet sich auf. Sie dreht sich zu mir, sieht mich an und ich bin irritiert.

»Die Dokumentation geht weiter ...«, sage ich und Lisa rückt näher an mich heran.

»Ja, im Prinzip geht es auch um München. Ich wollte dich um etwas bitten. Beziehungsweise dir einen Vorschlag unterbreiten.«

Ich blicke sehnsüchtig zum Fernseher und sehe

schunkelnde Menschen auf Holzbänken. Lisa hat null Gefühl für Timing.

»Und zwar wollte ich fragen, ob ihr eure Kegelfahrt nicht um einen Monat vorziehen wollt.«

Ich blicke sie fragend an. Ein ungutes Gefühl beschleicht mich. Sie verzieht ihr Gesicht, macht große Augen.

»Ich habe mal nachgeschaut und es gibt billige Angebote für das nächste Wochenende. Freitag bis Sonntag. München. Nur 150 Euro pro Person.«

»München …?«, frage ich. »Du willst, dass wir unsere Kegelfahrt nach München machen? Nächste Woche?«

»Ja, das wäre doch einfach perfekt!«

Lisas Augen strahlen wieder und meine Kehle ist wie zugeschnürt. Ich höre etwas von einem optimalen Zeitpunkt, von einer guten Möglichkeit zur Vorbereitung und dass ich die Stadt ja schon einmal kennenlernen könnte. Außerdem sollte man sich in München frühzeitig um Wohnungen bemühen. Es sei ja so schwer, eine zu finden. Sie habe schon zwei, drei interessante Immobilien gefunden, die könne ich besichtigen, wenn ich schon mal da sei. »Dauert auch nicht lange«, sagt sie. Danach bliebe noch genug Zeit, um zu feiern, Bier zu trinken und Spaß zu haben. Aber man müsse in Beziehungen ja auch immer Kompromisse finden und es gehe hier schließlich um nichts weniger als unsere gemeinsame Zukunft.

»Bottrop!«, krächzt Thorsten und flattert von der einen Stange zur anderen. Ich habe ihm dieses neue Wort gestern beigebracht, um Lisa ganz unterschwellig zu manipulieren. Aber jetzt gerade scheint es seine Wirkung zu verfehlen. Lisa bekommt es gar nicht mit.

»Ich war mir erst nicht sicher, ob ich fragen soll. Immerhin ist es eure Kegelfahrt, die will ich nicht kaputtmachen. Aber ich will mein Praktikum vernünftig abschließen und habe keine Zeit. Und es geht für euch ja wirklich nur um ein, zwei Besichtigungen. Wäre das in Ordnung für dich?«

Lisa sieht mich an, ich sehe Lisa an. Hinter ihr im Fernseher bricht ein Mann in Lederhose von einem kleinen Hügel auf einen anderen Mann in Lederhose, der gerade pinkelt.

»Immerhin warst du ja vom ersten Moment an ebenfalls positiv eingestellt und jetzt hast du auch noch diese tolle Dokumentation mitgebracht, das ist wirklich ganz süß! Ich würde mich einfach sehr freuen, wenn das klappen würde!«

»Also ich weiß ja nicht ...«, sage ich und reibe mit Daumen und Zeigefinger über mein Kinn. »Im Prinzip wäre das schon möglich, ich würde das sogar sehr gerne machen, aber ...«, ich mache eine dramatische Pause, »aber leider, leider werden meine Freunde dagegen sein und ich kann sie ja nicht zwingen, in eine Stadt zu fahren, in die sie ...«

»Ach, wenn es nur das ist!«, unterbricht mich Lisa. »Das ist überhaupt kein Problem! Ich habe nämlich schon mit Vanessa und Steffi gesprochen und sie konnten Micha und Schlütti überzeugen!«

Ich spüre, wie mein Gesicht die Farbe verliert.

»Und die anderen beiden würden uns bestimmt ebenfalls den Gefallen tun und helfen. Deine Freunde sind doch immer auf deiner Seite, so ein kleines Opfer bringen sie bestimmt gerne. Für dich und mich und unsere Zukunft.«

Wenn du wüsstest, Lisa, was meine Freunde für mich und dich und unsere Zukunft alles tun würden. Aber doch bitte nicht für *diese* Zukunft. Lisa will tatsächlich unsere alljährliche Kegelfahrt dafür instrumentalisieren, eine Wohnung in München zu suchen, in der ich leben soll, möglicherweise bis ich sterbe. Das kann sie doch nicht verlangen.

»Wirklich?«, frage ich, weil mir nichts Besseres einfällt. Lisa lacht.

»Dann bist du also einverstanden?«

Ich seufze und schmatze und stottere und lächle gequält. Lisa ist begeistert.

»Das ist so, so, so toll von euch, dass ihr das macht!«

»Supertoll ...«, sage ich und Lisa kuschelt sich an meine Schulter, dreht ihren Kopf zum Fernseher und drückt sich an mich. Ich blicke versteinert auf den Bildschirm und sehe, wie die Kamera hochschwenkt und den blauen Himmel zeigt. Dann ist die Dokumentation zu Ende.

»Wirklich klasse, die DVD!«, sagt Lisa.

19

»Ihr seid so gottverdammte Weicheier, das gibt's gar nicht!«

Knolle ist unzufrieden. Er will nicht nach München. Und erst recht nicht auf unserer Kegelfahrt. Seit sechs Jahren fahren wir gemeinsam über ein Wochenende weg, es ist eine Tradition. Mal über den Tellerrand hinausschauen, das war schon immer unser Motto. Wir wollten Stück für Stück die Welt erobern. Wir haben sogar schon über Las Vegas nachgedacht. Doch stattdessen geht es nächstes Wochenende nach München.

»Wie kann man nur so dermaßen unter dem Pantoffel der Frauen stehen?«

Knolle sieht zuerst mich, dann Micha, dann Schlütti an. Die beiden haben gerade bestätigt, dass Steffi und Vanessa ihnen unmissverständlich geraten haben, dieses Jahr auf Kegelfahrt nach München fliegen zu wollen. Für Lisa, für Tim, für ihre Zukunft. Das sei ja wohl nicht zu viel verlangt. Es sei doch piepegal, wo genau man sich das Bier reinschütte. Ungefähr so haben sie es formuliert. Schlütti und Micha sagen, dass sie den Vorschlag ihrer Frauen im Prinzip absolut in Ordnung fänden, sie hätten da ungern widersprochen.

»Meine Güte …«

Knolle schüttelt den Kopf, zieht sein Handy aus der Hosentasche und nuschelt: »Weicheier seid ihr …«

»Also, Moment mal«, wendet Micha ein und hebt die Hände. »Um das klarzustellen: Wir stehen unter keinem Pantoffel und wir sind auch keine Weicheier. Die Frauen haben uns nett gefragt und wir tun ihnen diesen Gefallen. In einer Beziehung läuft das so. Das nennt man Kompromiss.«

Schlütti nickt und Knolle fragt, wo denn da genau der Kompromiss sei und wo die Unterschiede zu einem Befehl lägen.

»Befehle sind Befehle, Kompromisse sind Kompromisse«, sagt Schlütti. Gut, dass er Lehrer ist und es im Blut hat, Dinge allgemeinverständlich zu erklären.

»Unfassbar«, stöhnt Knolle und widmet sich wieder seinem Handy. Ich schreite ein.

»Die beiden können nichts dafür«, sage ich, »das ist alles meine Schuld. Es tut mir wirklich leid, dass wir wegen Lisa unsere Kegelfahrt nach München machen müssen. Aber man kann das Ganze auch positiv sehen.«

Die Jungs starren mich an.

»Unsere Frauen wollen doch, dass wir uns dort nach Wohnungen umschauen«, beginne ich, »aber jetzt kommt der Clou: Es wird nicht eine einzige geben, die bezahlbar und noch zu haben ist!«

Ich zwinkere überdeutlich und lächle. Schlütti hat meine Andeutung nicht kapiert. Er fragt, woher ich das wissen wolle.

»Boa, Schlütti!«, sage ich und Lars erklärt ihm im

Flüsterton, dass die Frauen nicht dabei seien und daher solche Dinge nicht überprüfen könnten.

»Im Prinzip haben wir nun die Macht«, fahre ich fort, »wir können sagen, dass wir alles getan haben, um eine Immobilie zu finden, doch es gab einfach keine.«

»Und dann können wir München noch weiter schlechtreden, indem wir …«, beginnt Knolle und ich winke ab.

»Nein, stopp!«, sage ich, »Lisa ist nicht bescheuert. Das bringt doch nichts, *Operation Diffamation* ist gescheitert!«

Ich blicke in die Runde und der Großteil seufzt. Meine Freunde verstehen, was ich meine. Die Zeit rennt uns davon. Noch zwei Wochen, bis dieser elendige Vertrag für Lisa kommt, und bisher haben wir kaum Fortschritte gemacht. Lisa scheint ihr Vorhaben immer besser zu finden. Durch die Zervelatwurst-Nudeln dürfte sie in ihrem Unterbewusstsein auch keine positiven Empfindungen mit Bottrop verknüpft haben und die Dokumentation über das Oktoberfest war so kontraproduktiv, dass meine Freundin von München nun absolut begeistert ist und ich mich gestern tatsächlich noch gezwungen sah, bei *Amazon* eine schlechte Bewertung für die DVD abzugeben. Ein Stern. Irreführendes Cover. Keine Kaufempfehlung.

»Mit diesem unterschwelligen Beeinflussen kommen wir nicht weiter«, sage ich, »es ist besser, wenn ich Lisa die Wahrheit sage. Allerdings reicht die Wahrheit allein nicht aus, damit ich hierbleiben kann. Ich brauche zusätzlich stichhaltige Argumente, die für einen Verbleib in Bottrop sprechen. Konkret heißt das, dass ich erstens Lisa gegenüber ehrlich bin und sage, dass ich nicht umziehen möchte. Zweitens müssen wir den Kneipenkrieg gewinnen und den *Schluckspecht* zur Attraktion machen, sodass Lisa und ich von den Einnahmen leben können. Und drittens finden wir auf der Kegelfahrt trotz aufopferungsvoller Suche einfach keine finanzierbare Wohnung in München. Damit wird die Kegelfahrt zu einem entscheidenden Puzzlestück von *Kommando Schluckspecht*. Am Ende wird eine Kombination aus Gefühlen, rationalen Argumenten und Alternativlosigkeit nötig sein, um die Chancen auf fünfzig-fünfzig zu erhöhen, hierbleiben zu können. Mehr liegt nicht in unserer Macht, am Ende entscheidet Lisa.«

»Siebzig-vierzig wäre mir lieber«, sagt Schlütti und man kann froh sein, dass er kein Mathe-Lehrer ist.

»Vielleicht auch höher, ja«, sage ich, »aber Hauptsache, wir kämpfen und halten alle Möglichkeiten offen! Immerhin hat Lisa da unten ihren Traumjob. Da muss viel zusammenkommen, damit sie darauf verzichtet. Und wir haben nur noch zwei Wochen.«

Micha starrt mich an.

»Nicht viel mehr als 298 Hirsekringel«, übersetze ich und Micha nickt.

»Tja«, sagt Knolle dann, steht auf und grapscht sich eine Kugel. »Dann fahren wir halt ins verfluchte München. Aber ich rate dir, dass sich das auch wirklich lohnt, Tim. Wehe, wir verlieren am Ende trotzdem unseren *Schluckspecht*.«

Mit diesen Worten wendet er sich der Kegelbahn zu und wirft in die Rinne. Micha schreibt die zehn Cent Strafe auf.

»Neue Bier ...«, lautet Juttas Kommentar, als sie durch den Eingang schreitet und die Gläser auf den Tisch knallt. Ich rieche kalten Rauch.

»Habt ihr Flitzpiepen jetz ma geklärt, wat ihr mit den Orgun macht?«

Jutta war genervt, als ich heute in die Kneipe gekommen bin. Während ich am Nachmittag die Dokumentation angeschaut habe, musste sie die Werbeschilder vom *Fit-and-Green* Barlokal von den Fenstern des *Schluckspecht* reißen. Die offene Provokation meines Unternehmerkollegen fand Jutta nicht besonders witzig.

»Wir sind gerade eben an diesen Punkt in der Tagesordnung angelangt«, sage ich und Lars kratzt sich am Hinterkopf.

»Vielleicht noch mal irgendwas mit Heftzwecken?«, schlägt er vor. »Hat doch das letzte Mal ganz gut funktioniert.«

Jutta stützt sich ruckartig auf den Tisch auf, sodass die Gläser überschwappen.

»Lars, samma bisse bekloppt?«, sagt sie. »Dat anatolische Würstchen wird doch immer so weitermachen, wenn ihr den sein Laden nur mit so 'nem Pipifax angreifen tut!«

Lars richtet sich auf und alle schauen ihn an. Er ist der Klügste von uns, er sollte sich in der Tat mal etwas Gutes einfallen lassen. Wie wäre es zum Beispiel, wenn er in seinem Labor an einer chemischen Waffe arbeiten würde, die den Kneipenkrieg revolutioniert und zu einem schlagartigen Sieg für mich führen würde?

Ich sage es laut. Lars streicht sich nervös über sein Milchgesicht.

»Eine Art Atombombe«, werfe ich hinterher und Lars wird noch hibbeliger. »Also, nicht ganz so schlimm, aber schlimm genug, damit Orgun mich ein für alle Mal in Ruhe lässt.«

Jutta nickt und klopft mir auf die Schulter.

»So will ich dat hörn. Statt an seine Star-Trek-Modellflugzeuge sollte der Lars ma lieber an den Orgun sein Ende herumbasteln!«

Alle im Raum nicken. Lars atmet schwer.

»Star *Wars* …«, piepst er. »Egal, Kerl! Der Orgun is wie so 'ne Taube mit Brechdurchfall. Der muss unbedingt wech vom Fenster!«

Jutta zieht sich die Hose über die Hüften und wendet sich Micha zu.

»Und wat is mit Steffi, hat die sich eingekricht?«, fragt sie. »Hat dat mit die *Papa-Mama*-Sache funktioniert?«

Micha seufzt lange und laut. Sein Blick ist leer, sein Gesicht weiß, seine Bewegungen schwerfällig. Er hat die Nacht kaum geschlafen. Lili hatte Bauchweh. Ich rechne ihm hoch an, dass er trotzdem zum Kegelabend gekommen ist. Er will eben für seine Freunde da sein. Auch auf die Gefahr hin, dass es zu Hause Streit gibt. Männer sind so. Sie springen für ihre Kumpels ins Fegefeuer. Solche Freundschaften findet man nicht überall. Erst recht nicht mit Ende zwanzig in einer fremden Stadt wie München.

»Ja, die *Papa-Mama*-Sache hat funktioniert«, sagt

Micha, »aber sie hat *zu gut* funktioniert. Steffi war auf einmal auf *mich* sauer, weil Lili – angeblich – zuerst *Papa* gesagt hat und nicht *Mama*. Sie ist der Meinung, seitdem ich Elternzeit habe, würde ich mich sowieso viel zu viel in alles einmischen. Ich solle nicht glauben, ich hätte die Weisheit in Sachen Kindererziehung gepachtet.«

Jutta nickt.

»Dat war vorauszusehen.«

»Ja, toll ...«, sagt Micha, »und jetzt hat sie sich für Montag freigenommen, um bei Lili zu sein, während ich den Papierkram für die Kita-Anmeldung organisieren soll.«

»Aber Montag musst du für mich zur Metro fahren! Schnaps und Frikadellen kaufen!«, unterbreche ich Micha und er sagt: »Ja, ja, ich schaffe das schon. Metro mache ich vorher ...«

»Wat gibbet denn da zu grinsen?«, fragt Jutta und fixiert Knolle, der gar nicht zuhört, sondern über sein Handy gebeugt ist und kichert wie ein Mädchen über dem ersten Liebesbrief. Als wir ihn ansehen, schaut er möglichst unbeteiligt und schiebt sein Mobiltelefon schnell vom Tisch.

»Nichts?!«, sagt er und fragt, wer mit Kegeln dran sei.

»Bist du immer noch mit deiner Affäre zugange?«, fragt Micha und Knolle wird rot.

»Du weißt aber schon, dass man ab zwei Wochen nicht mehr von einer Affäre spricht, oder?«, macht Micha weiter. »Dann heißt es *Beziehung*.«

»Was? Nein! Halt die Klappe!«, sagt Knolle. »Und außerdem meint Nathalie auch, dass ...«

Knolle stockt.

»Nathalie?«, fragt Jutta und grinst süffisant, weil Knolles Affäre nun endlich einen Namen hat. Eine Pause entsteht.

»Ja, mein Gott, dann mag ich sie halt, was ist daran so schlimm?«

»Nichts, Knolle«, sagt Micha. »Es ist trotzdem noch eine Affäre, alles ist gut …«

Knolle schiebt widerwillig sein Handy in die Hose und trinkt einen Schluck Bier.

»Ist es auch …«, nuschelt er und Jutta verschwindet mit einem verächtlichen Lacher. Schlütti steht auf und sagt, er müsse pinkeln, dabei bin ich mir sicher, dass er Jutta nachgeht, um noch einmal mit ihr unter vier Augen über *seine* Probleme zu sprechen. Die kommen in letzter Zeit viel zu kurz, findet er. Ich habe heute natürlich ganz vergessen, ihm mit den Kartons zu helfen, obwohl ich es versprochen hatte. Aber ich war mit der Oktoberfest-DVD beschäftigt und geschockt von Lisas Plan, unsere Kegelfahrt nach München zu verlegen. Vanessa hat das Ganze allerdings weniger gut gefunden. Die Kartons sollten schließlich schon gestern raus, zwischen Schlütti und Vanessa gab es Streit. Dass das Knacken in der Küchengeräte-Kiste mit dem Tee-Service von Vanessas toter Großmutter zu tun hatte, hat die Situation nicht entspannt. Schlütti braucht einen Ratschlag von Jutta, um das alles wieder hinzubiegen.

»Unsere Manipulationsversuche sind zwar gescheitert«, sagt Knolle, nachdem Schlütti die Kegelbahn verlassen hat, »aber wenn du Lisa die Wahrheit sagen willst, dann mach das bitte trotzdem an einem Ort, an dem sich die Schönheit von Bottrop offenbart. Romantik ist bei unbequemen Wahrheiten für Frauen nie verkehrt.«

Ich nicke und greife nach einer Kugel. Die Wahrheit ist eine gute Sache, denke ich mir. Zur Sicherheit noch eine romantische Umgebung, dann kann ich Lisa überzeugen. Ganz bestimmt. Ich nehme Anlauf und meine Kugel bleibt doch tatsächlich auf der Bahn. Es fallen Kegel.

»Vier …«, sagt Micha und schreibt die Zahl an die Tafel. »Tim ist damit in Führung …«

Ich grinse und zeige den erhobenen Daumen.

»So, und ab jetzt geht's bergauf!«, sage ich.

20

Die Möglichkeiten, einen Ort in Bottrop zu finden, der die Schönheit der Stadt offenbart, sind begrenzt. Eine Sightseeingtour würde wahrscheinlich nicht länger als zwanzig Minuten dauern, selbst wenn man noch ein paar ausgedehnte Trinkpausen einlegt. Aber einige wenige Highlights gibt es selbst hier. So befindet sich mit dem *Alpincenter* die längste Skihalle der Welt in Bottrop. Ein echter Hingucker für Ortsfremde. Problem ist nur, dass Lisa und ich gar nicht Skifahren können. Anfänger verletzen sich häufig, da ist mir das Risiko zu groß, dass einem von uns etwas zustößt und sich daraufhin im Hinblick auf unsere Heimatstadt etwas Negatives in Lisas Unterbewusstsein mischt. Die Skihalle ist nicht der richtige Ort, um sich mit München zu messen, zumal man dort unten ja die Alpen direkt vor der Nase hat.

Eine bessere Alternative ist da sicherlich der *Warner Brothers Movie Park*. Zuckerwatte, Riesenräder, Karussells. Wäre eine wirklich gute Idee, wenn es dort nicht so teuer, voll und ungemütlich wäre. Ergo ist das ebenfalls nicht die optimale Lösung für meine Zwecke. Außerdem: Was hat Knolle in diesem Zusammenhang noch gleich gesagt? Auf Romantik setzen. Und Heimatgefühle wecken.

Alles klar, wird gemacht. Neumodische Skihallen oder überfüllte Freizeitparks eignen sich dafür schlichtweg nicht. Ich kehre zurück zu den Wurzeln. Ich gehe raus. Raus in die Natur. In die Ursprünglichkeit. Zum Glück haben wir hier in Bottrop eine kulturelle Attraktion, die seinesgleichen sucht.

Das *Tetraeder*. Den frei begehbaren Aussichtsturm auf unserer Halde. Gut, für Außenstehende mag das *Tetraeder* aussehen wie eine grandios gescheiterte Stahlkonstruktion auf Betonpfeilern, was es im Prinzip auch ist. Doch wenn man erst einmal oben angekommen ist, hat man einen sensationellen Blick über das halbe Ruhrgebiet. Bottrop, Essen, Oberhausen, Gelsenkirchen. Bis zum Horizont Industrie- und Schachtanlagen, dampfende Türme und Autobahnen. Das hat schon was.

Offiziell heißt das Bottroper Wahrzeichen »Haldenereignis Emscherblick«, wobei sich dieser Name bei der ansässigen Bevölkerung nicht durchgesetzt hat. Wir sagen *Tetraeder*. Wahrscheinlich weil das Wort »Ereignis« einfach zu große Erwartungen impliziert und die Emscher auch nichts ist, auf das man gerne einen Blick hätte. Sie ist ein Nebenfluss des Rheins und könnte sogar ganz beschaulich daherkommen, wenn sie nicht so dermaßen nach faulen Eiern stinken würde. »Köttelbecken«, nennen wir sie oder »Kloake des Ruhrgebiets«, weil sich vor Jahrzehnten hartnäckig das Gerücht verbreitet hat, dass die gesamten Ausscheidungen der Umgebung direkt in die Emscher gepumpt und da auch erst einmal eine Zeit lang zwischengelagert werden.

Allerdings sind die Windverhältnisse heute überaus günstig. Sowohl die Giftwolken der Müllverbrennungsanlage als auch der Gestank der Emscher ziehen nicht zu uns herüber, als ich die Picknickdecke unter dem Stahlgerüst ausbreite und die Schälchen mit dem frischen Obst verteile. Ich ziehe die Flasche Rotwein aus meinem Rucksack, stelle zwei Gläser dazu und breite die Servietten aus. Lisa ist in ihre dicke Winterjacke eingemummelt und schaut mir gebannt zu.

»Du bist so süß«, sagt sie und lächelt mich an. Anschließend lässt sie ihren Blick schweifen. Wir sind neunzig Meter über der Stadt und der Ausblick ist wirklich nicht zu verachten. Das Bild treibt einem zwar keine Freudentränen in die Augen, aber genau das ist es doch, was das Ruhrgebiet ausmacht. Es ist so hässlich, dass es schon wieder wunderschön ist. Das Ruhrgebiet ist einfach. Direkt. Ehrlich. Und ich sollte genauso einfach, direkt und ehrlich sein, indem ich meiner Freundin endlich die Wahrheit sage und beichte, dass ich einem Umzug nach München äußerst negativ gegenüberstehe. Ich wische die Hände an meiner Hose ab, atme tief durch und versuche, die Nervosität zu verdrängen. Die Bedeutung des anstehenden Gesprächs ist kaum zu überschätzen, mein Puls rast. Die leisen Geräusche der Autobahn drängen zu uns herauf, ansonsten ist es ungewohnt still. Ich nehme meinen Mut zusammen und öffne den Mund.

»Weintrauben?«, frage ich.

»Später!«, sagt Lisa.

Das ist zwar noch kein Meilenstein in Richtung

Wahrheit, aber immerhin ist das Eis nun gebrochen. Ich reguliere meinen Puls, während Lisa meine Hand nimmt und sich auf den Rücken legt. Ich tue es ihr gleich und wir liegen Kopf an Kopf auf den Schottersteinen, den Blick auf das Innere des *Tetraeder* gerichtet, durch die Metallstäbe hindurch, in den Nachmittagshimmel. Eine Weile sagen wir nichts, starren nur nach oben, betrachten die Wolken, atmen gleichmäßig.

»Ich werde das Ruhrgebiet ganz schön vermissen«, sagt Lisa und ich denke mir: Wenn nicht jetzt, wann dann?

»Na ja«, sage ich also, »wenn wir ehrlich sind, wir müssen ja nicht ...«

»Und sorry, dass ich dich unterbreche, aber ich wollte dir schon lange sagen, dass ich unglaublich stolz auf dich bin!«

Lisa spricht es aus und bringt mich damit vollkommen aus dem Konzept.

»Wieso jetzt stolz?«, frage ich und Lisas Händedruck wird stärker.

»Na, ich weiß doch, wie gerne du hier lebst und wie sehr du den *Schluckspecht* und deine Freunde liebst. Dass du das alles aufgeben willst, nur wegen mir, wegen einer gemeinsamen Zukunft, das ist ... das ist wirklich ...«

Lisa stemmt sich hoch, legt sich neben mich und sieht mich an. Ist da etwa eine Träne in ihrem Auge?

»Ich liebe dich«, sagt sie.

Schöne Scheiße, denke ich mir. Das ist ein emotionaler Schub zum denkbar ungünstigsten Zeitpunkt. Da will man gerade ehrlich sein und sagen, dass man nicht nach München ziehen will, und dann wird man dafür gefeiert, dass man es angeblich doch will.

»Und stolz bin ich, weil du dich zurück an die Uni kämpfen möchtest und deinen Juraabschluss nachholen willst, um vielleicht irgendwann in einer guten Anwaltskanzlei unterzukommen. Da gehört Mumm zu!«

Für einige Sekunden bin ich aus der Fassung, beinahe weggetreten, als hätten mir die Klitschko-Brüder nacheinander auf die Zwölf gezimmert.

»Jurastudium ...«, nuschle ich und Lisa lächelt.

»*So* stolz«, wiederholt sie.

»Mumm gehört dazu ...«, sage ich und nicke selbstsicher, als hätte ich bereits einen langfristigen Businessplan aufgestellt.

»Ich kann nicht in Worte fassen, wie glücklich ich bin, dass du mich so unterstützt. Andere Männer hätten ihrer Freundin bestimmt Steine in den Weg gelegt ...«

Lisa küsst mich und ich erwidere ohne nachzudenken den Kuss, während mich der Selbsthass umspült.

Oh Gott, Lisa. Wenn du wüsstest, *wie viele* Steine ich dir bereits in den Weg gelegt habe, dann würdest du mich jetzt garantiert nicht küssen, sondern die sechzig Meter hoch zur Spitze des *Tetraeder* schleifen und mich im hohen Bogen Richtung Gelsenkirchen werfen.

»Ich liebe dich«, wiederholt meine Freundin und ich sage, dass ich sie auch liebe. Lisa umarmt mich, wir schmiegen uns aneinander und keiner sagt mehr etwas. Die Stille in neunzig Meter Höhe erledigt den Rest. Das Gespräch scheint beendet zu sein, ich bin offiziell ein Mann mit Mumm und mutigen Zukunftsplänen. Scheiße!

Die Wolken haben sich inzwischen zusammengezogen, es sieht nach Regen aus. Ich liege noch immer in den Armen meiner Freundin, als mein Handy vibriert und ich es vorsichtig hervorkrame. Hinter Lisas Rücken öffne ich die Nachricht, es ist Lars. Er schreibt: »Problem. Orgun. Polizei.« Ich blinzle, lese die drei Worte erneut, aber die Zeichen verschwimmen vor meinen Augen, als wären sie Nudeln in einer Buchstabensuppe. Hört das denn nie auf? Vergeht wirklich kein Tag ohne Horrormeldung? Lisa löst sich aus der Umarmung und wischt sich eine Träne aus dem Gesicht.

»Jetzt hätte ich gerne eine Weintraube!«, sagt sie lächelnd und ich nicke.

»Ja, eine Weintraube wäre jetzt wirklich nicht verkehrt …«

21

Ich habe schlecht geschlafen. Immer wieder bin ich aufgewacht, schweißgebadet, hatte abgedrehte Träume. In einem bewarf mich ein Stück Sellerie in Lederhosen mit Heftzwecken, in einem anderen lebten Delfine in meiner Heizung. Um fünf Uhr morgens gab ich es auf, wieder einzuschlafen, und krabbelte über Lisa aus dem Bett, um am Wohnzimmertisch darüber nachzudenken, wie ich aus den Tiefen der München-Uni-Anwalts-Problematik entschwinden, auf welche Weise ich Lisa die Wahrheit über den bevorstehenden Umzug sagen könnte. Als ich vier Stunden später noch immer keine Lösung parat hatte, vibrierte mal wieder mein Handy. Es war Micha, der aufgelöst auf mich einredete. Er sei extra früh losgefahren, habe für mich Getränke in der Metro gekauft und stecke nun im Stau. LKW-Unfall, ein Helikopter lande gerade, Autobahn gesperrt. Das volle Programm. Es könne Stunden dauern. Die Kita-Anmeldung müsse aber noch unbedingt heute bis 16 Uhr abgegeben werden, Ausschlussfrist. Im Blumenkasten neben seiner Haustür sei sein Ersatzschlüssel versteckt, der Brief liege auf dem Küchentisch, ich solle ihn zur Kita bringen. Micha sagte zum Abschied noch so etwas wie: »Das ist wirklich wichtig, Tim!«, und ich sagte: »Mein Gott, ja!« Ich bin schließlich nicht begriffsstutzig. Ich hatte nur noch keinen Kaffee und Michas Bitte passte mir überhaupt nicht in den Kram. Heute war nämlich wirklich schon genug zu erledigen. Bevor ich Michas Kita-Problem löse, muss ich mich um die Sache mit Lars kümmern. »Problem«, »Orgun« und »Polizei«. Das waren die drei Worte, die er mir gestern geschrieben hatte, als Lisa und ich uns umarmten. Eine Menge Interpretationsspielraum. Lars wollte mir gestern Abend am Telefon die Situation nicht näher erläutern. Er sagte, die Leitung sei möglicherweise nicht sicher. Vielleicht würden seine Gespräche abgehört, mutmaßte er. Wir bräuchten einen neutralen Ort, an dem wir ungestört sprechen könnten. Dieser dezente Anflug von Paranoia war nicht gerade Wind unter meinen Flügeln.

Umso intensiver tipple ich gerade mit meinem Fuß auf dem Boden herum, während ich auf der vereinbarten Steinbank in der Innenstadt sitze und hoffe, dass Lars meine Atombomben-Metapher nicht zu wörtlich genommen hat. Aber wahrscheinlich wäre dann nicht mehr die Polizei zuständig, sondern das BKA oder Präsident Erdoğan höchstpersönlich. Orgun hat türkische Wurzeln, da nimmt man es häufig persönlich, wenn die eigene Existenz zerstört wird.

»Hi.«

Ich schaue hoch und sehe große Augen hinter dicken Brillengläsern. Lars' Gesicht ist weiß und pralle Tränensäcke ziehen sich fast bis zum Mund herunter. Er wirkt noch zerbrechlicher als sonst. Mein Herz rast.

»Ja ... und?«, frage ich ohne große Umschweife, aber Lars schluckt nur und schaut sich vorsichtig um.

»Ja, äh ... wie gesagt. Problem.«

»Lars, sag jetzt!«

Mein Kumpel streicht sich über seinen *Star-Wars*-Pullover, schüttelt den Kopf und beißt sich auf die Lippen.

»Am besten, du kommst mal mit ...«, sagt er.

Fünf Minuten später stehen wir an einer Unterführung mit Blick auf das *Fit-and-Green* Barlokal und schweigen. Lars atmet tief durch, schaut auf den Boden und kickt mit seinem Schuh ein kleines Steinchen weg.

»Tja«, sagt er und ich nicke nur. Ich bin sprachlos.

Orguns Laden ist geschlossen. Kein Licht, keine Gäste, kein Leben. Es sieht so aus, als wäre das Barlokal schon seit Jahren dicht. Der Eingang ist mit Absperrband umwickelt und mitten durch den Schriftzug »Healthy mit Smoothies« auf der Fensterscheibe frisst sich ein nicht zu übersehender Riss. Kinder werden wohl Steine an die Fassade geworfen haben. Das macht man so in Bottrop, wenn ein Laden schließt.

»Man, man, man ...«, sage ich, »wie zum Teufel hast du das denn hinbekommen?«

Lars ordnet einige Sekunden seine Rede im Kopf, bevor er zu sprechen beginnt.

»Also, Stichwort ›Atombombe‹ ...«, sagt er und ich frage mich, ob das BKA uns gerade von einem der gegenüberliegenden Fenster im Fadenkreuz hat. Ich kontrolliere Lars' schmächtigen Körper auf rote Leucht-Pünktchen und wäge ab, ob wir uns in Gefahr befinden, ob wir vielleicht etwas weiter in die Unterführung gehen sollten.

»Ich war im Labor«, macht Lars weiter, »da arbeite ich momentan an einer Art Brechmittel. Und ich habe gehofft, dass sich das in irgendeiner Form für unseren Plan eignen könnte. Denn du hast ja drastische Worte gefunden, Tim! Ich spiele dabei erneut auf das Stichwort ›Atombombe‹ an.«

»Lars, komm, mach! Kurzversion bitte!«

Mein Freund atmet laut aus, Wind pfeift mir durch die Haare.

»Niemand ist ernsthaft zu Schaden gekommen«, sagt Lars, »das möchte ich vorweg betonen.«

»Mach!«, zische ich und schließe die Augen.

»Okay, okay! Also, Orgun hat ja deine Fässer manipuliert, und da dachte ich, so etwas kann ich auch. Nur ein bisschen anders.«

Ich nicke, die Augen noch immer geschlossen.

»Meine Frage war: Wie kann ich den größtmöglichen Schaden anrichten? Und da habe ich mich vorsichtig im *Fit-and-Green* umgeschaut und Orguns Demineralisierungsanlage für Wasser entdeckt. Die Chance musste ich einfach nutzen, also habe ich kurzerhand mein Brechmittel reingekippt. So gelangte es ins Trinkwasser, in die Eiswürfel, in alle Smoothies. Und dann: Bumm!«

Lars richtet seine Brille und scannt die Umgebung, als wären wir auf der Flucht, was wir vielleicht sogar gerade sind.

»Inkubationszeit liegt bei zehn Minuten. Dann haben sich alle übergeben, sind aus dem Laden gestürmt, sahen aus wie Zombies. Weiße Haut, zerzauste Haare, verstörter Blick. Und dann Polizeisirenen, anbrausende Krankenwagen und Orgun mit knallrotem Kopf. Überall waren Passanten, die mit dem Finger auf die brechenden Menschen gezeigt haben, und der Laden wurde gesperrt. Ansteckungsgefahr, hieß es. Ich wusste zwar, dass das alles halb so schlimm war, aber die anderen ja nicht. Die dachten, Orguns Getränke hätten alle infiziert. Teilweise wurde diskutiert, ob man Quarantänezelte besorgen muss.«

Lars macht eine kurze Pause und verzieht das Gesicht.

»Ich hatte auch überhaupt nicht bedacht, dass ich Erbrochenes weder sehen noch riechen kann, ohne mich selbst übergeben zu müssen. Und da dachten die Helfer natürlich, ich sei auch infiziert. Das war schrecklich.«

Lars schaut sich wieder hektisch um und massiert sich dabei den Nacken. Ich bin wie versteinert.

»Dann habe ich gesehen, wie Orgun mit den Beamten spricht. Er hatte natürlich eine Ahnung, wer an der ganzen Sache schuld ist, und schickte die Polizisten zum *Schluckspecht*. Aber du kennst Jutta ja. Da bekamen sie keine Informationen!«

Ich knabbere an meinen Fingernägeln und es blutet. Eine Sirene dröhnt durch die Straßen und instinktiv ducken wir uns. Als die Luft wieder rein ist, spricht Lars weiter.

»Das Gute ist, dass die Polizei Orgun natürlich nicht geglaubt und seinen Laden nun vorerst dichtgemacht hat. Ist auch wie ein Lauffeuer durch die Stadt gegangen, dass bei *Fit-and-Green* eine Brechorgie stattgefunden hat. Steht sogar heute in der Tageszeitung, hast du wahrscheinlich nicht gelesen. Orgun ist am Ende. Selbst wenn der Laden wieder öffnet: Da will doch keiner mehr hin! Im Prinzip haben wir also unser Ziel erreicht. *Operation Atombombe* hat gezündet. Das wolltest du doch, oder?«

Lars blickt mich unsicher, fast schon flehend an und ich fasse mir in die Haare. Ich bin unschlüssig, ob das eine gute oder eine schlechte Nachricht ist. Natürlich hatte Lars den Auftrag, Orgun ein für alle Mal auszuschalten. Natürlich war das mein Ziel und natürlich hat Orgun das verdient, nachdem er die Polizei auf mich gehetzt, meine Leuchtreklame geklaut, mein Auto zerstört und den *Schluckspecht* mit *Fit-and-Green*-Plakaten zugekleistert hat. Aber die Freude will in mir einfach nicht aufsteigen. Wir haben eine Existenz zerstört. Wir haben Orgun zugrunde gerichtet. Klar, das war der Plan. Aber jetzt, wo er ausgeführt ist, würde ich am liebsten vor Scham in den Rhein springen.

Ich starre auf das abgesperrte Barlokal, das letzte Woche noch vor Leben und Vergnügen strotzte. Ohne etwas zu sagen, gehen Lars und ich durch die Straßen, nicht ohne immer mal wieder dezent nach BKA-Leuten oder Präsident Erdoğan Ausschau zu halten. Wir machen einen Schlenker zu Michas Haus, um den Kita-Brief abzuholen, und stehen schließlich vor dem *Schluckspecht*. Als wir eintreten, begrüßt uns Jutta mit einem überschwänglichen »Klasse, Jungs!« und wirft die Tageszeitung auf den Tresen. »Barlokal-Skandal«, steht da, und ich murre nachdenklich.

Orgun ist also aus dem Weg geräumt. Seine eigenen Healthy-Maßnahmen sind ihm um die Ohren geflogen. Die Demineralisierungsmaschine ist ihm zum Verhängnis geworden. Wenn mir das jemand vor zwei Tagen gesagt hätte, hätte ich wahrscheinlich laut losgelacht. Jetzt fühle ich mich elend, leer, kalt. Dabei könnte ich eigentlich zufrieden sein. Der Kneipenkrieg ist vorbei.

»Nimmt ma dat Bier!«

Jutta klatscht die Gläser auf den Tisch und zündet sich eine Zigarette an. Sie ist gut drauf. Warum auch nicht? Meine Kneipe könnte nun das *Fit-and-Green* Barlokal ablösen und der neue Szenetreffpunkt für die Bottroper Jugend werden. Dann könnte ich Lisa endlich sagen, dass ein Umzug nicht sinnvoll wäre, weil der *Schluckspecht* viel zu erfolgreich sei. Das heißt, ich hätte tatsächlich so etwas wie ein stichhaltiges Argument für ein Leben in Bottrop. Ich bin also auf dem richtigen Weg und darf jetzt nicht alles infrage stellen, nur weil ein Menschenleben ruiniert ist. Kollateralschäden gehören zum Geschäft. Außerdem bin ich mit Orguns Niedergang nun so weit gegangen, dass es kein Zurück mehr gibt. Ich bin kurz vor dem Ziel. Ich werde Lisa deutlich machen, dass ich jetzt nicht mehr nach München *kann*. Ich würde ja gerne, aber es geht einfach nicht. Beruflich. Die Kneipe ist auf dem aufsteigenden Ast. Lisa wird es akzeptieren und ich werde sie dadurch vor einem großen Fehler bewahren. Sie wird auch hier in Bottrop noch einen Job finden. Und dann wird alles gut. Ich werde sie glücklich machen. Ich werde für sie sorgen. Ich werde ihr Retter sein. Ihr Held.

22

So langsam nehmen Lisas Vorbereitungen auf München wirklich dramatische Ausmaße an. Als ich nach Hause komme, hält sie mir freudestrahlend ihren Laptop vors Gesicht, und was sich dort zusammensetzt, gefällt mir ganz und gar nicht. Ich sehe Lisa an, blicke zurück auf den Laptop, blinzle einige Male. Ich kann es nicht glauben. Ein Online-Shop für Fahrräder. *Kauf abgeschlossen*, steht da. Lisa sagt, das grüne Fahrrad sei für sie und das blaue für mich. Ob das nicht super sei. Ich sehe sie wieder an. Da hat man noch gar nicht verarbeitet, dass man soeben einen Unternehmerkollegen in den Bankrott getrieben hat, und dann wird einem auch noch der Kauf eines blauen Fahrrads mitgeteilt. Schalke 04 spielt in Blau. Als Dortmund-Fan fährt man kein Schalke-04-blaues Fahrrad. Und erst recht fährt man kein Schalke-04-blaues Fahrrad in der Stadt des FC Bayern München. Das ist auf so vielen Ebenen falsch. Aber Lisa hat keine Ahnung von Ehre und Fußball und der Welt, in der man als Mann lebt. Sie lacht, gibt mir einen Kuss auf die Wange und wartet gespannt auf eine Reaktion. Ich atme tief durch und sage: »Super«, ohne Begeisterung zu heucheln. Aber Lisa reicht das schon.

Sie umarmt mich und redet weiter und weiter. Sport und Bewegung seien in München halt ein *Muss*, das sollten wir uns unbedingt aneignen. Sie werde die Fahrräder auch bezahlen, das sei praktisch ein vorgezogenes Geburtstagsgeschenk für mich. »Super!«, sage ich wieder und hänge noch ein saftiges »Danke!« dran.

Lisa springt freudig davon, während ich mich auf die Couch fallen lasse und darüber nachdenke, wie zum Teufel man einer so euphorischen Frau die ernüchternde Wahrheit über München und Jura und blaue Fahrräder sagen soll. Dann sehe ich den Anmeldebrief von Micha auf dem Tisch und mir kommt eine Idee. Wenn ich Lisa die Wahrheit nicht *sagen* kann, warum *schreibe* ich ihr sie nicht einfach? Bei einem Brief kann man nicht unterbrochen werden, man muss nicht in strahlende Augen blicken und man kann durchstreichen, korrigieren und neu schreiben, anstatt zu schweigen, zu stottern oder in Ein-Wort-Sätzen zuzustimmen, weil man mit der Situation überfordert ist. Die Idee gefällt mir immer besser, als Lisa schon wieder zurück ins Wohnzimmer tänzelt und sagt, dass sie noch eine *zweite*, eine noch viel tollere Überraschung für mich habe. Ich bin so dermaßen voll total begeistert, dass ich schwer schlucken muss, als sie mir triumphierend eine weiße Plastiktüte von *Sport Lechtermann* vor die Nase hält. Anstatt ihr ins Gesicht zu schreien, dass ich langsam, aber sicher von diesen ganzen tollen Überraschungen die Schnauze voll hätte, nicke ich nur und lächle. Was ist es diesmal, Lisa? Inlineskater? Eine Kletterausrüstung? Ein Golfset? Bitte keine Kletterausrüstung.

»Also«, beginnt Lisa und setzt sich neben mich auf die Couch. Ich rücke ein Stück zur Seite. Man weiß ja nie.

»Ich würde das erst einmal gerne kurz erklären, bevor ich dir das Geschenk überreiche, weil ich weiß, dass du in dieser Hinsicht immer sehr konsequent bist …«

Dass Lisa mit einer Tasche aus dem Sportladen ankommt und erst einmal kurz etwas erklären muss, verursacht bei mir spontane Übelkeit. Thorsten zieht sich in die hinterste Ecke des Käfigs zurück und stößt sich dabei sein Köpfchen an der Kletterstange. Bernadette meckert, aber Thorsten ignoriert seine Mitbewohnerin. Er starrt mich einfach nur an. Er wittert Unheil. Er ist ein Genie.

»Wie gesagt, ich weiß, wie gerne du immer hier im Ruhrgebiet gelebt hast, aber ich bin mir sicher, dass wir beide mit der Zeit auch in München sehr glücklich werden. Und auch wenn du sowieso von vornherein sehr offen warst, glaube ich, man sollte frühzeitig Brücken schlagen, sodass man irgendwann auch *zwei* Heimaten haben kann. *Zwei* Städte, die man liebt. Und da du für deine *erste* Heimat bereits ausgerüstet bist und ein Trikot von Borussia Dortmund hast, dachte ich, man könnte dich schon einmal für die *zweite* Heimat sensibilisieren!«

»Sensibilisieren?«, flüstere ich, aber Lisa geht über diese Zwischenfrage hinweg und greift zielsicher in die Tüte. Sie lächelt mich an, zieht ein rotes Stück Stoff heraus und reißt es in die Höhe.

»Tata!«, sagt sie. »Ein Trikot vom FC Bayern!«

Entweder sind bei Lisa jetzt komplett alle Drähte

durchgebrannt oder sie will mich vorsätzlich dazu bringen, mit ihr Schluss zu machen. Aber da sie mich noch immer anlächelt, ist es wohl die erste Variante. Und ich würde ja auch zurücklächeln, weil Lisa den Kauf eines Bayern-München-Trikots in ihrem beschränkten Weltbild anscheinend *tatsächlich* für eine tolle Überraschung hält, aber meine Mundwinkel spielen da einfach nicht mit. Das ist zu viel. Ich ziehe die Augenbrauen zusammen, meine Hände sind verkrampft, ich knirsche mit den Zähnen.

»Also, ich dachte nur«, macht Lisa weiter, nachdem ich nichts sage, »du bist ja generell *Fußball*fan. Man kann dann ja auch Fan von zwei Mannschaften sein, oder nicht?«

Oh mein Gott, Lisa. Wie – bescheuert – bist – du – eigentlich? Natürlich kann man *nicht* Fan von zwei Mannschaften sein, das weiß doch wirklich jedes Kind! Gerade im Ruhrgebiet darf man einem Mann kein Bayern-München-Trikot schenken. Das lernt man schon in der Grundschule. Das ist Regel Nummer eins. Thorsten springt aus seiner Ecke und krächzt ein aufgebrachtes »Bottrop! Bottrop!« Endlich ist hier mal jemand, der die Situation versteht!

Lisa wirkt verunsichert und hält das Trikot höher, als ob ich ihr Geschenk besser finden würde, wenn ich es im Ganzen sehe. Dabei machen mich allein diese blau-weißen Karomuster auf dem eingestickten Vereinswappen vollkommen wahnsinnig. Ich will dieses Ding nicht in meiner Wohnung haben. Und da sagt man immer, *Männer* seien unsensibel. Das mit dem Bayern-München-Trikot ist ja so, als hätte Lisa Laktoseintoleranz und ich würde ihr unsicher lächelnd einen Beutel Milchzucker schenken.

»Schön«, würge ich endlich heraus und stehe stöhnend von der Couch auf. Ich kann hier nicht mehr bleiben. Sonst flippe ich aus.

»Gefällt dir das Trikot nicht?«

Doch Lisa. Wirklich klasse.

Ich starre sie ungläubig an und sehe, dass ihr Gesicht in sich zusammengefallen ist. Sie meinte es anscheinend wirklich gut. Jetzt tut sie mir leid.

»Man ist immer nur Fan von *einer* Mannschaft«, kläre ich Lisa mit ausgebreiteten Armen auf, mit bemüht verständnisvollem Tonfall, auch wenn ich kein Verständnis habe. »*Das* ist halt die Sache ...«, schiebe ich nach.

»Aber du bist doch auch Deutschland-Fan bei der Europameisterschaft gewesen!«

Ich erläutere meiner Freundin gutmütig und doch unmissverständlich, dass das etwas absolut anderes ist. Nationalmannschaft, Vereinsmannschaft, da gibt es eklatante Unterschiede. Manuel Neuer ist im Deutschland-Trikot ein Held, während er im Bayern-München-Trikot ein riesengroßes Arschloch ist. Das ist ja wohl nicht so schwer zu verstehen. Aber ich kann meiner Freundin jetzt auch nicht zwischen Tür und Angel das Einmaleins der Fußballwelt erklären. Das müsste sie doch selber wissen. Mensch, Lisa, hier geht es um die Ehre! Mein Papa hat mich mit fünf Jahren ins Westfalenstadion von Borussia Dortmund mitgenommen, da war es sofort um mich geschehen. Natürlich hätte er mich genauso gut mit ins Parkstadion nach Schalke schleppen können, dann wäre ich heute Schalker. So ist das hier im Pott. Blau-weiß oder schwarz-gelb. Man mag den jeweils anderen nicht, aber im Prinzip ist es nur Zufall, in welche Familie man hineingeboren wird. Das heißt, ich kann die Blau-Weißen verstehen. Sie sind auch nur Menschen. Das mit dem blauen Fahrrad ist also noch gerade eben hinnehmbar. Aber das Trikot vom FC Bayern ist mal so gar nicht das, was hier im Ruhrgebiet hinnehmbar ist. Ich dachte, Lisa weiß das. Wieso hat sie mir nicht einfach eine Kletterausrüstung geschenkt?

»Komm, ist egal ...« Ich resigniere und gehe auf Lisa zu. »War ja nett gemeint und so weiter.«

Lisa seufzt.

»Ich will dir den Umzug doch nur so einfach wie möglich machen«, sagt sie, »und ich dachte, wenn du schon mal mit dem Trikot ausgerüstet bist, dann ist das alles halb so wild und du freust dich.«

Tja, ein ganz klassischer Fall von falsch gedacht. Ich drücke Lisa fester an mich. Sie wollte mir nur eine Freude machen, hämmert es in meinem Kopf, aber dann sehe ich wieder das Trikot mit dem blau-weißen Karomuster im Vereinswappen auf der Couch und meine Umarmung wird schwächer, kraftloser.

»Du musst dich aber auch mal auf etwas einlassen, wenn wir in München leben ...«, sagt Lisa dann und zack, drücke ich wieder fester zu. Verständnis für eine gewisse Unkenntnis in Sachen Fußball kann ich bei einer Frau ja noch aufbringen, aber mit solcherart Maßregelungen komme ich überhaupt nicht klar. Mal auf etwas einlassen, Lisa? Auf was denn bitte schön? Auf blaue Fahrräder? Auf eine Kletterausrüstung?

Auf den FC Bayern München? Ich drücke inzwischen so fest, dass Lisa stöhnt und kaum noch Luft bekommt. Sie reißt sich los.

»Ich muss jetzt etwas für Micha erledigen …«, sage ich, da ich kurz davor bin, sie in den Wellensittichkäfig zu schubsen. Das hat sie nun auch wieder nicht verdient. Lisa nickt und hält fragend das Trikot hoch. Für einige Sekunden sehen wir uns an. Ein Brief, in dem ich Lisa die Wahrheit schreibe und nebenbei meine Welt erkläre, scheint mir inzwischen unabdingbar.

»Hast du den Bon noch?«, frage ich und Lisa macht ein trauriges Gesicht, schüttelt den Kopf.

»Super …«, sage ich und verlasse die Wohnung. »Einfach super.«

23

Die Welt ist scheiße.
So richtig scheiße.
Es ist wirklich zum Verrücktwerden.

Da tut und macht man alles Menschenmögliche, gibt für seine Freunde Anmeldungen in Kindertagesstätten ab, schreibt seiner Freundin in stundenlanger Kleinstarbeit einen ehrlichen und aufopferungsvollen Brief, der erklären soll, warum man nicht nach München ziehen kann, aber dennoch unbedingt das ganze Leben gemeinsam verbringen will. Man wirbt für seine Kneipe, schaltet seinen Gaststättengegner aus, ist im Großen und Ganzen also auf dem absolut richtigen Weg, und dann kommt jemand und baut plötzlich einen Teich kurz vor die Ziellinie, in den man unkontrolliert hineinstolpert und versinkt. Gut, versunken bin ich noch nicht. Das Wasser steht mir nicht bis zum Hals, aber immerhin bis zu den Knien. Und das reicht vollkommen, um alle guten Argumente gegen einen Umzug nach München fortzuschwemmen.

Orgun, dieser Mistsack. Ich habe die Rechnung ohne meinen Erzfeind gemacht. Er hat zurückgeschossen. Der Krieg war vorbei und er hat noch einmal nachgetreten.

»Wie konnte das passieren?«, frage ich und wate durch das Wasser, das sich in meiner Kegelbahn angestaut hat. Jutta hebt ihren Blick und funkelt mich an.

»Ja, Jungchen! Wat weiß ich denn?«

Das Deckenlicht flimmert und geht schließlich aus. Nur die Leuchte, die Jutta auf den Tisch gestellt hat, spendet schwaches Licht. Es ist dunkel, kalt, nass. Schlimmer geht es nicht. Meine Bardame stampft auf mich zu und stöhnt. Sie trägt grüne Gummistiefel und hat einen Pömpel in der einen, einen vollen Eimer Wasser in der anderen Hand.

»Ich weiß nur: Rohrbruch ...«, sagt sie, »und datt dat alles auf den Orgun sein Mist gewachsen is!«

Jutta legt den Pömpel ab, zieht mit den Zähnen einen ihrer Gummihandschuhe ab und grapscht aus der Hosentasche ein kleines, glänzendes Ding, das sie anschließend zu mir herüberwirft. Ich fange es. Es ist eine Heftzwecke.

»Lagen hier überall verstreut ...«, sagt Jutta und ich nicke. Orgun ist in Sachen Demütigung offenbar konsequent.

»Et is jedenfalls allet unter Wasser hier«, analysiert meine Bardame gekonnt die Lage und greift wieder nach dem Pömpel. »Stühle, Tische, Kegel, dat löst sich allet auf. Die ganze Scheiße is von oben runtergesuppt. Zapfanlage is im Arsch, Boden oben durchnässt, Küche kannste vergessen, Kegelbahn siehste ja, is überflutet. Wenn ich den Orgun in die Finger kriege, dann gibbet aber Popoklatsch mit Anlauf! Dat schwör ich dir!«

Jutta reckt den Finger in die Höhe und fixiert mich mit aufgerissenen Augen.

»Verdammter Mist!«, platzt es aus mir heraus und es hallt von den kahlen Wänden zu mir zurück.

»Kannste laut sagen …«

Meine Kegelbahn steht also unter Wasser. Die Geräte in der Küche sind zerstört. Es stinkt nach Schimmel und von überall her tropft es. Ich könnte heulen.

»Geh ma wech …«

Jutta kämpft sich mit dem vollen Eimer an mir vorbei, hechelt und schleppt ihn die Treppe hinauf. Ich bleibe stehen. Orgun hat den *Schluckspecht* zerstört. Meine Vergangenheit. Meine Gegenwart. Meine Zukunft. Wie kann man denn so ein Arschloch sein? Einzelne Tropfen fallen von der Decke ins Wasser und es bilden sich Kringel. Vor meinen Augen wird es unscharf, die Kegelbahn wird immer länger, dehnt sich aus. Ich fühle mich in der trüben Suppe so verloren wie ein Hirsch auf einer Eisscholle irgendwo am Südpol. Einsam. Allein. Verlassen.

Gemächlich schippert mir die Kopie meiner Steuererklärung aus dem ersten Quartal des Jahres entgegen und holt mich zurück in die knallharte Realität. Das, was man von der Kegelbahn noch erkennen kann, sieht fürchterlich aus. Alles kaputt. So hat sich also mein Opa gefühlt, als er aus der russischen Gefangenschaft zurückkehrte. Am Ende gewinnt bei einem Krieg niemand. Das gilt offensichtlich sowohl für ideologische Kriege als auch für Kneipenkriege. Aber wie konnte es nur so weit kommen? Natürlich habe ich Fehler gemacht. Vielleicht hätte ich auch Orgun mal einen Brief schreiben sollen. Mit ehrlichen Worten. Ohne Tricks, ohne Lügen, ohne Sabotagen. Wie ein zivilisierter Mensch. Doch jetzt ist es zu spät. Wir haben uns für die archaische Problemlösung entschieden. Krieg!

Eine Träne kullert mir über die Wange. Der Strohhalm, an den ich mich geklammert habe, ist untergegangen. Der *Schluckspecht* ist verloren. Jetzt hält Lisa und mich in finanzieller Hinsicht rein gar nichts mehr in Bottrop. Als sie gestern wieder auf *Kaufen* klickte und ich dazwischenschreien wollte, dass ich diese Kletterausrüstung auf keinen Fall haben möchte, beruhigte mich der Gedanke, dass ich den Umzug noch verhindern kann. Aber ohne den *Schluckspecht* ist das nicht mehr möglich. Das ist das Ende.

Ich wimmere, als Jutta die Treppe mit einem leeren Eimer hinunterstampft. Bei jedem Schritt macht es »plitsch«, bis ihre Gummistiefel wieder in das Wasser eintauchen. Ich blicke sie an. Traurig. Verheult. Liebe suchend. Jutta rümpft ihre Nase und schlägt mir mit der Faust auf die Schulter. Es tut weh.

»Jetzt pack ma mit an, du Jammerlappen!«, sagt sie. »Gibt viel zu tun …«

Meine Bardame spuckt in die Hände, taucht den Eimer unter Wasser und wischt sich anschließend die nasse Dauerwelle aus der Stirn. Ich sehe sie an. Sie sieht mich an.

»Komm! Mach hinne!«, zischt sie und ich erwache aus meiner Lethargie.

Hat Jutta recht? Muss ich einfach weitermachen? Was ist denn die Alternative? Vor Orgun kapitulieren? Meine Freunde im Stich lassen, sodass unser Verein, unsere Kneipe und unser gesamtes bisheriges Leben Geschichte ist? Nein! Das letzte Wort ist noch nicht gesprochen. Ich hätte den *Schluckspecht* sowieso von Grund auf sanieren müssen, wenn ich erfolgreicher Unternehmer werden will. Vielleicht hat Orgun mir ja einen Gefallen getan. Einen Neuanfang ermöglicht. Und diese Herausforderung nehme ich an! Wir sind hier schließlich im Ruhrgebiet, da wird gearbeitet, da wird malocht. Opa hat nach dem Krieg ja auch wieder alles neu aufgebaut. Und wenn wir dann auf unserer Kegelfahrt einfach keine Wohnung in München finden, sind Lisa und ich ohnehin gezwungen zu bleiben. Wir können in München schließlich nicht vor dem Rathaus schlafen. Jeden Morgen das Glockengebimmel, das hält doch niemand aus. Man muss die Dinge nur positiv sehen. Ich nicke Jutta entschlossen zu und greife nach dem zweiten Eimer auf dem Tisch.

»Manchma is dat Leben wie so ein kaputter Taschenrechner«, sagt Jutta, »da musse dann einfach hin und wieder bei null anfangen …«

24

Thorsten ist heute total super drauf. Seinem Magen scheint es besser zu gehen, er hatte heute noch keinen Durchfall. Auch Bernadette wirkt entspannter. Ich habe das Gefühl, dass sie mich anlächelt. Das Blatt wendet sich. Wieder bei null anzufangen, ist gar nicht so schlecht. Es geht bergauf. Ich pfeife die Melodie von *Wind of Change*, während ich die Körnerstange herausnehme und Thorsten als Belohnung ein Stückchen Gurke hinlege. Auch Bernadette bekommt eine große Portion. Meine Wellensittiche sind begeistert. Hätten sie Hände, würden sie bestimmt klatschen.

Es ist also beschlossene Sache. Ich reiße das Ruder doch noch herum. Gestern habe ich Lisas Brief in einem Kuvert mit ihrem Namen auf den Küchentisch gelegt, damit sie ihn gleich findet, und nach dem Wochenende in München werde ich offiziell beginnen, den nun konkurrenzlosen *Schluckspecht* zum Glanzpunkt der Stadt zu machen, sodass er haufenweise Geld in die leeren Kassen spült. Vielleicht sollte ich ihn dementsprechend umbenennen in *Schluckphönix*. Wiedergeboren aus seiner eigenen Asche. Ohne Orguns Barlokal als Konkurrenz ist das durchaus möglich. Und wenn ich dann auch noch zum krönenden

Abschluss das Lämpchen am Badezimmerspiegel austausche, kann ich mein Leben endlich weiterleben.

»Na, Schatz, hast du alles gepackt?«

Ich schrecke auf. Lisa ist wieder zu Hause? Ihre Schritte tippeln im Flur herum und bevor sie das Wohnzimmer erreicht, werfe ich mich auf die Couch und grapsche nach der *Sport Bild*. Als meine Freundin vor mir steht, tue ich so, als hätte ich sie nicht bemerkt und als wäre ich wahnsinnig in einen Artikel vertieft. Die Angst vor Lisas Reaktion auf meinen Brief katapultiert mich in eine Art Schockstarre. Ob sie mich anschreit? Oder weint? Oder gleich zuschlägt? Ich will es nicht wissen. Ihre Anwesenheit zu ignorieren, scheint mir im Moment die beste Lösung.

»Schatz?«

Meine Fresse, Lisa ist aber auch hartnäckig.

»Fast ...«, nuschle ich ohne aufzuschauen und meine Freundin setzt sich neben mich. Sie sagt, im Moment sei alles so spannend und sie freue sich schon auf meine Eindrücke von München. Mit einem Seufzer schmeiße ich die *Sport Bild* auf den Wohnzimmertisch. Lisa lässt mich also zappeln und zögert die Thematisierung des Briefes vorsätzlich hinaus.

»Ich freue mich auch, mein Herzchen«, sage ich und presse mir ein Lächeln heraus. Lisa lächelt zurück.

»Ich habe schon wieder eine supertolle Neuigkeit!«, sagt sie und ich bin auf supertolle Neuigkeiten inzwischen so konditioniert, dass sich alles in mir verkrampft.

»Was denn?«, frage ich mit einer gehörigen Portion Furcht in der Stimme.

»Tim, du glaubst es nicht! Ich habe eine Wohnung gefunden! Und ich habe bereits mit dem Makler gesprochen!«

Lisa reicht mir aufgeregt ihren Laptop, auf dem ein kleines Reihenendhaus zu sehen ist. Ich versuche, nicht geschockt zu wirken. Innerlich gewittert es natürlich. Diese Neuigkeit ist nämlich ganz und gar nicht gut. Nach einer Wohnung zu suchen, war schließlich die Aufgabe des Kegelvereins. Wir wollten es vor Ort machen und grandios scheitern. Das war der Plan. Akribisch ausgearbeitet. Wieso muss Lisa wieder ankommen und alles kaputtmachen? Außerdem frage ich mich, warum meine Freundin noch immer nicht auf meinen Brief zu sprechen kommt. Am liebsten würde ich den Laptop nehmen, aufspringen und ihn an die Wand schmettern. Stattdessen lese ich: Freie Wohnung. Einzugsbereit. Top Lage. Günstig. Ein »Glücksfall«, hallt es von Lisa zu mir herüber. Sie wurschtelt ihre Hände an mir vorbei und klickt ungefragt durch die Fotos.

»Hm«, sage ich nach dem letzten Bild gekonnt skeptisch und neige den Kopf zur Seite. »Ich weiß ja nicht.«

Meine fachmännische Immobilienanalyse bringt Lisa nicht ansatzweise aus der Fassung.

»Das Beste ist: Ich habe schon einen Termin mit dem Makler ausgemacht!«, sagt sie. »Übermorgen! Samstag! 20 Uhr! Ist das nicht super?«

Thorsten fällt vor Schreck das Gurkenstückchen aus dem Schnabel und mein Auge beginnt zu zucken. Was in drei Teufels Namen geschieht denn hier schon wieder? Will Lisa mich tatsächlich psychisch fertigmachen oder hat sie meinen Brief gar nicht gelesen?

»Hm ...«, sage ich mit einem Pokerface und Lisa runzelt die Stirn.

»Ich dachte, du freust dich?«, antwortet sie. »Ich habe den Termin extra auf 20 Uhr gelegt, damit du mit deinen Freunden vorher in Ruhe Bundesliga gucken kannst ...«

Toll. Lisa hat sich mal wieder alles prima zurechtgelegt. Da habe ich doch kaum Gegenargumente.

»Ach, und was sollte das eigentlich mit dem Brief?«

Aha. Jetzt kommt es also.

»Warum legst du mir ein Kuvert auf den Küchentisch, in dem die Kita-Anmeldung von Micha und Steffi drin ist?«

Für einen kurzen Moment habe ich das Gefühl, als hätte Lisa mir mit einem Hammer auf den Kopf geschlagen. Ich taumle auf die Couch zurück und reiße die Augen auf.

»Was?«, frage ich und eine Panikattacke durchströmt meinen Körper. Mir wird heiß, dann kalt, dann wieder heiß.

»Na, auf dem Küchentisch lag ein Kuvert mit meinem Namen und da war die Anmeldung für Lili drin. Willst du mir damit irgendetwas sagen?«

Noch immer bin ich wie benebelt. Wenn in dem Kuvert für Lisa der Brief von Micha war, was ist denn dann in dem Kuvert, das ich bei der Kita abgegeben habe?

»Das kann doch nicht ...«, sage ich und breche ab. Lisa blickt mich unsicher an. Wissen die Leiterinnen der Kindertagesstätte nun, dass irgendjemand nicht nach München ziehen möchte, dass blaue Fahrräder ja noch in Ordnung sind, aber das Trikot vom FC Bayern München eine schlechte Geschenkidee ist? Habe ich die Zukunft von Michas kleiner Tochter auf dem Gewissen? Wird sie nicht in die Kita gehen können, kein Sozialverhalten lernen und deswegen in der Pubertät auf die falsche Bahn geraten? In Bottrop ist das nicht unwahrscheinlich. Das passiert hier relativ schnell.

»Schatz?«, höre ich und schüttle mich.

»Was?«, frage ich zurück.

»Na, ob du mir damit irgendetwas sagen möchtest?«

Meine Hände zittern.

»Ja, durchaus«, sage ich, ohne zu wissen, was ich da überhaupt sage.

Dann beruhige ich mich. Es ist so viel schiefgelaufen, jetzt kann es nicht mehr schlimmer werden. Ergebniskosmetik heißt das im Fußball. Ich denke nach und meine Synapsen knallen.

»Und was?«, fragt meine Freundin und ich räuspere mich.

»Na ja«, sage ich, »mir geht es um diese München-Sache. Ich habe mir da noch einmal Gedanken gemacht und an Micha und Steffi und Lili gedacht. Wegen der Kita und Familie und Heimat und so weiter. Und wenn man es genau betrachtet, wäre so eine kleine Wohnung in München – und etwas Größeres können wir uns ja nicht leisten – einfach nicht die optimale Lösung, wenn wir bald selber mal ein Baby haben …«

Ich höre es mich reden und kann es selbst kaum

glauben. Lisa schaut mich misstrauisch an und in der Wohnung ist es für ein paar Augenblicke so still, als hätte mir jemand Watte in die Ohren gestopft. Nur Bernadette krächzt kurz auf. Sie kann einen weiteren nicht stubenreinen Gast in ihrem Ökosystem momentan überhaupt nicht gebrauchen. Ich höre auf zu atmen und bete, dass Lisa meinen Satz überhört hat. Aber meine Freundin starrt mich mit offenem Mund an, bevor sie lächelt und schließlich strahlt.

»Baby?«, piepst es aus ihr heraus und ihre Pupillen weiten sich. »Bald?«

Verdammte Scheiße, wo habe ich mich denn da schon wieder hineingeritten? Ich möchte unter keinen Umständen ein Baby. In zehn Jahren vielleicht, wenn ich erwachsen bin. Aber jetzt doch noch nicht. Ich bin doch selber noch ein Kind.

»Ich meine ja nur, wenn wir ein Baby hätten, dann wären wir da irgendwo in München vollkommen auf uns allein gestellt. Hier in Bottrop hätten wir unsere gewohnte Umgebung, unsere Eltern, meine Freunde, Jutta ...«

Ich sollte unbedingt damit aufhören, mache aber wie ferngesteuert weiter. Mal ganz davon abgesehen, dass ich weder meinen Freunden noch Jutta mein Kind anvertrauen würde: Ich bin so meilenweit davon entfernt, ein kleines Lebewesen aufziehen zu können, wie der FC Schalke von der Deutschen Meisterschaft. Und Lisas und meine Eltern hassen sich, die kann man doch nicht gemeinsam mit unserem Nachwuchs in ein Zimmer sperren. Lisas Vater wird nie müde zu betonen, dass ich sein kleines Mädchen im Leben generell an allem hindere. Ich bin ein Haufen Schrott an den Flügeln einer goldenen Boeing. So ähnlich hat er es ausgedrückt. Letzte Weihnachten. Beim Sauerbraten. Ich halte Lisa davon ab, loszufliegen, übersetzte er das Gleichnis noch für meine Eltern, die mit diesen Vorwürfen rein gar nichts anfangen konnten. Die Stimmung war auf dem Siedepunkt, und Lisas Mutter ein dreiteiliges Messerset zu schenken, hat sich im Nachhinein als unvorteilhaft erwiesen. Wenn sich unsere Eltern schon am Heiligen Abend mit Waffen duellieren, sollte man ihnen keine Enkel in die Hand drücken, um die sie sich streiten können.

Lisa kneift die Augen zusammen und wartet. Nun stecke ich zu tief drin, um zurückzurudern. Also mache ich weiter.

»Was meinst du, wie traurig dein Vater wäre, wenn er seinen Enkel nicht aufwachsen sehen könnte?«, sage ich und blicke Lisa eindringlich an.

»Oder Enkel*in*«, ergänzt sie und spitzt die Lippen. »Aber ja, da hast du recht.«

Ich weiß nicht, ob ich lachen oder weinen soll. Ausgerechnet *das* hier funktioniert? Ein Kind und Bottrop oder kein Kind und München? Sind das die Alternativen? Dann aber Prost Mahlzeit!

Lisa rückt näher zu mir und starrt mich an.

»Und du kannst dir wirklich vorstellen, dass wir ... also, Tim, ich mein ... ein Baby?«

Die dritte Alternative wäre, deinem Vater eine Schrotflinte zu Weihnachten zu schenken. Wenn der hört, dass ich in seine Tochter nun auch noch mutwillig meine wertlosen Samen eingepflanzt habe, dann rastet er definitiv aus. Das würde blutig enden.

»Ich weiß nicht, keine Ahnung. Irgendwann? Es ist doch … irgendwie … es kann ja passieren!«

Wenn das mal kein klares Bekenntnis zu einem Kind ist. Ich denke an Micha, seine müden Augen, sein fahles Gesicht, seine Hirsekringelzeitrechnung. An Lili und Steffi und Zähnchen und Geschrei. Und an Kita-Anmeldungen mit Ausschlussfristen.

»Wow, ein Baby …«, überlegt Lisa laut und mir spuken ähnliche Gedanken im Kopf herum.

»Ich dachte immer, du bist noch nicht bereit«, sagt sie.

Ich bin auch noch nicht bereit, Lisa. Ich klammere mich einfach nur an die letzten Strohhalme, ohne Rücksicht auf Verluste.

»Tja, wieso nicht?«

Ich schlucke und vor meinen Augen sehe ich Klein-Timi, weinend, kreischend, strampelnd. Seine Windeln sind voll und ich habe in der linken Hand sein Fläschchen, in der rechten sein Kuscheltier. Ich tanze und singe, damit er sich beruhigt und Thorsten ruft andauert »Bottrop!«, bis Klein-Timi es ebenfalls ruft, mich anpinkelt und wieder weint und dann kommt Lisas Vater, schreit mich an, weil ich seine Tochter befleckt habe, und schießt mir anschließend mit seiner neuen Schrotflinte ins Knie. Überall ist Blut und Klein-Timi hat noch immer die Hose voll.

»Tim?«

Ich schüttle mich. Mein Kopf muss knallrot sein.

»Was?«, frage ich mit zittriger Stimme und Lisa nimmt meine Hand.

»Ob du das wirklich ernst meinst …?«

Ich denke nach.

»Ja, schon, irgendwie.«

Lisa lächelt mich an und gibt mir einen Kuss.

»Kinder sind doch toll«, sage ich und meine Hände zittern. »Sie sind unsere Zukunft und das alles ...«

»Aber sollten wir nicht gerade *dann* nach München ziehen, wo wir dem Kind auch finanziell etwas bieten können?«, merkt Lisa an und ich hasse es, dass es jedes Mal doch noch schlimmer kommen kann, als man denkt. Lisa nervt mit ihren ständigen stichhaltigen Argumenten.

»Wenn ich den Job bei der Zeitung habe«, macht sie weiter, »und du irgendwann als Anwalt arbeitest, dann wäre das doch perfekt! Wir hätten viel Geld, wir könnten dem Kind etwas bieten!«

Das Blut schießt nach unten, mein Gesicht dürfte nun kreidebleich sein. Mein Grab ist ausgehoben. Jetzt reinlegen und Deckel drauf.

Die vierte Alternative ist also ein Baby *und* München. In meinem Kopf puzzeln sich Möglichkeiten zusammen, diesen brennenden Zug irgendwie zum Stillstand zu bringen.

»Ein Baby ...«, trällert meine Freundin noch einmal und kuschelt sich in meinen Arm. Ich spüre nichts als Kälte. Dann ist mir wieder heiß. Die Wanduhr tickt. Die Wellensittiche schweigen.

»Ich will nicht nach München«, sage ich endlich, aber Lisa ist viel zu aufgekratzt, als dass sie es hören würde. Also wiederhole ich es.

»Lisa, ich will einfach nicht nach München! Ich will in Bottrop bleiben! Das mit Lilis Anmeldung im Kuvert war ein Missverständnis, ein Versehen! Ich hatte einen ganz anderen Brief für dich, aber der liegt nun in der Kita, weil ich die Kuverts vertauscht habe, das heißt, dass Micha mich deswegen ganz bestimmt hassen wird und jetzt ist alles nur noch viel schlimmer als vorher!«

Es sprudelt nur so aus mir heraus, mein Kinn bebt. Lisa dreht ihren Kopf zu mir, lächelt mich an, glänzende Augen.

»Ganz ruhig, mein Schatz«, sagt sie, »hör zu: Keine Panik! Ich war auch schon so aufgelöst wie du jetzt. Immerhin wollen wir einen Neuanfang starten, in eine fremde Stadt ziehen, und jetzt auch noch die Sache mit der Familie. Aber wir schaffen das alles gemeinsam! Ganz sicher!«

Sie lehnt sich vor und küsst mich. Ich will noch sagen, dass sie meine Einwände falsch versteht, dass sie kein Ausdruck kurzzeitiger Panik sind, sondern vielmehr Ausbruch einer langfristigen Ablehnung, aber da küsse ich auch schon zurück und vergesse alles um mich herum. Wir umarmen uns, ich streiche über ihren Rücken und für eine Nanosekunde kommt es mir so vor, als könnte alles gut werden, als würde der *Schluckspecht* auch ohne mich überleben, als würden Kita-Ausschlussfristen nicht zwangsläufig bedeuten, dass man von der Kita ausgeschlossen wird, wenn man die Frist nicht einhält, und als wäre Bottrop gar nicht mehr so wichtig, weil nur Lisa zählt und ich auch in München glücklich werden kann, solange sie an meiner Seite ist.

25

Verdammter Albert Einstein. Altbekannte physikalische Gesetzmäßigkeiten einfach so außer Kraft zu setzen, das geht doch nicht. Schlütti fällt noch immer. Wie lange soll das denn so weitergehen? Er ist der Wasseroberfläche zwar deutlich näher gekommen, aber es fehlt noch ein gutes Stück bis zu den rettenden Armen Orguns. Beziehungsweise bis zu den *zu rettenden* Armen Orguns. Komplizierte Sache. Ich bin unsicher, ob das alles so funktioniert, wie von Jutta zusammengesponnen. Lange halte ich diese Ungewissheit jedenfalls nicht mehr aus. Ein Beruhigungspudding wäre jetzt wirklich nicht verkehrt.

Ich schaue auf meine Armbanduhr und der Sekundenzeiger steht und steht und steht und steht und dann tickt er einen Strich weiter nach vorne. Und nun steht er wieder. Lange. Jesus, Maria! In was für einer abgedrehten Raum-Zeit-Konstellation bin ich denn hier bitte schön gefangen? Die Menschen um mich herum essen in Zeitlupe Zuckerwatte und die Begrüßungsrede des Oberbürgermeisters zum Duisburger Hafenfest hallt nur verzerrt und stückchenweise zu mir herüber, als würde sich eine Hörspiel-CD plötzlich nur noch halb so schnell drehen. Wieso muss ich das alles ertragen? Wie konnte es nur so weit kommen? Spätestens vor der Kegelfahrt nach München hätte ich mein Schicksal akzeptieren müssen. Da war doch schon alles längst zu spät. Lisa hatte den Job, der *Schluckspecht* war hinüber und es gab eine freie Wohnung am Rande von München. Es wäre deutlich besser gewesen, in den sauren Apfel zu beißen, statt alles nur noch schlimmer zu machen. Na und, dann verliert man halt seine Jugendkneipe, sieht seine Freunde kaum noch und zieht in eine fremde Stadt voller Bayern-Fans. So ist das Leben. Man sollte das Beste draus machen. Aber so weit war ich vor einer Woche noch nicht. Ich konnte und wollte einfach nicht aufgeben und nun habe ich den Salat und muss mit ansehen, wie Schlütti in die Tiefe stürzt, wie Lars am Rheinufer mit seiner Handykamera den Sprung für die Ewigkeit aufnimmt und wie der Oberbürgermeister von dutzenden Fernsehteams gefilmt wird. Vielleicht bin ich auch in so einer Art Fegefeuer. So viele Leben, wie ich ruiniert habe, wäre das durchaus nachvollziehbar. Gott oder Allah oder Buddha oder wer auch immer haben offensichtlich intensiv verfolgt, was ich die letzten Wochen so getrieben habe, und ihr Urteil lautet, dass sich dieser schmerzvollste Augenblick meines Lebens über Stunden, Monate, vielleicht sogar Jahre hinziehen soll. Sie wollen mich bestrafen. Und da ich ein schlechter Anwalt bin, kann ich mich kein bisschen verteidigen. Womit auch? Micha, Lili, Lars, Knolle, Schlütti, Thorsten, Bernadette, Lisa und Orgun. Ich habe alle mit mir ins Verderben gerissen. Der Fall ist für die obersten Richter abgeschlossen und Einstein hat ihnen ein paar gute

Tipps mit auf den Weg gegeben, wie so eine Folter konkret umzusetzen ist. Mit Physik. Mit Relativität. Irgendetwas mit Raum und Zeit machen.

Danke Albert.

Wir sehen uns in der Hölle.

26

»Hat einer von euch Durchfalltabletten dabei?«, frage ich und Micha nickt, während er mit dezentem Mienenspiel darauf hinweist, dass ich nicht so laut sprechen soll. Schließlich sind wir nicht allein. Die S-Bahn ist gerammelt voll. Auch wenn es bereits 22 Uhr ist, stapeln sich um uns herum die Menschenberge. Vor mir, neben mir, hinter mir: überall Menschen. Ich bin mir sicher, dass selbst unter mir noch ein paar arme Gestalten eingequetscht sind. Wir befinden uns eben in einer Großstadt. Micha soll mich mit seinen elterlichen Vernunftblicken nicht nerven. Nachdem ich gestern noch in einer Nacht-und-Nebel-Aktion die Kita-Anmeldung in den Briefkasten geworfen habe, ist mein schlechtes Gewissen deutlich abgeklungen. Die werden schon nicht so streng sein. Lili wird einen Platz bekommen, Steffi wird nicht sauer auf Micha sein und alles wird gut. Ich dagegen habe Krämpfe und hier gibt es nun mal keine Privatsphäre, da kann ich so leise sprechen, wie ich will. Es ist mir auch egal, wenn es alle hören. Der ganze Reisestress ist mir auf den Magen geschlagen und da ist es doch nur menschlich, wenn es in mir brodelt, als hätte man ein Mentos in eine Cola-Dose geworfen.

»Wo sind die denn?«, frage ich und Micha seufzt.

»Ganz unten im Koffer, Tim. Da kommst du jetzt nicht dran.«

Micha durchdringt mich mit aufgerissenen Augen. Das soll sicherlich bedeuten, dass ich auch nicht *versuchen* soll, an die Durchfalltabletten heranzukommen. Aber ich bin nicht Lili. Seine Masche funktioniert bei mir nicht. Also fummle ich mit meinem Schuh am Reißverschluss des Koffers herum und trete dabei versehentlich einer Gruppe indischer Touristen auf die Füße. Schweiß tropft mir von der Stirn, es ist höllisch heiß. Die Inder schreien auf und starren mich an. Ich starre zurück und wende mich ab. Für Entschuldigungen habe ich momentan nichts übrig. Ich bin eingequetscht wie eine Mastpute kurz vor der Schlachtung. München macht mich fertig, bevor ich überhaupt richtig angekommen bin. Mit der Fußspitze schiebe ich den Reißverschluss einen weiteren Zentimeter hoch, trete auf irgendeinen Rucksack oder Koffer oder Menschen und falle in den Pulk Amerikaner neben mir. Wie Dominosteine kippen alle Fahrgäste nacheinander nach vorne, bis der letzte mit dem Kopf an die Wand andockt.

»Tim!«, ruft Micha und ich seufze.

Er hat recht. Ich sollte nun definitiv mit meiner Suche nach den Durchfalltabletten aufhören, da ansonsten die Gefahr besteht, dass wir aus der Bahn geschmissen werden. Und das wäre dann die absolute Krönung. Irgendwo am Arsch von München an einem Bahnhof herumzustehen und unter Krämpfen auf die nächste S1 zu warten, die uns in den tiefsten Kreis der

Hölle fahren soll. Das darf nicht passieren. Das alles ist auch ohne Rauswurf viel zu stressig für mich. Die Fahrt mit öffentlichen Verkehrsmitteln von Bottrop bis zum Dortmunder Flughafen war bereits eine Odyssee, weil man ungefähr zwölfmal umsteigen muss. Angekommen kosten dann im Terminalbereich sieben Bier gerne mal 46 Euro und da sie bei *Eurowings* während des Flugs offensichtlich noch nicht einmal mehr Nüsse verteilen, die den Alkohol aufsaugen könnten, grummelt es bereits im Magen, wenn man noch über Frankfurt schwebt. Ist man endlich aus dem Flieger, löst sich die Illusion, man sei nun am Ziel, relativ schnell in Luft auf. Der Münchner Flughafen ist nämlich weiter von der Münchner Innenstadt entfernt als Bottrop von Bochum oder Duisburg oder Essen. Mit der S1 fährt man tatsächlich fünfzig Minuten bis zu unserer billigen Absteige, da kann man im Ruhrgebiet auf der A3 in der gleichen Zeit locker neun Großstädte abklappern. Und das dazu noch deutlich komfortabler. Die erste S1 ist ausgefallen, die zweite hatte eine halbe Stunde Verspätung. Wirklich jeder hat sich in diese Bahn gequetscht, sodass ich schon wieder auf irgendeinem Fuß herumtrample, während ich versuche, mich mit ausgestreckten Armen in einem der Haltegriffe an der Decke zu verfangen. Selbst ohne Durchfall wäre diese Situation maximal undankbar.

»Servus …!«

Ein Mann mit Uniform steht plötzlich vor mir und ich habe keine Ahnung, wie er sich durch die Fleischberge wurschteln konnte. Ich nicke, nuschle »Servus« zurück und will mich abwenden, da tippt mir die Uniform auf die Schulter. Ich stöhne und quetsche mich wieder zurück.

»Wat is?«, frage ich genervt und wische den Schweiß an meiner Stirn am Rücken meines Vordermannes ab, da meine Hände irgendwo unter mir eingeklemmt sind.

»I hob gsogt, Ihrn Foahrschein hätt i gern!«

Boa, das kann doch wirklich nicht wahr sein. Das ist die mit Abstand ungünstigste Situation für eine Ticketkontrolle. Wie kann man denn ausgerechnet in einem knüppelvollen Abteil anfangen, die Menschen auch noch mit ihren Fahrscheinen zu nerven?

»Da komm ich jetzt nicht dran!«, sage ich mit einem Schuss Aggressivität in der Stimme und Micha hält die Tickets hoch.

»Ich hab die doch! Die sind von uns fünf!«, sagt er und versucht, mit dem Finger auf unsere restlichen Freunde zu zeigen. Die Bahn ruckelt, es quietscht, alle Köpfe wackeln mit. Ich befreie meine eingeklemmten Arme aus der Masse, reiße Micha die Tickets aus der Hand und halte sie dem Schaffner vors Gesicht. Nimm, du Nervensäge! Und dann hau ab! Aber der Schaffner nimmt die Fahrscheine nicht. Er starrt sie nur an.

Lange.

»Die san folsch!«, sagt er dann und für ein paar Sekunden habe ich ein Piepen im Ohr. Ich bin endlich ganz allein, ganz weit weg, auf einer grünen Wiese, am Horizont blühen bunte Blumen und Schmetterlinge fliegen umher und dann stößt mich eine Bauchkrampfattacke zurück in die gottverdammte S1. Das Piepen verschwindet, die Gespräche der Menschen um mich herum umfluten mich wieder und der Mann mit der Uniform sieht mich noch immer ausdruckslos an. Die Anstrengung, ihm die Fahrscheine auf Augenhöhe zu halten, ist unerträglich. Ich hänge in der Bahn wie eine verknotete Marionette. Da kann ich Kritik an unseren Tickets gerade so gut gebrauchen wie eine Heftzwecke auf der Motorhaube.

»Ja, wie, folsch?«, frage ich und schubse die Person links von mir zur Seite, um ein wenig Beinfreiheit zurückzuerobern. Meine Unterhose ist inzwischen schweißdurchtränkt. Kein schönes Gefühl.

»Die sind nicht folsch«, setze ich neu an, »die sind richtig. Das sind normale Tickets, die haben wir in Bottrop auch!«

Wenn ich mich besser bewegen könnte, würde ich eine arrogante Handbewegung machen, um den Schaffner zu verscheuchen.

»Ja mei! I sog ja, die Tickets san folsch!«

Viel braucht es nicht mehr, bis ich schreie. Ein weiterer Krampf durchzuckt meinen Darm, ich halte die Luft an, verziehe das Gesicht. Thorsten kommt mir in den Sinn. Der Arme. Jetzt kann ich nachvollziehen, wie es ihm die letzten Wochen ergangen sein muss. Wenn ich wieder zu Hause bin, bekommt er definitiv ein großes Stück Gurke.

»Haben Sie Durchfalltabletten dabei?«, frage ich die Uniform und höre die Gegenfrage, ob ich denn koa richtigs Ticket vorweisen könne.

»Ich flipp gleich aus hier!«, antworte ich und die Köpfe der Inder drehen sich wieder in meine Richtung. Ich will mich abwenden, vertrete mich allerdings und stoße mit dem Schienbein gegen einen Koffer. Von hinten wird mir ein Ellenbogen in den Rücken gerammt und die Bahn kommt ruckelnd zum Stillstand, sodass die Domino-Reihe dieses Mal in die andere Richtung fällt. Ich keuche, fixiere den Schaffner mit einem irren Blick und reiße die Fahrscheine in meiner Hand provokativ entzwei. Unmittelbar danach werde ich an der Schulter gepackt und aus der Bahn gezerrt.

Eine halbe Stunde später fühle ich mich besser. Von unserem Schlafplatz sind wir zwar noch immer meilenweit entfernt, aber immerhin haben uns die Schaffner an einer Haltestelle aus der Bahn gezogen, an der es eine Toilette gibt. Traut man sich in Bottrop erst gar nicht in die Nähe eines Bahnhofsklos, war dieses hier sauberer als das Badezimmer in meiner eigenen Wohnung. Finde ich persönlich ja total übertrieben. Muss ganz schön schlimm um München stehen, wenn es schon so weit gekommen ist, dass man sich hier mithilfe von Bahnhofstoiletten profilieren muss. Was für eine Angeberei. Ich war über die Sauberkeit so erbost, dass ich noch auf der Schüssel kurzeitig in mein altes Manipulationsmuster zurückgefallen bin und Lisa geschrieben habe, in welch heruntergekommenem Zustand sich die Toiletten in München befänden und dass wir zu allem Überfluss auch noch von zornentbrannten Beamten vollkommen unberechtigterweise aus der S-Bahn gezerrt worden seien. Aggressivität in ihren Stimmen, Gefühlskälte in den Augen, ohne Mitleid. Dass es ja kein Wunder sei, dass Hitlers Aufstieg hier seinen Anfang genommen habe. Wütenden Smiley einfügen, auf *Senden* klicken, Handy wieder einstecken und »So!« sagen. Aber kurz nachdem ich diese Schritte hinter mich gebracht hatte, schämte ich mich auch schon wieder. Denn die Beamten sind eigentlich ziemlich nett. Sie sitzen gerade neben uns auf der kleinen Mauer und klären uns über die unterschiedlichen Fahrkartentypen auf, während wir alle gemeinsam im Dunkeln auf die nächste S1 warten. So stellt sich heraus, dass wir trotz intensiver Auseinandersetzung mit dem Fahrscheinschalter tatsächlich a folsches Ticket gezogen haben. Aber die Beamten drücken für uns ein Auge zu. Keine Vorwürfe, keine Geldstrafe, alles ist gut. »Basst scho«, sagen sie und werden dadurch meinem Befinden nach deutlich *zu* nett. Micha bedankt sich artig und auch meine anderen Freunde demonstrieren lächelnd ihre Verbundenheit, während ich knurre und mich frage, warum hier auf einmal so eine Scheißharmonie herrscht. Die penetrante Freundlichkeit der Schaffner erreicht ihren Höhepunkt, als einer der beiden in die Runde fragt, ob hier jemand die Berge möge oder gerne klettern gehe und wie wir denn generell das Oktoberfest so fänden. Bevor Schlütti seinen Senf dazu geben kann, sage ich kurz und knapp »Absolut super!«, um das Gespräch möglichst schnell abzubrechen. Das Letzte, das wir Jungs im Moment gebrauchen können, ist eine freundschaftliche Beziehung zu einem Münchner Fahrkartenkontrolleur. Ich sehe meine Freunde eindringlich an und sie scheinen es endlich zu kapieren. Schlütti schaut zur Seite, Knolle kramt sein Handy hervor und auch Micha demonstriert Ablehnung. Trotzdem reden die Beamten heiter weiter, brabbeln etwas von Radfahren, Blasmusik und Semmelknödeln, während ich mich zurücklehne, auf die Schienen starre und die Stadt um mich herum in Ruhe doof finden kann.

Saubere Bahnhofstoiletten.

Wie unnötig.

Jutta fehlt mir jetzt schon.

27

Der Marienplatz ist okay. Die Mariensäule ist auch okay, genauso wie der Fischbrunnen, der ist absolut okay. München ist generell okay. Alles ist okay hier.

Aber anstatt es laut auszusprechen, sage ich über die Schulter, dass das Rathaus ganz schön unsymmetrisch sei. Meine Freunde starren es fasziniert an und schweigen. Ich verschränke die Arme.

»Oder?«, hake ich nach.

»Ja, schon«, sagt Micha, »aber auch irgendwie beeindruckend, finde ich.«

Ich sehe Micha fordernd in die Augen und warte. Ich kann ihn ja verstehen. Immerhin ist er Familienvater, da findet man früher oder später *alles* »irgendwie beeindruckend«, solange Frau und Kind nicht da sind. Aber wenigstens auf unserer Kegelfahrt sollte er sich mal wie ein echter Mann verhalten und hinter unserer Mission stehen. Mein Blick wird bohrender und Micha räuspert sich.

»Aber insgesamt in der Tat sehr unüblich, mit diesen versetzten Türmen und so …«

Ich nicke zufrieden, während mir ein leichter Wind durch die Haare weht, sodass ich mich instinktiv nach Südwesten drehe und dabei gegen einen Asiaten mit Kamera stoße. Der Marienplatz ist proppenvoll, überall sind Menschen. Sie lachen und staunen und gaffen das Rathaus an, als wäre es ein vergoldetes Raumschiff. Ich will ihnen zurufen, dass man sich auch einfach eine DVD über das Oktoberfest hätte kaufen können, statt extra hierherzufahren und all die Strapazen auf sich zu nehmen. Aber ich verkneife es mir und beobachte die Leute dabei, wie sie vor den Arkaden posieren, sich fotografieren lassen und dämlich grinsen. Ein Pärchen klappt dafür eine Selfie-Stange aus, was ich ja bemerkenswert beknackt finde. Der Mann trägt einen Bart, die Frau einen Hut. Die beiden hätten gut in Orguns Laden gepasst, denke ich mir, und schmunzle in mich hinein.

»Sollen wir jetzt mal eine Kneipe suchen?«, fragt Schlütti und selten habe ich so etwas Sinnvolles aus seinem Mund gehört. Ich klopfe ihm auf die Schulter. Er hat absolut recht. Es reicht, wir haben genug von der Stadt gesehen. Die S1, das Hotel, den Marienplatz und … ja. Das genügt.

»Los geht's«, sage ich und wir lassen uns von Michas Handy zum Chinesischen Turm leiten. Da soll es ganz gut sein, hat Google gesagt. Und irgendwie müssen wir die Zeit bis zur Wohnungsbesichtigung schließlich rumkriegen.

Als wir durch die Altstadt laufen und die Kirchen und Backsteinhäuser um uns herum betrachten, werde ich allerdings zunehmend rastlos. Gut, dass Lisa nicht hier ist. Die hätte sich nämlich direkt in die Stadt verliebt. Hier ist es sauber, idyllisch, farbenfroh. Wenn man aus Bottrop kommt, wirkt das alles wie eine Filmkulisse aus unserem *Movie Park*. Irgendwie irreal.

Und schön. Das fällt nicht nur mir auf. Die offenen Münder meiner Freunde sprechen Bände. Aber niemand sagt etwas, als wir so schwer atmend über das befremdliche Terrain schlurfen wie Eiskunstläufer durch die Kalahari-Wüste. Kurz bevor die Stille zu unangenehm wird, resümiere ich für die gesamte Gruppe, dass ich das Ambiente der Stadt im Großen und Ganzen absolut in Ordnung fände, aber diese Asymmetrie des Rathauses vom Gesamteindruck her ja doch einiges kaputtmache. Die Gesichtszüge meiner Freunde lockern sich und sie nicken eifrig. Schlütti sagt etwas von »exorbitant asymmetrisch«, während Knolle kritisiert, dass keine Frauen mit Dirndl zu sehen seien. Außerdem sei es viel zu überlaufen, fügt Lars hinzu und läuft dabei fast in eine Gruppe asiatischer Touristen.

»Großstädte …«, seufze ich.

Als wir endlich am Chinesischen Turm angelangt sind, setzen wir uns demonstrativ möglichst weit an den Rand, weg vom Getümmel, weil von irgendwoher Blasmusik ertönt und unangenehm viele glückliche Menschen auf den Bänken hocken und nichts als pure Lebensfreude ausstrahlen. Können wir im Hinblick auf *Kommando Schluckspecht* nicht gebrauchen. Wir wollen keine Blasmusik, wir wollen keine Münchner Lebensfreude, wir wollen Bier.

»Bier homma net!«, sagt der Kellner jedoch, als wir am letzten freien Tisch sitzen und unsere Bestellung aufgeben wollen. Schlütti wird nach dieser Begrüßung augenblicklich panisch.

»Wie, was, hä?«, fragt er mit geschliffener Lehrer-Rhetorik und der Kellner lacht laut.

»Naaa, des woa a Witz!«

Seine Stimme ist basslastig und durchdringt jede Faser meines Körpers. Ich runzle die Stirn und schaue meine Freunde so an, als wäre dieser klägliche Scherzversuch des Kellners vollkommen unangebracht gewesen. Aber dieses Mal scheine ich der Einzige zu sein, der das gar nicht lustig findet. Micha ist wie geblendet und reagiert für meinen Geschmack viel zu freundlich.

»Ah, sehr gut!«, sagt er. »Dann hätten wir gerne fünf Maß!«

»Aber pronto Toronto!«, schiebe ich hinterher und Micha sieht mich an, wie damals meine Mutter in der Kirche, als ich kurz vor dem Evangelium meinen Gameboy angemacht habe. So, als wäre *ich* derjenige, der sich unangebracht verhält.

»Muss das sein?«, fragt Micha, nachdem der Kellner verschwunden ist, und ich frage zurück, was denn plötzlich mit ihm los sei. Ob er München plötzlich toll finde und was er mit seinen Vorwürfen bitteschön bezwecken wolle. Während ich spreche, fällt mir auf, dass man auch hier, am äußersten Rand des Biergartens, Blasmusik hört, und das macht mich noch einmal eine Spur wütender.

»Wie soll man denn hier Spaß haben?«, frage ich und schaue mich mit ausgebreiteten Armen um. Hier ist es so unbeschreiblich überfüllt, dass ich wieder zurück in die S1 will. Muss denn in München keiner arbeiten, will ich fragen, und dann fällt mir ein, dass Samstag ist.

»Na ja, keine Ahnung ...«, bilanziert Schlütti, als der Kellner die großen Bierkrüge auf unseren Tisch stellt, während Knolle schon wieder an seinem Handy herumfummelt. Das führt dazu, dass er sich überhaupt nicht in die Diskussion über die Defizite der Stadt integrieren lässt.

»Ausnahmsweise mal Nathalie …?«, frage ich provozierend und Knolle lässt sein Mobiltelefon blitzschnell in der Hosentasche verschwinden.

»Nö!«, sagt er.

»Wie läuft's denn?«, erkundigt sich Micha. »Immer noch guter Sex, keine Gefühle, vollkommen unkompliziert?«

Knolle rümpft nur die Nase, während die Blasmusik verstummt und ich am liebsten aufstehen und Beifall klatschen würde für denjenigen, der das Gedudel endlich abgestellt hat. Doch unmittelbar danach dröhnt *Und dann die Hände zum Himmel* aus den Boxen und ich sehe, wie sich die gute Laune über die Tische verbreitet wie Ebola.

»Mach ma fünf Jägermeister!«, schreit Knolle gegen den Lärm an und der Kellner nickt lächelnd. Um uns herum beginnen die Ersten mitzusingen und zu schunkeln. Kann doch alles nicht wahr sein, denke ich, als die Partylaune gegen unseren Tisch brandet wie eine Welle der Begeisterung gegen einen Felsen der erbarmungslosen Konsequenz.

Komm lasst uns fröhlich sein!

Schlütti macht dicke Backen, Micha lächelt unsicher den Asiaten in Lederhosen an und Knolle trinkt mit hochgezogenen Augenbrauen die halbe Maß in einem Zug. Ich will meine Jungs gerade für ihre Unerschütterlichkeit loben, da sehe ich, wie Lars tatsächlich mit seinen kleinen kümmerlichen Fingerchen im

Takt des Liedes auf der Tischplatte herumtippt. Das ist zu viel für mich.

»Was ist los, Lars?«, frage ich. »Ist nächste Woche wieder *Star-Wars*-Convention oder warum hast du hier Spaß für zwei?«

Lars hört mit dem Tippeln auf und schiebt sich die Brille zurück auf die Nase.

Wir klatschen zusammen und keiner ist allein.

Der Kellner stellt uns die Jägermeisterfläschchen auf den Tisch und die Leute werden immer ausgelassener. Als ich durchatme und meine Wut über Lars endlich wieder drosseln kann, wippt Schlütti mit seinem unförmigen Körper kaum merklich den Refrain des Liedes mit. *Und dann die Hände zum Himmel*, dröhnt es wieder und jetzt reicht es endgültig. Ich knirsche mit den Zähnen, balle die Fäuste und stehe auf, um auf die Toilette zu gehen. Würde ich jetzt nicht fliehen, würde ich zu Schlütti Dinge sagen, die ich später bereue.

Offenbar haben meine Freunde den Ernst der Lage einfach noch nicht begriffen. Wir sind doch nur hier, um Lisa von der Unbewohnbarkeit der von ihr favorisierten Immobilie zu berichten und um unsere negative Meinung über diese Teufelsstadt zu zementieren. Nicht, um Spaß zu haben und zu schunkeln und München auf einmal beeindruckend zu finden. Als ich mich fluchend durch die Meute quetsche, falle ich beinahe in die Italiener hinein, die tatsächlich alle klatschen und nicht allein sind. Naiv, wie man ist, geht man davon aus, dass man hier unten die absolute Hölle vorfindet und problemlos Argumente gegen einen Umzug sammeln kann, und dann kommt man an und es herrscht Freude pur, verdammte Scheiße. Was soll ich denn jetzt machen? Lisa einen weiteren Brief schreiben? Dieses Mal einen mit Lügen statt Wahrheiten? Jammern, dass man hier keinesfalls leben kann? Oder noch einmal auf diese fatalen Stickstoffwerte hinweisen? Dumpf höre ich durch die Toilettentür den Schlussakkord des *Hände-zum-Himmel*-Liedes, bis ein neuer Gitarrenanschlag ertönt und das Gegröle von vorn beginnt, nur mit anderem Text.

Und ich flieg, flieg, flieg, wie ein Flieger bin so stark, stark, stark, wie ein Tiger und so groß, GROSS, GROSS …!

Die mitsingenden Menschen werden immer lauter, ich höre sie selbst hier unten. Also gehe ich in eine Einzelkabine, lasse mich auf den Klodeckel fallen und schließe die Tür ab, damit die Musik dumpfer wird. Beruhigen, Kräfte sammeln, die Situation analysieren. Alles wird gut.

Eine Viertelstunde sitze ich nur so da und höre zu, wie immer wieder betrunkene Menschen ins Klo wanken, wie Hosenställe aufgezogen werden, wie Urin in Schüsseln spritzt und wie nur jeder dritte Pinkler anschließend den Wasserhahn aufdreht, um sich die Hände zu waschen. Das macht mir immerhin wieder Mut. Ich stütze mich ab, schließe die Tür auf und verlasse die Toilette. In München wäscht man sich nach dem Urinieren also noch nicht einmal die Hände, das muss ich sofort meinen Freunden erzählen. Ich renne die Treppe hoch, kämpfe mich wieder durch die Italiener und komme abrupt zum Stillstand. Dann blinzle ich und reibe mir die Augen, aber das Bild bleibt gleich. Micha, Lars, Knolle und Schlütti sitzen nicht mehr, sie stehen, um lachend und schunkelnd mit fremden Menschen anzustoßen.

So ein Tag, so wunderschön wie heute tönt es um uns herum und meine Freunde singen tatsächlich mit. Schlütti hat eine riesige Flasche Jägermeister in der Hand und trinkt einen großen Schluck, während Micha und Knolle springen und grölen. Der Kopf von Lars ist fast im Maßkrug verschwunden. Ich schüttle fassungslos den Kopf. Der Kellner kommt an mir vorbei und ich stibitze mir wie automatisiert ein Schnapsglas, um mir den Inhalt sofort in den Rachen zu schütten. Dann stampfe ich los. Die Jungs spinnen ja wohl!

Zehn Minuten später stehe ich mit allen anderen auf der Bank und singe feierlich, dass ich noch niemals in New York war. Die große Jägermeisterflasche in meinen Händen ist leer und ich fühle mich so gelöst wie nach dem Schlusspfiff vom WM-Finale 2014. Alles ist total egal, denke ich mir im Freudentaumel. Dann ziehe ich halt nach München. »Mal über den Tellerrand hinausschauen!«, schreie ich Knolle zu und er wuchtet sich eine Maß an die Lippen. Der Mann in den Lederhosen in meinem Arm fragt mich mit bairischem Akzent, ob ich klettern möge, wie es mit Skifahren aussehe oder Wandern und wie ich denn generell die Berge so fände. »Absolut super!«, sage ich und Schlütti bekommt einen Lachanfall, taumelt auf mich zu und versucht zu schunkeln. »Und nächste Woche dann ab in die Südkurve!«, höre ich vom Typen hinter mir und der Alkohol hat inzwischen so viel Gleichgültigkeit in meinen Körper gespült, dass ich mich über solche Aussagen schon gar nicht mehr aufrege.

Stattdessen falle ich in Schlüttis Lachen ein, umarme ihn und schaue über die Köpfe auf mein neues Zuhause. Wild und friedlich liegt es vor mir. Wenn Lisa und Jutta jetzt noch hier wären, dann gäbe es keinen schöneren Platz auf dieser Erde!

28

»Ich mag die Wohnung nicht anschauen ...«

Schlütti sagt es und kickt mehr oder weniger zielgenau ein kleines Steinchen in die Isar. Auch meine erste Euphorie im Hinblick auf einen möglichen Umzug ist deutlich zurückgegangen, jetzt, wo es mit der Wohnungsbesichtigung ernst wird.

»Da ist ja kaum Wasser in der Isar ...«, kritisiere ich dementsprechend kühl und Schlütti nickt. Wir haben uns die Isar deutlich atemberaubender vorgestellt. Vielleicht sollte ich doch nicht nach München ziehen. Flüsse mit wenig Wasser, das macht auf Dauer doch nur unglücklich. Kann ich Lisa eigentlich nicht antun.

»Wie lange noch ...?«, quengelt Schlütti und ich sage, dass wir mit der S-Bahn fahren müssten. Wohnungen in der Innenstadt, das kann man sofort vergessen. Mein Kumpel brummt. Ich klopfe ihm auf die Schulter. Gut, dass er da ist, um mit mir schlecht drauf zu sein. Allein hätte ich noch weniger Lust, mich durch München zu kämpfen, nur damit am Ende die Besichtigung einer Wohnung auf mich wartet, in die ich überhaupt nicht einziehen möchte. Meine anderen Freunde sind nicht mitgekommen. Für Lars sind Maßkrüge eine Nummer zu groß, er musste sich mehrmals übergeben und Micha wollte bei ihm bleiben, um aufzupassen. Knolle hat sich in der Zwischenzeit mit ein paar Amerikanern angefreundet und vorgeschlagen, unseren Tisch freizuhalten, damit wir uns später wieder am Chinesischen Turm treffen können. Schlütti wollte auch bleiben, aber ich zog ihn unmissverständlich vom Stuhl. »Ich geh bestimmt nicht alleine!«, zischte ich ihm zu und er nickte widerwillig. Nun laufen wir an der Isar entlang und neben uns, vor uns und hinter uns tummeln sich dutzende Fahrradfahrer, Rollerblader, Tretrollerfahrer, Inlineskater, Skateboarder, Walker, Jogger und Fußgänger. Immer wieder werden wir angerempelt oder geschubst. Ich entscheide, dass ich dieses Gedränge überhaupt nicht gut finde.

»Du ziehst aber nicht wirklich nach München, oder?«, will Schlütti wissen und ich seufze schwer.

»Weiß nicht …«, sage ich und Schlütti nickt.

Ich bin tatsächlich vollkommen ratlos. Das Bier und der Jägermeister in meinen Venen tragen ihren Teil dazu bei, dass sich dutzende Bilder in meinem Kopf drehen und wenden, sodass mir schwindlig wird. Der *Schluckspecht*, die Bottroper Innenstadt, mein Briefträger mit der Zigarette zwischen den Lippen, dazu das Ruhrgebiet, die Fördertürme und die alten Zechen. Aber dann drängt sich Lisas Gesicht dazwischen, ihr strahlendes Lächeln und ihre Freude über ihren Traumjob in München. Ich sehe sie vor mir, wie sie mir unter dem *Tetraeder* zuwispert, dass sie stolz auf mich ist, wie sie mich mit Tränen in den Augen umarmt und in mein Ohr flüstert, dass sie mich liebt. Hoch über den Dächern von Bottrop. Und das ist der Punkt, an dem ich dann doch wieder an die Dächer von Bottrop und das Ruhrgebiet denken muss und die Isar verfluche, weil so wenig Wasser drin ist.

»Ich weiß es wirklich nicht ...«, sage ich.

Eine halbe Stunde später starre ich auf den ausgedruckten Zettel mit der Adresse in meiner Hand und Schlütti und ich blicken hoch zu den obersten Fenstern des Reihenendhauses vor mir.

»*Das* ist es also?«, fragt er und ich nicke. »Ganz schön abgewetzt ...«, sagt er und ich nicke erneut. Messerscharfe Analyse von Schlütti, das muss man ihm lassen. Denn das Haus ist in der Tat so heruntergekommen, dass es auch gut in Bottrop stehen könnte. Es ist nicht nur alt, sondern auch dreckig. Ganz anders als die Häuser in der Innenstadt. Graffiti an der Wand, Putz bröckelt von der Fassade, es müffelt irgendwie. Eigentlich gefällt es mir. Immerhin nicht so schickimicki wie befürchtet.

»Nix Besonderes, oder?«, sage ich und Schlütti trinkt einen Schluck aus der Flasche Weg-Jägermeister, die wir uns gerade an einem kleinen Kiosk gekauft haben, um den Pegel zu halten.

»Nee«, bestätigt er.

»Einen wunderschönen guten Abend!«

Schlütti und ich drehen uns synchron zur Seite, schauen herunter und blicken in das braune Schönwettergesicht eines winzigen Mannes mit Anzug, der nicht so aussieht, als sei er schon besonders lange volljährig.

»Maximilian von Junkerberg!«, sagt das Männlein. »Es freut mich aufrichtig, Sie kennenzulernen!«

Ich runzle die Stirn und lächle unsicher von oben auf die gegelten Haare hinunter. Dann bücke ich mich und winke, während mich die schneeweißen Zähne meines Gegenübers anstrahlen. Maximilian von Junkerberg trägt kleine Lackschuhe, ein rosafarbenes Ralph-Lauren-Hemd unter dem weißen Sakko und die goldene Uhr an seinem Ärmchen reflektiert die letzten Sonnenstrahlen des Tages. Am schlimmsten ist allerdings sein Halstuch. Schlütti hickst und ich greife unwillkürlich nach seinem Arm, um diesen mitsamt der Jägermeisterflasche hinter seinem Rücken zu verstecken. Seriosität ist nun mal das A und O.

»Ja, Tag, Feldmann, ich … wir …«

»Lieber Herr Feldmann!«, werde ich gleich unterbrochen. »Ich habe bereits intensiv mit Ihrer Partnerin telefoniert. Und sie beide interessieren sich für dieses Objekt, das ist sehr erfreulich.«

»Ehm, ja, interessieren ist so ein großes Wort, aber im Prinzip haben Sie recht, ja …«

Maximilian von Junkerberg knöpft sein Sakko zu und streckt Schlütti und mir seine Hand entgegen. Ich greife sie und mir fällt auf, dass sie sehr zart ist. Er hatte bestimmt gerade eine Maniküre. Was für ein Weichei, denke ich mir, bis der kleine Makler seinen Autoschlüssel hochhält und die Zentralverriegelung aktiviert, sodass auf der gegenüberliegenden Straßenseite ein weißer Porsche piepst. Während ich mir über den Bierfleck auf meiner Hose streiche und einen Ohrwurm vom Fliegerlied habe, komme ich zu dem

Schluss, dass ein weißer Porsche absolut nicht mein Ding ist.

Zu dritt gehen wir auf den Eingang zu, treten die Schuhe ab und laufen die Treppen hoch, wobei Schlütti bei jeder vierten Stufe stolpert. Dabei höre ich aus Richtung des Kindersakkos etwas von »super Lage«, »spektakulärer Aussicht« und »finanziell angemessen«. Das Treppenhaus sieht allerdings alles andere als spektakulär aus.

Im vierten Stock bleiben wir stehen und der Makler schließt die verkratzte Tür vor uns auf. Als Lisa vorgestern zunächst von 150 Euro Miete gesprochen hatte, war ich noch überrascht, aber als sich herauskristallisierte, dass sich dieser Betrag lediglich auf die Tiefgarage bezieht, runzelte ich doch die Stirn. Für die tatsächliche Monatsmiete der Wohnung würde man in Bottrop ein freistehendes Haus mit Grundstück samt Ölvorkommen im Vorgarten kriegen. Mit Lisas neuem Einkommen und dem Geld aus dem Verkauf des *Schuckspecht* jedoch gerade noch im Rahmen unserer Möglichkeiten. Dementsprechend ängstlich bin ich nun, dass mich die Wohnung begeistert. Ist bestimmt alles aus Gold, denke ich mir, doch kurz nachdem ich über die Schwelle getreten bin, fällt die Anspannung ab. Die Räume sind nicht sonderlich groß und ich sehe kein Gold. Nirgendwo. Dafür sind die Decken hoch und die Fenster breit. Ansonsten wirklich normal. Eine Wohnung halt.

»Hmm«, raune ich so professionell, als hätte ich Ahnung von Immobilien wie diesen und würde solche Besichtigungen jeden zweiten Tag machen.

»Absolut in Ordnung«, hickst Schlütti und ich

muss zugeben, dass das stimmt. In Ordnung. Durchschnitt. Nichts, was den Preis rechtfertigen würde. Nichts, was einen Umzug zwingend erforderlich macht. Aber als ich ans Fenster trete und hinausschaue, bleibt mir die Spucke weg. Schlütti gesellt sich zu mir.

»Boa«, sagt er, »Berge.«

Verdammter Mist, denke ich. Schlütti hat leider keine Halluzinationen, man hat von diesem Zimmer in der Tat eine phänomenale Sicht auf die Alpen. In Nebel eingehüllt, mit schneebedeckten Spitzen, die trotz der fortschreitenden Dämmerung so weiß sind wie der Porsche von Maximilian von Junkerberg.

»Puh …«, sage ich und mein Handy vibriert. Eine Nachricht von Lisa. Ich klicke auf *Öffnen* und lese.

»Mein Schatz! Ich weiß, du bist gerade in der Wohnung. Danke dafür. Aber du sollst wissen, dass du dich zu nichts gedrängt fühlen musst. Wenn sie dir nicht gefällt, dann nehmen wir sie nicht. Hauptsache, wir sind zusammen! Ich liebe dich!«

Drei Kuss-Smileys beenden die Kurzmitteilung und bringen mich zum Stöhnen.

»Verdammter Mist!«, sage ich dieses Mal laut und meine Brust beginnt zu schmerzen. Schlüttis Gesicht ist inzwischen in sich zusammengefallen.

»Das ist dein neues Zuhause …«, sagt er und richtet den leeren Blick aus dem Fenster. »Du weißt es noch nicht, aber du hast dich entschieden. Du ziehst nach München, ich ziehe an den Stadtrand und der *Schluckspecht* wird geschlossen. Nennen wir es doch beim Namen. So wird es kommen. Wir müssen uns damit abfinden …«

Schlütti schluchzt und ich lege meinen Arm um ihn.

»Ich ... also ... ich liebe dich, Alter«, sage ich und in genau diesem Moment kommt Maximilian von Junkerberg in den Raum, um uns so anzuschauen, als würden wir hier einen Schwulen-Swingerclub eröffnen wollen. Ich könnte die Situation ja erklären, aber eine Diskussion mit diesem Schnösel kann ich gerade überhaupt nicht gebrauchen. Hier geht es um etwas Wichtigeres. Schlütti scheint nämlich gar nicht mal so falschzuliegen.

»Weißt du, Schlütti, manchmal im Leben, da gibt es Veränderungen. Ich finde das ja selber nicht gut, aber das muss im Umkehrschluss auch nicht heißen, dass sich unsere Wege trennen.«

Schlütti schluchzt wieder.

»Ich habe einiges getan, um Lisa das Ganze auszureden. Versucht, ihr die Wahrheit zu sagen und sie umzustimmen. Aber jetzt reicht es. Ich kann ihr das einfach nicht antun. Das ist immerhin ihr Traumjob. Ihre Karriere. Ich liebe sie. Und wie wir jetzt sehen, ist die Stadt leider ganz in Ordnung, genauso wie die Wohnung. Ich habe keine Chance.«

Ich seufze, Schlütti auch. »Scheiß drauf«, sage ich, »dann ziehe ich eben hierhin. Wer weiß, vielleicht gefällt es uns in ein paar Jahren nicht mehr, dann kommen wir zurück nach Bottrop. Und dann ist wieder alles wie vorher.«

Trotz des Alkohols glaube ich mir noch nicht einmal selbst. Aber es gibt keine Alternative. Besser mit Lisa hier in München leben als ohne Lisa irgendwo anders auf der Welt. Hauptsache, wir sind zusammen. Lisa hat recht. Dann heißt es halt Abschied nehmen.

Vom *Schluckspecht*, von Jutta, von meinen Freunden, vom Ruhrgebiet. Mein Jurastudium beenden, in einer Anwaltskanzlei arbeiten, Maßkrüge stemmen, Bayern-Fans ertragen, Fahrrad fahren, Klettern. Kompromiss, nennt man so etwas in einer Beziehung.

Als Schlütti und ich wieder auf der Straße stehen und zusehen, wie Maximilian von Junkerberg in seinen Porsche einsteigt, ohne sich bücken zu müssen, ist die Sonne bereits untergegangen, es ist spät geworden. Einen Tag Bedenkzeit konnte ich aushandeln, mehr nicht. Lisa habe ich zurückgeschrieben, dass ich sie liebe, dass die Wohnung gut sei, dass ich das FC-Bayern-Trikot aber nicht haben wolle. Sie solle es bei *eBay* reinsetzen. Smiley gesetzt, auf *Senden* geklickt, Handy weggesteckt. Auf das »So!« habe ich verzichtet. Manchmal kommt eben doch alles anders als geplant.

Der Weg-Jägermeister ist leer, als Schlütti und ich versehentlich an der falschen S-Bahn-Haltestelle aussteigen und planlos durch die Münchner Innenstadt taumeln. »Ich liebe dich, Tim!«, lallt Schlütti und umarmt mich, während ich ihn auf die Stirn küsse und versichere, dass ich ihn viel mehr lieb habe, als wie er mich lieb hat, und dass ich ihn immer lieben werde, egal was passiert. Wir haben kaum etwas gegessen, der Alkohol in unserem Körper wird von nichts anderem aufgesogen als von unserem Blut. Meine Entscheidung gegen Bottrop und für München hat unser Trinkverhalten an diesem Abend radikalisiert.

»Wir werden immer Freunde bleiben«, sagt Schlütti und ich antworte, dass ich ihn liebe und dass Frauen blöd seien.

»Frauen!«, spuckt Schlütti entrüstet, »sind doch alle gleich!«

»Bescheuert sind die ...!«, sage ich.

»Der Teufel!«, sagt Schlütti.

Arm in Arm schlendern wir durch die Straßen, bis immer weniger Autos fahren und immer weniger Menschen zu sehen sind. Irgendwann sitzen wir mit einer Palette Dosenbier auf einem Bordstein, Kopf an Kopf, und unterhalten uns über das Leben. Vom Thema Europameisterschaft in Frankreich kommen wir zu Dauerwerbesendungen für überteuerte Bohrmaschinen, um anschließend über den unberechtigten Einmarsch Amerikas in den Irak zu philosophieren und uns von dort aus mit Schlüttis These auseinanderzusetzen, dass man Riesengarnelen in heißem Knoblauchöl nur ganz kurz anbraten sollte. Ich werfe ein, dass Fenchel gut dazu schmecken könnte, und wir reden und reden und dann ist es schon fast elf. Ich hole mein Handy heraus, um in unseren Kegelverein-Gruppen-Chat zu schreiben, dass wir jetzt zurückkommen. Lars reagiert nicht, Micha schickt ein Bier-Emoji und Knolle schreibt »ovllk udn willkihc liebe euch«. Ganz offensichtlich ist die Party noch in vollem Gange, also stehe ich schwankend auf, drehe mich um und schaue auf das Gebäude vor mir. Es reicht hoch in den Nachthimmel und blickt arrogant auf mich herab. Mir ist schwindelig und es dauert einige Sekunden, bis die sieben Schriftzüge über mir aufhören, sich zu bewegen und sich zu einem einzigen übereinanderlegen, sodass ich kurz darauf die Buchstaben zusammenfügen kann.

»Ach du Scheiße ...«, sage ich dann und mein Herz setzt einige Male aus. »Das gibt es doch nicht!«

Schlütti hickst, schaut auf und entscheidet sich zu einer Zwischenfrage.

»Hä?«

»Schlütti, das Gebäude hier, das ist ... das ist von der Zeitung! Das ist Lisas neuer Arbeitgeber! Das sind die, die ihr eine Stelle angeboten haben und wegen denen ich jetzt umziehen muss!«

Schlütti erhebt sich, taumelt gegen mich und schmatzt. Dann schaut auch er hoch.

»Arschlöcher ...«, sagt er und ich nicke.

»Riesige Arschlöcher ...«, ergänze ich und Schlütti versucht, mich wegzuziehen.

»Lass zu den anderen«, sagt er, aber ich reiße mich los.

»Na, seid ihr jetzt zufrieden?«, schreie ich und mein Gebrüll hallt durch die leeren Straßen. Das dunkle Gebäude vor mir ist unbeeindruckt und glotzt mich weiterhin überheblich an.

»Ihr habt meine Zukunft ruiniert, ihr Arschlöcher! Ihr dummen, beschissenen, armseligen ...«

Schlütti zieht wieder an meiner Schulter.

»Komm, lass«, sagt er.

»Nein, Schlütti«, sage ich. »Das muss jetzt raus!«

Ich wende mich wieder dem Gebäude zu.

»Jetzt habt ihr meine Lisa bekommen!«, kreische ich. »Glückwunsch! Aber wisst ihr was, ihr Idioten? *MICH* bekommt ihr jetzt auch noch! Lisa wird zwar für euch arbeiten, aber ihr werdet sie mir niemals wegnehmen! NIEMALS!«

Ich schreie immer lauter und ausgelassener, es ist befreiend und befriedigend und ich glaube, dass ich lache.

»Schlütti, los, jetzt du!«, sage ich, aber mein Kumpel sieht mich an, als hätte ich Hebräisch gesprochen.

»Wie jetzt?«, fragt er.

»Du sollst schreien, verdammt!«, sage ich. »Du musst doch auch umziehen! An den Stadtrand! Kiesauffahrten, ›Willkommen-zu-Hause‹-Fußmatten, Kombis! Erinnerst du dich? Du willst es nicht, du tust es aber trotzdem. Lass es raus!«

Schlütti ist zunächst verunsichert, sieht immer wieder vom Gebäude zu mir und von mir zum Gebäude, bis er endlich einen festen Stand einnimmt und losschreit.

»Stadtgrenze?«, brüllt er. »Du willst an die Stadtgrenze, Vanessa? Weißt du was? LECK! MICH! AM! ARSCH!«

Schlütti springt und lacht und schreit und kreischt. Arm in Arm werfen wir all unseren Ballast ab, all die Emotionen, die wir bisher vor lauter Kompromissbereitschaft vor unseren Frauen verstecken mussten.

»Scheiß auf Stadtgrenze!«, ruft Schlütti und ich löse mich aus seiner Umarmung, drehe mich um und bücke mich. Dann ziehe ich meine Hose herunter.

»Hier, ihr Idioten! *Den* sollt ihr lecken!«, brülle ich und Schlütti klatscht mir fröhlich auf den nackten Hintern. Je lauter wir schreien, desto besser fühlen wir uns, je höher wir springen, desto freier sind wir. Vor lauter Ausgelassenheit schießt Schlütti ein kleines Steinchen gegen das Gebäude. Irgendetwas klirrt und wir grölen. Nach einer Viertelstunde haben wir Tränen in den Augen, so sehr müssen wir lachen. Schlütti und ich fallen uns wieder in die Arme, schlendern davon und singen zur Melodie von Udo Jürgens' Lied

Griechischer Wein »Bottroper Bier«. Solange es Freunde wie Schlütti gibt und große Weg-Jägermeisterflaschen an Kiosken, kann mich nichts unterkriegen. Noch nicht einmal ein Umzug zur Allianz-Arena.

»Bottroper Bier!«, tönt es durch die Straßen von München und ich würde am liebsten die ganze Welt umarmen.

29

»Is dat den sein Ernst?«

Jutta zeigt auf mich und blickt Anton und Jupp fragend an, die synchron mit den Schultern zucken als sei ihnen alles vollkommen egal, solange sie einen Schnaps vor sich stehen haben. Die Zapfanlage brummt, das Wasser ist weg, der *Schluckspecht* hat geöffnet. Ich habe keine Ahnung, wie Jutta an nur einem Wochenende meine Kneipe von Hiroshima '45 auf Normalzustand zurückkatapultieren konnte.

»Samma, Jungchen, dat haste jetz nich in echt gemacht, oder?«, wiederholt sie ihre Frage in modifizierter Form und ich werde auf meinem angeknacksten Barhocker immer kleiner.

»Ich … habe … ich meine …«

»Ach, komm …«, Jutta winkt ab, »dir hammse do echt innet Gehirn reingeschissen!«

Ich lege mein Kinn auf der Theke ab. Jutta scheint es überhaupt nicht zu gefallen, dass ich die Wohnung in München gemietet habe, mich vom *Schluckspecht* trennen und bald in den Süden ziehen werde.

»Mann, Jutta, ich hatte doch keine Wahl!«, jammere ich in das Holz der Theke. »Es tut mir leid! Aber für mich ist das doch auch nicht leicht!«

Jutta zapft sich ein Pils und trinkt es. Ich stöhne. Bin ich etwa zu früh eingeknickt? Hätte ich weiter versuchen sollen, Lisa ihren Traumjob auszureden? Wäre es besser gewesen, klipp und klar zu sagen, dass wir hierbleiben, vollkommen egal, welche Meinung sie dazu hat? Weil ich hier der Mann bin? Hätte ich das tun sollen?

Ich seufze und knurre gleichzeitig. Was zermartere ich mir überhaupt noch das Hirn? Vollkommen egal, was ich hätte tun sollen. Entscheidend ist, was ich getan habe. Denn damit hat sich nun alles andere erledigt. Durch meinen Anruf bei Maximilian von Junkerberg ist meine Zukunft endgültig besiegelt. Ich habe den Vertrag für die Wohnung unterschrieben, eingescannt und zurückgeschickt. Es soll eine Überraschung für Lisa sein. Morgen werde ich für sie kochen und sagen, dass wir mit einem gemeinsamen Baby unbedingt noch ganz lange warten sollten und dass jetzt erst einmal nur sie und ihre Karriere wichtig seien. Dann werde ich ihr den Vertrag präsentieren. Sie wird mich anstrahlen, mir um den Hals fallen und glücklich sein. Und das ist ja wohl das Wichtigste für mich. Die Wohnung in München zu nehmen, war und ist die richtige Entscheidung. Doch jetzt, wo ich wieder mitten in Bottrop bin, im *Schluckspecht* sitze, das schale Bier rieche und von Jutta kritisiert werde, frage ich mich, ob das nicht doch alles eher ein riesengroßer Fehler war. Keine Frage, München ist okay. Der Marienplatz ist okay, die Mariensäule ist auch okay, genauso wie der Fischbrunnen, der ist absolut okay. Es hätte im Hinblick auf ein Jobangebot für Lisa definitiv schlimmer kommen können. Berlin-Neukölln.

Pjöngjang. Der Gaza-Streifen. Wenn man mal vom Fußballverein absieht, ist München wirklich eine schöne Stadt. Man kann ganz offensichtlich Spaß dort unten haben. Außerdem könnte ich in München ja auch eine Kneipe eröffnen: das *Schluckspechtl* oder so. Was spräche dagegen? Ein Leben im Süden könnte demnach verkraftbar sein, der Abschied aus Bottrop ist es dagegen kaum. Ich verlasse nicht nur eine Stadt, sondern meine Heimat und viele Menschen, die ich liebe.

»Geht der einfach nach die Bayerner hin …«, sagt Jutta und reißt mich damit aus den Gedanken. Ich stehe auf und schlage mit der Hand auf den Tisch.

»Mann, Jutta …!«, sage ich und Anton verschluckt sich vor Schreck an seinem Schnaps. »In ein paar Jahren bin ich wieder da, du wirst schon sehen!«

Jutta atmet tief durch und lehnt sich über die Theke. Dann lockern sich ihre Gesichtszüge und sie lächelt sanft. Sekunden der Herzlichkeit verstreichen, in denen sogar die Zapfanlage ihr Brummen unterbricht.

»Wat man nich allet für die Frauen machen tut …«, sagt Jutta leise. »Du bis in Ordnung, Jungchen …«

Sie gibt mir eine leichte Backpfeife und wendet sich ab. Dann wird sie wieder lauter.

»Immerhin kann ich dann ma endlich inne Rente …«, sagt sie und wuchtet sich die enge Jeans über die weiten Hüften. Anschließend zündet sie sich eine Zigarette an.

»Kumma«, sagt sie und stößt Qualm aus, »dat Leben is wie son Zuch vonner Deutschen Bahn. Läuft selten wie geplant, et kann von jetz auf gleich inne komplett andere Richtung gehen und am Ende passiert dat schomma, datte inner völlich fremden Stadt bis. Denn ma ehrlich: Hätte do wohl kaum einer vor kurzen gedacht, dat du bald in München wohns und ich in Hamburch …«

Jutta grapscht nach dem dreckigen Putzlappen im Waschbecken und wischt mit der Zigarette im Mund über den Bar-Spiegel, während meine Augenbrauen sich langsam heben.

»In wo?«, frage ich.

Jutta seufzt. Die Zapfanlage brummt wieder.

»Kerl, in *Hamburch*«, sagt Jutta lauter und dreht sich zu mir um, als wäre ich schwer von Begriff.

»Wie? In Hamburg?«

Ich verstehe nur Bahnhof. Anton anscheinend auch. Jedenfalls bestellt er vor lauter Irritation gleich drei Schnaps auf einmal.

»Du hörs aber au nie zu, wa?«, sagt Jutta. »Ich hab dich doch erzählt, dat ich irgendwann ma nach den St. Pauli zieh! Ma wat anderet sehen von die Welt. Ma raus aus die gewohnte Umgebung. Viel weiter als bis na Crange war ich doch no nie. Mein kleener Bruder hat Kohle, der würd mir wat geben fürn Umzuch. Ich nimm dat mal als so 'ne Art Wink von dat Schicksal, dat du jetz nach München gehs und den *Schluckspecht* verkaufen tus. Ich war auch lange genug in die Räumlichkeiten hier.«

Ich starre Jutta ungläubig an.

»Du hast einen Bruder?«

Jetzt ist es Jutta, die ungläubig starrt. Dann dreht sie sich weg.

»Nie hört der Junge zu …«, nuschelt sie noch in sich hinein und schenkt Anton die drei Schnaps ein.

Ich sitze wie versteinert da. So weit ist es also schon gekommen. Der *Schluckspecht* macht dicht und alle hauen ab. Schlütti zieht an den Stadtrand, ich ziehe nach München, Jutta zieht nach Hamburg. Was passiert hier nur? Die Bottroper Innenstadt verliert ihre legendärsten Gestalten. Meine Lunge schnürt sich zusammen und mein Herz wird schwer. Das soll es also gewesen sein? Ist das der natürliche Lauf der Dinge? Die Welt bricht auseinander? Aber warum schockiert mich das überhaupt? Es ist doch egal, ob Jutta in Hamburg oder in Bottrop oder in Pjöngjang wohnt. Ich werde sie kaum noch sehen, wenn ich in München lebe. Sie kann meine Probleme nicht mehr lösen, egal ob sie im Ruhrgebiet bleibt oder nicht. Es ist amtlich: Alles geht den Bach runter. Ich höre, wie Thorsten gerade verzweifelt in unserer Noch-Wohnung »Bottrop! Bottrop!« plappert, weil er diese ganze Situation genauso irreal und schockierend findet wie ich. Die schönen Tage sind vorbei. *Kommando Schluckspecht* ist gescheitert. Nicht mehr lange und es sieht hier so aus wie in diesen Endzeitfilmen, während ich in München sitze, immer älter werde und irgendwann sterbe. Und dann stirbt eines Tages auch Klein-Timi und niemand wird sich mehr an Lisa und mich und den Kampf für meine Heimat und meine Kneipe erinnern. Alles ändert sich, nichts bleibt gleich, nur der FC Bayern wird jedes Jahr immer wieder Deutscher Meister. Und ich bin mittendrin und schaue zu. Jedes einzelne Jahr. Mit nur einer einzigen Möglichkeit, diesem ganzen Irrsinn zu entgehen. Selbstmord. Ein Sprung kopfüber in die Isar und Tod durch Schädelbruch. Kaum Wasser, steiniger Grund, das wird klappen. Ist ein todsicheres Ding.

»Hamburch soll ganz schön sein …«, sagt Anton und ich glaube, dass ich ihn zum ersten Mal in meinem Leben sprechen höre.

Alles ändert sich, denke ich wieder und seufze lange und laut. Wie konnte es nur so weit kommen?

30

»Jetz geh du ma in Sand spielen …«

Die Mutter schubst ihre kleine Tochter zurück Richtung Spielplatz und wendet sich wieder ihrem Handy zu. Ihr tätowierter Oberarm glänzt in der Sonne. Ich sehe sie an, lächle unsicher und sie hebt den Kopf.

»Wat is?«, fragt sie und ich drehe mich um.

Schnell weg hier. Stress ist genau das, was ich gerade nicht gebrauchen kann. Ich bin ja nur gekommen, um Lebewohl zu sagen. Um gegen meine drohende Depression anzukämpfen. Im Freien. In der Natur. Im Bottroper Stadtpark. Klein, schmutzig, überall Hundekacke. Aber Charme hat er. Und darauf kommt es an.

Ich schlendere um die Scheißhaufen herum und denke nach. Wie sehr werde ich solche Konversationen wie die mit der Oberarm-Tattoo-Mutter wohl vermissen, wenn ich erst mal da unten im Süden lebe? Ich biege ab und komme zum Stadtteich, dessen grünliches und dickflüssiges Wasser die Strahlen der Sonne einigermaßen erbärmlich reflektiert. Enten dösen vor sich hin und ein Pärchen schlendert mir händchenhaltend entgegen, glücklich und sorgenfrei, das Leben noch vor sich. Ich sehe den Jungen an. Warte ab, bis deine Freundin ein Jobangebot in einer fremden Stadt bekommt, denke ich mir. Dann wird nicht mehr so dämlich gegrinst. Ich atme tief durch, entkrampfe meine Finger und schüttle mich. Schluss jetzt mit dieser schlechten Laune. Ich wollte mich doch von der Natur berauschen lassen und all diese negativen Gefühle verdrängen. Immerhin ist es womöglich für eine lange Zeit mein letzter Spaziergang im Ruhrgebiet. Ich sollte das genießen.

Ich presse mir ein Lächeln heraus, weiche dem nächsten Hundehaufen aus und blicke mich um. Das Wetter ist für Bottroper Verhältnisse grandios. Die Wolkendecke ist dünn, es ist fast warm. Das zieht Menschen an, um den Teich herum ist Bewegung. Rentner mit Hunden, Jogger mit Stirnbändern und Großfamilien mit Migrationshintergrund, die teilweise sieben Kinderwagen vor sich herschieben. Hier findet das Leben statt, hier ist ein Platz zum Wohlfühlen, zum Träumen. Bäume und Sträucher, Gräser und Schilf, dazu Wege, die in den angrenzenden Wald führen, und Bänke, die auf den Teich gerichtet sind. Zum Entspannen, zum Nachdenken. Ich laufe weiter und breite meine Arme aus, wie es in diesen Werbungen für Damenbinden immer zu sehen ist, in denen die Frauen frei sind und alles tun können, was sie wollen. Auch ich bin frei. Auch ich kann tun, was ich will. Ganz ohne Binde. Meine linke Hand berührt die kahlen Äste am Wegrand, die rechte streicht durch die Sträucher am Teich, die sich kurz darauf als Brennnesseln erweisen. Zuerst kribbelt es, dann schmerzt es wahnsinnig. In den Brennnesseln haben sich noch Dornenbüsche verwachsen, meine Hand blutet. Trotzdem ist es schön hier. Natur halt.

Ich schaue wieder hoch, will den Schmerz verdrängen, die Umgebung genießen, alles aufsaugen, das Ruhrgebiet in meinem Herzen speichern, da fällt mir die Kinnlade herunter. Ich bleibe ruckartig stehen, mein Herz hört auf zu pumpen, die Welt steht still. Ich blinzle.

Orgun.

Mehr kann ich nicht denken. Einfach nur: Orgun.

Er sitzt auf einer Bank und starrt auf den Teich. Regungslos. Meine Zähne knirschen. Dieser Mistkerl hat alles ruiniert und jetzt versaut er mir auch noch meine Abschiedstournee. Meine ganz persönliche Ehrenrunde durch Bottrop. *Ich* wollte doch auf so einer Bank sitzen und regungslos auf den Teich starren. Orgun raubt mir nicht nur den *Schluckspecht* und mit ihm meine gesamte Vergangenheit, sondern auch noch die Gegenwart und meine Art und Weise, mich von meiner Heimat zu verabschieden. Was für ein Arschloch.

Vorsichtig gehe ich einen Schritt vorwärts und der Schotter knirscht unter meinen Sohlen. Orgun trägt einen Anzug, was in Kombination mit dem Stadtpark und der Natur und der ganzen Hundescheiße ziemlich unpassend wirkt. Aber der Anzug wird ihn nicht beschützen können. Zerstört meine Existenz und sitzt hier seelenruhig auf meinem Platz, das kann doch nicht wahr sein. Ich gehe auf ihn zu und lege mir zurecht, was ich ihm an den Kopf werfen und wie ich meiner Wut am besten Ausdruck verleihen könnte. Als ich vor ihm stehe, bebt mein Kinn vor Wut und

Zorn. Ich will gerade anfangen zu schreien, da hebt Orgun seinen Kopf und blickt mich an. Statt Selbstsicherheit und grenzenloser Arroganz sehe ich in den tiefgrünen Augen nichts als reine Trostlosigkeit. Orguns Gesicht wirkt müde, sein Teint ist blass. Mein Erzfeind kommt mir vor wie ein kleiner Junge, der seinen Lolli im Sand verloren hat. Damit habe ich nicht gerechnet. In meinem Kopf rattert es, ich weiß nicht, was zu tun ist. Noch immer sieht Orgun mich an. Und dann – ich traue meinen Augen kaum – lächelt er. Aber nicht wie sonst. Nicht hochmütig, arrogant, überheblich. Nicht dieses Disney-Bösewicht-Lächeln, sondern gebrochen, entmutigt, fast schon flehend. Als er merkt, dass ich ihn unverwandt anstarre, sinken seine Mundwinkel wieder, er wendet den Blick von mir ab und starrt auf den Boden. Während die Sekunden verstreichen, zerdrückt er Brotkrümel in seiner Hand, um sie anschließend den Enten zuzuwerfen. Zuerst will ich auf das Schild hinter ihm aufmerksam machen, auf dem in fetten, schwarzen Buchstaben geschrieben steht: »Enten füttern verboten!« Ihm mit der Polizei drohen, sie vielleicht sogar anrufen und auf ihn hetzen. Strafverfahren, Haft, Gefängnis, Abschiebung. Ich habe einige Semester Jura studiert, ich bin praktisch Anwalt, ich könnte da mitmischen. Aber mein Körper reagiert nicht und mein Mund ist wie zugenäht.

»Hallo …«, sagt Orgun dann und blinzelt mich gegen die Sonnenstrahlen an. Die Enten plappern aufgeregt und picken. Da mich zum einen Orguns Freundlichkeit überfordert und ich zum anderen Enten irgendwie gruselig finde, werde ich hibbelig.

»Hallo«, sage ich mit zittriger Stimme und sehe im Gesicht meines Erzfeindes für eine Millisekunde Erleichterung aufflackern.

»Kann ich ...«, beginne ich und überlege, ob ich den Satz tatsächlich zu Ende sprechen soll. Die Enten kommen gefährlich nahe an uns heran und Orgun wirft die nächsten Krümel etwas weiter Richtung Teich. Vielleicht bemerkt er meine Aversion gegen diese Tiere.

»... mich setzen?«, beende ich meine Frage und erschrecke mich beinahe selbst.

Orgun schaut hoch. Wieder dieses bedrückte Lächeln. Nur mit den Lippen. Nicht mit den Augen. Symptomatisch für Menschen, die alles verloren haben. Oder FC-Köln-Fans.

»Gerne«, sagt er und zeigt auf das freie Stück Parkbank neben sich. Ich warte kurz und lasse mich dann mit einem Stöhnen fallen. Es knarzt. Es sitzen überaus selten Menschen auf Bänken im Bottroper Stadtpark herum. Das macht sich bemerkbar, das Holz ist morsch. Orgun und ich haben unseren Blick nach vorne gerichtet und ohne etwas zu sagen, starren wir auf den Teich. Ruhe kommt auf.

»Schöne Scheiße ...«, sagt Orgun nach einer Weile, ohne den Blick vom dickflüssigen Wasser abzuwenden. Ich nicke und denke an das *Fit-and-Green* Barlokal, an das glückliche Gemüse auf dem Logo und den freundlichen Kellner, der Knolle angelächelt hat. Das habe ich alles zerstört. Dem Erdboden gleichgemacht. Ich atme lange ein und die Luft pfeift leise zwischen meinen Zähnen. Orgun sagt: »Tja«, und ich antworte: »Hm, ja ...«

Es vergehen wieder einige schweigsame Augenblicke, in denen Orgun Brot wirft, Enten plappern und Menschen an uns vorbeispazieren. Irgendwann frage ich: »Was machst du hier?«, und Orgun sagt: »Enten füttern.«

»Cool«, sage ich und Orgun sagt: »Ja.«

Mein Blick wandert zurück zum Teich. Das Beunruhigende an Enten ist ja, dass sie fürchterlich gemein sind. Wenn ich die Schnäbel schon sehe, stelle ich mir immer vor, wie sie meine Finger abbeißen oder nach meinem Schienbein schnappen, wild zerrend, bis es blutet und die Knochen zu sehen sind.

»Sieht so aus, als hätten wir beide verloren ...«, sagt Orgun und eine Ente schnappt bedenklich nahe an meinem Schienbein nach einem Brotkrümel. Ich zucke zusammen, sie sieht mich provozierend an.

»Es tut mir leid«, höre ich aus Orguns Richtung und ich sage: »Ja, mir auch ...«

Orgun seufzt und ich seufze mit, dann bröckelt mir mein Erzfeind ein paar Brotkrümel in die Hand und ich werfe sie sofort nach vorne. Man hört Geschnatter. Hätte mir vor zehn Minuten jemand gesagt, dass ich heute noch gemeinsam mit Orgun Enten füttern würde, hätte ich ihn wohl für verrückt erklärt.

»Jetzt ist alles vorbei«, sagt Orgun und seine Augen werden feucht. Ihn so zu sehen, hätte mich gestern noch überglücklich gemacht, aber jetzt kann ich es aus unerfindlichen Gründen nicht ertragen.

»Ich habe mit diesem Krieg angefangen, es tut mir wirklich leid. Ich ... ich weiß auch nicht.«

»Hm«, sage ich und werfe Krümel nach vorne.

»Wir haben uns wohl beide nicht mit Ruhm bekleckert.«

Wolken schieben sich vor die Sonne, es wird kühler. Orgun kramt in der Tasche neben sich und reicht mir eine riesige Tüte mit mindestens acht weiteren Brötchen. Offensichtlich hat er sich auf einen langen Tag voller Selbstmitleid vorbereitet. Ich überlege, ob Enten ein natürliches Sättigungsgefühl in ihrer DNA verankert haben oder ob sie sich theoretisch auch kaputt fressen können, und greife schließlich nach der Tüte.

»Ziehst du wirklich nach München?«, will Orgun wissen und sieht mich traurig an. Ich seufze.

»Ja.«

»Mist.«

»Stimmt.«

»Wobei es da ganz schön sein soll …«

Ich stöhne. Orgun versteht und lenkt ab.

»Ich weiß übrigens, dass der Kleine mit dem *Star-Wars*-T-Shirt dafür gesorgt hat, dass mein Laden geschlossen wurde«, sagt er und ich schrecke auf. »Meine Verpächter wissen das ebenfalls.«

»Nein!«, sage ich, »ich war das! Lars hat nichts damit zu tun!«

Mein Herz pocht wie wild. Wenn Orgun oder seine Verpächter zur Polizei gehen und die Vorgesetzten von Lars informiert werden, dann hätte das verheerende Konsequenzen für meinen Kumpel. Man würde sofort herausfinden, dass er mitgemischt hat und das wäre das Ende von allen Promotionsträumen. Ich will Lars nicht auch noch auf dem Gewissen haben.

»Pass auf, Orgun. Wenn du oder deine Verpächter

Lars nicht anzeigen, dann tue ich alles, was du willst. Wirklich alles!«

Orgun schaut konzentriert auf den Boden. Ich ignoriere das Plappern der Enten und warte angestrengt auf eine Antwort.

»Ihr habt einen Kegelverein, richtig?«, fragt Orgun.

Ich bin irritiert.

»Ja …?«, sage ich vorsichtig und Orgun wischt sich die Hände an seiner Anzughose ab.

»Ich war früher im Schwimmverein«, sagt er. »Das war toll. Ich war einer der Besten. Und man hatte immer seine Freunde um sich und feste Zeiten, zu denen man sich gesehen hat. So etwas vermisse ich.«

Ich zögere und beiße mir auf die Lippen. Die Enten gackern lauter, ich habe die Tüte mit den acht Brötchen noch immer in der Hand. Ein besonders angsteinflößendes Exemplar kommt angewatschelt und fixiert mich. »Wir beißen dir dein Schienbein nicht kaputt«, sagt der Blick, »und jetzt wirf das Scheißbrot!«

Ich werfe.

»Also, du, ich, na ja«, sage ich dann, »ich weiß ja nicht. Die Kegelbahn ist aktuell noch feucht, aber sollte sie wieder funktionieren, bevor ich nach München muss, dann kannst du ja mal vorbeikommen.«

Hunde bellen, Menschen husten, Enten schnattern.

»Wirklich?«

Orgun blickt mich an. Tiefgrüne Augen. Ich weiß überhaupt nicht mehr, was hier abgeht. Den Mann, den ich vorhin noch mit Faustschlägen in den Bottroper Stadtteich treiben wollte, den lade ich nun zu meinem vielleicht letzten Kegelabend in meine Kneipe ein? Wenn meine Freunde das wüssten. Wenn Jutta das wüsste! Die würde doch … oh Gott.

»Klar, wirklich«, sage ich und Orgun lächelt.

»Könnte man ja mal drüber nachdenken.«

Ich nicke, werfe den wartenden Enten die nächsten Brotkrümel zu und werde an der Schulter gepackt. Ein Mann und eine Frau sehen mich an und schütteln den Kopf. Sie zeigen auf das Enten-Füttern-Verboten-Schild hinter uns und fragen, ob wir denn nicht lesen könnten. Dann zücken sie ihre Parkhüterausweise.

»Fuffzich Euro kostet der Spaß!«, höre ich.

»Das ist meine Schuld, ich übernehme das!«

Orgun zieht sein Portemonnaie hervor und kratzt ein paar Scheine zusammen.

»Danke …«, sage ich und bin verblüfft von so viel unvorhergesehener Freundlichkeit. Vielleicht ist die Welt ja doch nicht so schlecht. Orgun ist möglicherweise ein netter Mensch. Enten sind eventuell gar nicht so blutrünstig und unberechenbar, wie ich immer dachte. Und München kann man dann bestimmt auch als Pottkind überleben. Man muss die Dinge immer positiv sehen. Keine Macht der Depression.

»Komm, ich pack noch einen Fünfer drauf!«, sage ich und lächle. »Für die Kaffeekasse …«

31

Ich war im Supermarkt. Fenchel war aus. Ich musste auch dieses Mal mein Menü umwerfen. Weil Champignons ebenfalls aus waren, gibt es als Vorspeise eine Champignon-Rahm-Suppe ohne Champignons. Vollkornnudeln mit Soße bilden das Hauptgericht, aber punkten will ich sowieso hauptsächlich mit dem Schokoladenpudding am Ende. Dann werde ich Lisa auch feierlich den unterschriebenen Vertrag für unsere neue Wohnung in München überreichen.

Während ich in der Suppe herumrühre und nach dem dritten Abschmecken eine ordentliche Prise Salz einstreue, damit die Brühe wenigstens ein bisschen Geschmack bekommt, vibriert mein Handy und ich sehe auf dem Display Michas Namen. Aber jetzt gerade fehlt mir einfach die Zeit, um mit meinem Kumpel zu telefonieren. Lisa dürfte jeden Moment nach Hause kommen und ich muss noch die letzten Vorbereitungen treffen. Kerzen anzünden, Weingläser auf den Tisch stellen, Servietten falten. Das Küchenfenster mache ich zu, damit die Autos auf der A3 nicht Bestandteil dieses perfekten Ambientes werden. Das kaputte Lämpchen am Badezimmerspiegel kann ich allerdings erst nach dem Essen austauschen, doch das dürfte kein Problem sein.

Als ich endlich die Schlüssel in der Tür höre, setze ich mich auf den Küchenstuhl und lege den Vertrag unbemerkt auf meine Knie. Lisa kommt in die Küche, sieht mich an und ich breite mit einem stolzen Lächeln die Arme über dem vorbereiteten Tisch aus. Lisa lächelt jedoch nicht zurück. Ihre Gesichtszüge sind hart, ihr Blick ist kühl. Ich lasse Arme und Mundwinkel wieder sinken und räuspere mich.

»Hey«, sage ich und Lisa schweigt. In die Stille vibriert abermals mein Handy, es ist schon wieder Micha. Mit einer schnellen Bewegung schalte ich die Vibrationsfunktion aus.

»Was ist das?«, fragt Lisa und ich sehe sie wieder an.

»Eine Überraschung …«, sage ich, nun schon deutlich weniger euphorisch als noch vor wenigen Sekunden. Lisa lacht laut auf.

»Das ist dann schon die zweite Überraschung heute …!«, antwortet sie und grinst. Allerdings ist ihr Grinsen unverhältnismäßig breit, sodass ich mir unsicher bin, ob ich zurückgrinsen soll. Ich tue es trotzdem.

»Ich habe heute nämlich eine überraschende E-Mail bekommen!«

Lisas Sprechgestus ist deutlich angsteinflößender, als jeder Blick einer Ente es jemals sein könnte. Mein Magen verkrampft sich, ich beiße die Zähne zusammen. Habe ich etwas vergessen? Hätte ich Helme für unsere Fahrräder besorgen sollen? Oder hat Lisa inzwischen endgültig die Schnauze voll von dem kaputten Badezimmerlämpchen?

»Von der Tageszeitung in München!«

Sie grinst immer breiter, aber in ihren Augen sehe ich nichts als Wut.

»Das … das ist doch … toll!«, stottere ich, aber Lisas Gesicht bleibt unverändert. Sie kommt mir vor wie eine Katze, die mit einer Maus spielt, kurz bevor sie ihr den Kopf abreißt und die Gedärme im Garten verteilt.

»Da hast du recht, Tim. Das ist ganz außerordentlich toll!«

Ich werde ganz außerordentlich unruhig. Nun nennt sie mich auch noch »Tim«. In einer solchen Situation ist das überhaupt nicht gut. Wieso nennt sie mich so? Wir beide wissen doch, dass ich Tim heiße, da muss sie meinen Namen doch nicht extra aussprechen.

»Ja, Lisa …«, sage ich inzwischen sichtlich angeschlagen und mein Puls muss sich inzwischen irgendwo bei 240 eingependelt haben. Mein Handy blinkt, Micha ruft schon wieder an. Das macht mich alles nervös hier!

»Weißt du was, Tim? Ich zeige dir mal, *wie* toll das Ganze ist!«

Ich ruckle auf meinen Pobacken hin und her. Lisa nimmt ihren Laptop aus der Tasche, klappt ihn auf und tippt im Stehen auf den Tasten herum. In unserer Wohnung ist kaum ein Mucks zu hören. Thorsten und Bernadette müssen wittern, dass hier etwas vollkommen Abstruses vor sich geht. Die Stille ist unerträglich, die Sekunden ziehen sich wie Kaugummi, nur die Laptoptasten klackern und der Topf mit den Vollkornnudeln blubbert auf dem Herd. Lisa schaut kurz hoch, lächelt mich wieder an. Ich lächle zurück, ein Tropfen Schweiß ploppt aus meiner Achselhöhle. Dann setzt Lisa sich in Bewegung, kommt auf mich zu und reicht mir den Laptop. Mit zittrigen Händen nehme ich ihn in Empfang.

»Drück *Play*«, befiehlt meine Freundin und ich tue wie geheißen. Das Atmen schmerzt in meinen Lungen und auf dem Bildschirm beginnt ein Video. Ich halte die Luft an. Das Bild ist schwarz, dann weiße Punkte, sie bewegen sich. Eine Straßenlaterne ist zu sehen und die weißen Punkte könnten Menschen sein. Ja, jetzt erkenne ich es. Zwei Personen, Arm in Arm, sie taumeln. Wieso bekomme ich eine Gänsehaut?

»Mach den Ton an …«, lautet Lisas nächster Befehl und ich klicke auf das entsprechende Symbol. Dann fegt eine Hitzewelle über meinen gesamten Körper.

»Jetzt habt ihr meine Lisa bekommen!«, kreischt der eine weiße Punkt und mir wird panikartig bewusst, dass *ich* dieser weiße Punkt bin.

»Glückwunsch! Aber wisst ihr was, ihr Idioten? *Mich* bekommt ihr jetzt auch noch!«

Meine Gesichtsfarbe dürfte sich dem Weiß von Maximilian von Junkerbergs Porsche angenähert haben. Ich starre weiterhin auf den Laptop und sehe Schlütti und mich, wie wir auf dem Bürgersteig stehen und mit einer Palette Dosenbier durch das Bild stolpern. »Stadtgrenze?«, brüllt Schlütti. »Du willst an die Stadtgrenze, Vanessa? Weißt du was? LECK! MICH! AM! ARSCH!«

Ich traue mich einfach nicht hochzuschauen. Trotzdem weiß ich, dass Lisas Blick meinen Kopf durchbohrt. Da ich noch grob in Erinnerung habe, was gleich auf dem Bildschirm zu sehen sein dürfte, schließe ich die Augen. Doch Lisa schreitet unverzüglich ein.

»Sieh hin«, sagt sie mit einer solchen Kompromisslosigkeit in der Stimme, dass ich meine Augen sofort wieder aufreiße. Das Bild vor mir fügt sich zusammen und ich sehe mich selbst, wie ich mich umdrehe, die Hose herunterziehe und meinen nackten Hintern in diese gottverdammte Überwachungskamera halte, die man bei Nacht überhaupt nicht sehen konnte.

»Hier, ihr Idioten! *Den* sollt ihr lecken!«, höre ich aus den Lautsprechern des Laptops und schaue mit schmerzverzerrtem Gesicht dabei zu, wie Schlütti mir mit einer solchen Freude auf den Po schlägt, dass ich gar nicht weiß, für wen ich mich mehr schämen soll. Einige Sekunden lang sieht man weitere erniedrigende Szenen und dann tritt Schlütti gegen ein Steinchen auf dem Boden. Ein Wackeln, graues Rauschen, Stille. Das Video ist zu Ende, der Bildschirm schwarz. Ich kann in ihm mein Spiegelbild erkennen. Meine Fratze ist so verzerrt, als hätte mich Medusa gerade in Stein verwandelt.

»Da war eine Kamera ...«, spricht Lisa das Offensichtliche aus und ich schließe wieder meine Augen. »Du hast deinen nackten Hintern volltrunken in die Kamera meines neuen Arbeitgebers gehalten.«

Ich vergrabe das Gesicht in meinen Händen und winde mich.

»Und zu allem Überfluss hast du auch noch meinen Namen genannt.«

Mein Kiefer schmerzt, da ich meine Zähne zusammenpresse.

»Und dann hat Schlütti mit einem Stein die Kamera kaputt geschossen, sodass das Band überprüft wurde.«

Ich will das alles nicht mehr hören, aber Lisa ist so grausam, dass sie nicht aufhört.

»Ihr seid nicht nur gemein und niederträchtig, ihr seid auch noch saudämlich! Ich kann das einfach nicht verstehen, Tim! Du hast mir immer wieder gesagt, dass du für mich nach München ziehen willst. Du hast gesagt, dass du dich freust. Und jetzt so was?«

Lisa macht eine kurze Pause, die ich nicht zu unterbrechen wage.

»Immerhin hast du jetzt bekommen, was du wolltest. Mir wurde mitgeteilt, dass man unter diesen Umständen von einer Zusammenarbeit Abstand nehmen muss. Mir wurde aber immerhin für mein Verständnis gedankt.«

Meine Augen drücken sich aus den Höhlen, ich wimmere.

»Ich hoffe, du bist stolz auf dich«, beendet Lisa ihren Vortrag, reißt den Laptop von meinem Schoß und verlässt die Küche. Ich reagiere nicht. Ich bin wie betäubt. Die Wände kommen auf mich zu, die Konturen um mich herum verschwimmen. Vom Herd her blubbert es noch immer. Die Vollkornnudeln müssen inzwischen so weich gekocht sein, dass sie fast flüssig sein dürften. Ich blicke auf mein Handy und sehe sechs unbeantwortete Anrufe von Micha und eine Nachricht. Ich klicke auf *Öffnen.* »Bist du eigentlich komplett bescheuert???«, steht da. »Du hast den Brief überhaupt nicht rechtzeitig bei der Kita abgegeben!!!

Weißt du nicht, was das Wort ›Ausschlussfrist‹ bedeutet? Lili hat jetzt keinen Platz!!! Hast du eine Ahnung, was hier bei mir zu Hause los ist???« Drei wütende Smileys beenden die Nachricht. Das Handy rutscht aus meinen kraftlosen Fingern. Ich starre auf den Herd mit dem dampfenden Topf und Thorsten findet endlich den Mut, etwas zur Situation beizutragen. »Dämlich!«, schreit er und sein Gekrächze klingt schrill, verzweifelt. Vielleicht bilde ich mir das aber auch nur ein. Vielleicht bin ich übergeschnappt oder ich träume. Ich war nie in München, ich habe dort nie im Vollsuff meinen Allerwertesten in die Kamera von Lisas Arbeitgeber gehalten und Lilis Anmeldung habe ich absolut rechtzeitig bei der Kita eingeworfen und nicht mit dem alles aufklärenden Brief für Lisa verwechselt.

»Ich ziehe zu meinen Eltern«, höre ich aus dem Flur und kehre mental in unsere Küche zurück. Ich bin nicht übergeschnappt. Ich träume auch nicht. Diese ganze Scheiße passiert wirklich.

»Du ziehst aus …?«, piepst es aus mir heraus und Lisa blickt noch einmal über den Tisch mit den Tellern, Weingläsern und Kerzen.

»Ich habe übrigens noch nie so etwas Ekelhaftes gegessen wie Nudeln mit Zervelatwurst!«, sagt sie.

»Lisa! Was … wie …«

Meine Freundin hebt das Kinn, dreht sich um und verschwindet aus meinem Sichtfeld. Die Tür knallt zu, ich bin allein.

»Dämlich!«, krächzt Thorsten wieder und ich finde, in diesem Fall hat er absolut recht.

32

Eine Stunde lang lief ich nach Lisas Auszug durch meine Wohnung, orientierungslos, geschockt und verängstigt, bis ich mir meine Jacke schnappte, um im Vollsprint Richtung *Schluckspecht* zu rennen, weinend und schluchzend wie ein fettes Mädchen mit Zahnspange, das kurz vor dem Schulball sitzen gelassen wurde. Ich warf mich an die Theke, ohne meine Jacke auszuziehen, und redete wie wild auf Jutta ein. Je länger ich sprach, desto mehr entglitten ihr die Gesichtszüge. Ich erzählte meiner Bardame die ganze Geschichte, ließ nichts aus, obwohl die Scham und der Selbsthass beim Sprechen immer größer und größer wurden.

Inzwischen sind die Tränen getrocknet, meine Aufregung ist vorüber und eine depressive Niedergeschlagenheit hat die Kontrolle über jede Faser meines Körpers übernommen. Nie wieder werde ich lachen. Nie wieder werde ich sprechen. Nie wieder aufstehen. Nie wieder. Ich zwirble wie ein Psychopath an den Servietten auf der Theke herum und Jutta krault meinen Rücken. Sie hat sich bis jetzt mit Äußerungen jeglicher Art zurückgehalten. Sie weiß, dass Vorwürfe oder tröstende Floskeln in der derzeitigen Situation nichts bringen. Dass ich mir darüber im Klaren bin, was ich für einen Mist gebaut habe. Dass es keine Worte gibt, die mich aufmuntern könnten. Ich lege den Kopf auf die Theke, so wie Anton nach dem neunten Schnaps, und atme vor mich hin.

»Ich kann das alles gar nicht glauben …«, sage ich irgendwann und Jutta macht »psschhhhht«, während sie weiterkrault. Es vergehen Sekunden oder Stunden und der Druck auf meiner Brust wird immer stärker.

»Was mache ich denn jetzt?«, jammere ich und richte mich auf. Jutta seufzt.

»Tja, ich will ma ehrlich sein, Jungchen. Wenn 'ne Frau dich verlassen hat, dann is dat so, als wie wenn du 'ne doppelte Currywurst-Pommes extra scharf essen tus. Dat musse ersma 'nen Tach verdauen. Ganz in Ruhe. Und wenne dat gemacht hast, dann kommt die eigentliche Scheiße. Und dat tut dann weh in dir drin. Aber irgendwann is allet raus und dann is ett vorbei und man lebt weiter …«

Jutta streichelt fester.

»Ich will aber gar nicht, dass es vorbei ist …«, sage ich, »ich will, dass ich mich für immer schlecht fühle. Dass Lisa glücklich ist und ich unglücklich bin und auf ewig leide. Und gleichzeitig will ich, dass Lisa jetzt durch diese Tür kommt und sagt, dass sie mir verzeiht, dass sie mir noch eine Chance gibt und dass wir das schon wieder hinbekommen.«

»Dat halt ich ja für sehr unrealistisch«, sagt Jutta und ich lege meinen Kopf wieder auf die Theke.

»Ich weiß«, stöhne ich.

»Wenne die wirklich lieben tus, dann musse kämpfen …«

Ich knurre.

»Ich habe ihr den Job vermasselt, wie soll ich denn jetzt …«

Als ich aus der Kegelbahn Geräusche höre, verstumme ich.

»Was ist das?«, frage ich und hebe meinen Kopf.

»Tja«, sagt Jutta, »wollte dich erstma trösten, bevor ich dat anspreche.«

Schlimmer kann es sowieso nicht mehr werden, also bleibe ich ganz ruhig und sehe Jutta schweigend an.

»Komma mit«, sagt sie und zerrt mich vom Hocker. Ich lasse mich mitziehen und stolpere beinahe über die Treppen. Unten angekommen traue ich meinen Augen nicht.

Dort steht Orgun.

Gekrümmter Rücken. Jogginganzug. Turnschuhe. In der Hand hat er einen Mopp, zu seinen Füßen steht ein Eimer. Er wischt den Boden und sieht zuerst zu Jutta, dann zu mir.

»Der kam vorhin an und meinte, er will helfen«, sagt meine Bardame und verschränkt die Arme. »Ihr hättet euch ausgesprochen oder so. Ich hab den direkt klargemacht, wat ich von den seine Hilfe halte, aber solange der da nur am Wischen is, is mir dat auch egal.«

Jutta fixiert Orgun, der mit gesenktem Kopf zu uns herübernickt und mich vorsichtig anlächelt. Ich will gar nicht wissen, was Jutta genau zu ihm gesagt hat. Er sieht aus wie ein Häftling in Guantanamo. Ich stecke meine Hände in die Hosentasche, schlurfe zu ihm herüber und bleibe vor ihm stehen.

»Hi«, sage ich.

»Hi«, sagt Orgun.

Dann gehen uns zunächst die Gesprächsthemen aus. Ich bin leer. Lisa ist weg, Micha hasst mich und Orgun wischt meinen Laden. Dafür, dass mein Leben vor ein paar Wochen noch in streng geregelten Bahnen verlief und kaum etwas Unvorhersehbares geschehen ist, geht inzwischen wirklich alles drunter und drüber. Oben ist unten, links ist rechts, schwarzgelb ist blau-weiß kariert.

»Also …«

»Ja …?«

»Ich …«

»Genau …«

Orgun nickt, lächelt erneut und stellt den Mopp in den Eimer. Seine grünen Augen beginnen zu strahlen.

»Die Kegelbahn bringen wir schon wieder auf Vordermann«, sagt er, »vielleicht schaffen wir tatsächlich noch einen Kegelabend, bevor du nach München ziehst!«

Mein Herz wird schwer, die Trauer umflutet mich erneut. Ich erspare mir, Orgun darüber aufzuklären, dass ein Umzug nach München inzwischen vom Tisch ist. Außerdem bringt Juttas hochgezogene Augenbraue in unsere Richtung meinen Unternehmerfreund dazu, wieder nach seinem Werkzeug zu greifen und weiterzuwischen.

»Die macht mir Angst«, flüstert er, ohne hochzuschauen.

Ich nicke und schlurfe zurück zu Jutta.

»Der will wirklich nur helfen«, sage ich, »sei nicht zu gemein, bitte.«

Meine Bardame rümpft die Nase und dreht sich weg.

»Der soll bloß nix durcheinanderbringen …«, nuschelt sie und ich frage mich, was man in meinem Leben denn bitte schön jetzt noch durcheinanderbringen könnte.

33

Lisa ist also weg. Ich habe die ganze Nacht, den ganzen Morgen, den ganzen Vormittag auf sie gewartet. Schlafen konnte ich nicht. Ich bin auch gar nicht müde. Ich bin viel zu traurig, um müde zu sein. Ich musste mich vorhin regelrecht dazu zwingen, endlich aus dem Bett zu kriechen und mich auf die Couch zu werfen. Jogginghose aus dem Wäschekorb geholt, Frühstücksflocken mit Milch zubereitet, Fernseher angeschaltet. Das war es bis jetzt an Aktivitäten. Ich war zu faul, um auf die Toilette zu gehen, zu deprimiert, um etwas zu essen und zu niedergeschlagen, um das kaputte Lämpchen am Badezimmerspiegel auszutauschen. Die Frühstücksflocken schwimmen noch immer aufgeweicht in der Schüssel auf dem Wohnzimmertisch. Ein kümmerlicher Anblick.

Jutta hatte also recht. Wie immer. Einen Tag verdauen und dann fängt die Scheiße erst so richtig an. Der erste Schock ist vorbei, aber viel schlimmer als der Schock ist die Gewissheit. Die Verarbeitung. Die Realität. Bilder drehen sich in meinem Kopf. Von Lisa, von meinem nackten Hintern, vom Münchner Rathaus und von wütenden Enten. Von Jägermeister-Flaschen und Zervelatwurst, von Nicole, vom Gebäude der Tageszeitung, vom *Fit-and-Green* Barlokal und dann wieder von meinem nackten Hintern. Ich denke zurück an das Picknick unter dem *Tetraeder*, an die Sicht über das Ruhrgebiet und an Lisas Worte. Ich bin so stolz auf dich, sagt sie. Ich würde mich am liebsten schlagen.

Der Druck auf meiner Blase ist inzwischen kaum noch auszuhalten. Ich überlege, was es für einen Unterschied machen würde, wenn ich es einfach laufen ließe. Ist doch eh alles egal. Lisa ist weg, ich bin allein.

Mit einem Stöhnen richte ich mich dann aber doch auf. Wenn Lisa kommt, weil sie noch etwas vergessen hat, und mich in einer Lache Urin auf der Couch kauern sieht, dann verschwindet selbst die kleine Stimme in meinem Kopf, die mir sagt, dass Lisa mir vielleicht irgendwann doch noch verzeihen könnte. Diese kleine Stimme, die der einzige Grund dafür ist, dass ich nicht ununterbrochen weine.

Ich raffe mich auf und gehe zum Käfig der Wellensittiche, der im Großen und Ganzen so ähnlich aussieht wie meine derzeitige Lebenssituation: beschissen. Und leer. Lisa muss Thorsten und Bernadette abgeholt haben, als ich gestern Abend im *Schluckspecht* von Jutta getröstet wurde. Thorstens Durchfall ist kolossal zurückgekehrt und ich glaube, Bernadette ist froh, dass man sie endlich von mir weggebracht hat. Sie hat in letzter Zeit all ihre Unzufriedenheit auf mich projiziert. Ich habe es in ihren Augen gesehen. Denn obwohl ich ein Mensch bin, Krone der Schöpfung, Aushängeschild des Universums, war ich nicht in der Lage, Thorstens Magenprobleme zu beheben und Bernadettes Lebensqualität dadurch wieder auf den Ursprungsstand zu heben. Das konnte sie offensichtlich nicht nachvollziehen. Neue Umgebung, neues Glück, dachte sie sich wahrscheinlich. Hauptsache weg von Tim. Und genau das dachte sich wohl auch Lisa. Und bald wird es ihnen wieder gutgehen. Thorsten wird sich auskurieren, Bernadette wird zufrieden sein und Lisa wird jemanden kennenlernen, der sie glücklich macht. Nur ich werde noch hier sitzen, mit einem leeren, vollgeschissenen Wellensittichkäfig und aufgeweichten Frühstücksflocken. Den Sorgerechtsstreit um Thorsten verliere ich bestimmt und dann sehe ich ihn nur noch an jedem zweiten Wochenende. Ich werde ihn besuchen, er wird Dinge sagen wie »Bottrop!« und »saudämlich!« und ich werde nicken und sagen, dass es mir leidtue, dass das alles meine Schuld sei und dass ich ihn auch vermisse. Bernadette werde ich zur Entschädigung ein extra großes Gurkenstückchen an die Käfigseite legen und sie wird widerwillig danach picken, ohne ihren grimmigen Blick von mir abzuwenden, weil sie noch immer sauer auf mich ist. Wellensittiche können manchmal so verdammt stur und egoistisch sein, denke ich mir, als ich mich auf die Kloschüssel fallen lasse und diese ernüchternde Zukunftsvision abbreche. Bernadette hätte doch merken müssen, dass ich mindestens genauso viele Probleme hatte wie sie. Aber nein, das war Madame anscheinend gleichgültig. Hauptsache, der Käfig ist sauber.

Aus Protest gegen Bernadette, Gott und die ganze Welt ziehe ich extra nicht ab, nachdem ich auf dem Klo war. Stattdessen betrachte ich mein Spiegelbild und verfluche dieses Gesicht. Dicke Tränensäcke, blasse Haut, ungewaschenes Haar. Kein Wunder, dass Lisa mich verlassen hat. Ich habe ihr mit meiner Arschparade in München einen Gefallen getan. Sie hat etwas Besseres verdient. Einen Immobilienmakler vielleicht. Mit einem weißen Porsche, weißen Zähnen und Taschen voller Geld. Ich male mir aus, wie Maximilian von Junkerberg seinen gesamten Ein-Meter-vierzig-Körper auf Lisa wirft und wie sie stöhnt, dass sie noch nie so einen tollen Liebhaber gehabt habe. Zum Glück klingelt das Telefon, sodass auch dieser Tagtraum verpufft, bevor ich mich die Toilette hinunterspüle. Ich schlurfe ins Wohnzimmer, nehme ab und höre Schlüttis Schluchzen. Er sagt, er sei bei seinen Eltern und exorbitant fertig. Vanessa habe mit ihm Schluss gemacht, sie lasse ihn nun nicht mehr in das Reihenendhaus am Stadtrand. Ich reiße meine Augen auf und sage Dinge wie: »Hä? Wie? Was …?«, und Schlütti schreit, dass ich zuhören soll, verdammte Scheiße. Vanessa wolle nichts mehr von ihm wissen, macht er weiter. Lisa habe ihr das Video gezeigt, und als Schlütti sich am Laptop selbst habe schreien hören »LECK! MICH! AM! ARSCH!«, da habe sein Körper bei jedem Wort gezuckt. Ich starre auf die Wand vor mir, der Raum wankt, Schlütti schreit, heult, schnieft. Für Vanessa sei es der Tropfen gewesen, der das Fass zum Überlaufen gebracht habe, sagt er. Sie habe ihm vorgeworfen, dass er sowieso nie Interesse daran gezeigt habe, mit ihr zusammenzuziehen. Dass er immer nur an sich denke, beim Umzug keine Hilfe gewesen sei und dass sie ihn fünf Mal gebeten habe, wenigstens die Kartons hinunterzubringen. Schlütti jault auf. Ich lege das Gesicht in meine Hände und kämpfe gegen die Schwindelattacke an. Ich habe Schlüttis Beziehung zerstört. Ich habe das Leben meines besten Freundes ruiniert. Ich habe ihm gesagt, für Couchabende sei keine Zeit. Ich habe ihm gesagt, die Kartons könnten warten. Ich habe ihm gesagt, er solle das Gebäude in München anschreien. Die Uhr an meiner Wand tickt lauter und lauter und irgendwann sage ich ins Telefon, dass alles wieder gut wird. Aber es tutet bereits. Die Leitung ist schon lange tot. »Alles wird wieder gut«, sage ich ein zweites Mal und kann den Hörer nicht von meinem Ohr wegbewegen. Ich habe alle Orientierung verloren und sitze am Küchentisch, ohne mich zu erinnern, wie ich hierhingekommen bin. Gliederschmerzen. Müdigkeit. Paranoia? Und warum zum Teufel trage ich das Trikot des FC Bayern München? Ich habe es doch gar nicht angezogen. Oder doch? Ich starre auf das Emblem und das blau-weiße Karomuster tänzelt vor meinen Augen. »Bottrop! Bottrop!«, schreit Thorsten, aber er ist gar nicht da. Und dann wird der Raum größer, kleiner, breiter und ich bekomme so starke Kopfschmerzen, dass ich meine Wohnung verlassen muss. Die Spülmaschine piepst, die Uhr tickt und ich will einfach nur noch weg.

34

Eine Stunde später stehe ich auf dem Gelände von Piotres Werkstatt und hämmere mit der Faust an die Garage mit dem Schriftzug *Auto Scesny*. In Bottrop mit dem Bus zu fahren, ist grauenhaft, meine Geduld ist am Ende. Die beiden Zetts liegen in einer Pfütze auf dem Boden. Ich hämmere immer fester und schreie immer lauter, bis auch noch das Ypsilon abfällt.

»KNOLLE! HALLO! HILFE!«

Der Wind pfeift mir um die Ohren und Piotr erkundigt sich aus dem Hauptgebäude gegenüber, ob ich noch alle Latten am Zaun hätte.

»Wo ist Knolle?«, schreie ich.

»Der is anne Maloche, Kerl!«, schreit Piotr zurück und dann flüstert mir plötzlich jemand zu.

»Ey, Tim, was ist los?«

Knolle hat nur eine Hose an und sieht so zerzaust aus, als wäre er gerade aus der Waschmaschine gestiegen. »Und warum trägst du ein Bayern-München-Trikot?«

»Hast du geschlafen, oder was?«, lenke ich ab und bevor Knolle antworten kann, wedele ich mit meinen Händen.

»Ist jetzt auch egal, ich bin am Ende!«

Knolle schaut sich hektisch um.

»Alter, das ist jetzt gerade ganz schlecht!«, sagt er und ich kneife die Augen zusammen.

»Bitte, was?«, frage ich und gehe einen Schritt auf ihn zu.

»Ja, Entschuldigung, Tim, aber Nathalie ist ...«

»Nathalie ...?«, unterbreche ich ihn und quieke so hysterisch wie ein Schwein kurz vor der Schlachtung. »Das kann doch wohl nicht dein Ernst sein! Lisa hat mit mir Schluss gemacht, Micha hasst mich, Lili gerät auf die schiefe Bahn und Schlütti ist mental kurz vor dem Zusammenbruch! Alles geht den Bach runter, ich brauche deine Hilfe! Und du sagst mir, dass es gerade schlecht ist? Wegen Nathalie?«

Knolle will antworten, aber der ganze Frust, die Enttäuschung, der Selbsthass, all die Emotionen, die sich in den letzten Wochen, Tagen und Stunden aufgeladen haben, müssen jetzt raus.

»Du schläfst jedes Wochenende mit einer anderen, hast dich in den letzten zehn Jahren durch das halbe Ruhrgebiet gepimpert und selber noch gesagt, dass dir diese Nathalie-Kuh total egal ist! ›Guter Sex, keine Gefühle, vollkommen unkompliziert.‹ *Deine* Worte! Aber wenn deine Freunde dich brauchen, dann geht eine Affäre vor? In einer Woche hast du die doch sowieso wieder abgeschossen!«

Ich zeige mit dem Finger auf Knolle, meine Augen funkeln. Stille. Ein Vögelchen zwitschert, ein kurzes Poltern hinter Knolle und dann kommt eine junge Frau mit einem viel zu großen T-Shirt aus der Garage. Barfuß, die Schuhe in ihrer Hand und dicke Tränen, die ihr über die Wangen laufen. Knolle schließt die Augen und stöhnt.

»Tim, Nathalie, Nathalie, Tim …«, sagt er.

Nathalie sieht mich an, wischt sich durch das Gesicht und rennt über den Schotter zu einem kleinen Fiat. Mein Finger ist noch immer auf Knolle gerichtet.

»Das war nicht gut …«, sagt Knolle und ich sehe über die Schulter, wie Nathalie mit quietschenden Reifen das Gelände verlässt. Langsam drehe ich den Kopf und schaue wieder zu meinem halbnackten Freund, der mich mit gerunzelter Stirn anblickt.

»Das … war das … ich mein …«, stottere ich und Knolle nickt.

»Ja, wie gesagt, das war Nathalie.«

»Hat sie gehört, was ich gesagt habe …?«

»Vermutlich«, sagt Knolle.

Wie in Zeitlupe sinkt mein Arm wieder und mein Kinn bebt. Wie gerne wäre ich jetzt eine Frau und könnte ebenfalls anfangen zu weinen, mit Schuhen in meinen Händen über den Schotter laufen und in einen Fiat steigen, um wegzufahren. Weit weg, irgendwohin, wo mich keiner kennt. Aber ich bin ein Mann, habe meine Schuhe an und mein Auto dürfte inzwischen nicht viel größer sein als eine Packung Zigaretten.

»Das ist … es tut mir … das wusste ich nicht …«

Mein Herz pocht so schnell, dass ich Schnappatmung bekomme. Knolle kratzt sich am Hinterkopf.

»Spätestens jetzt dürfte es mit Nathalie dann doch kompliziert geworden sein«, sagt er.

35

»Dat war wirklich keine Glanzleistung, Jungchen …«

Jutta trifft mal wieder den Nagel auf den Kopf. Sie schenkt mir einen Schnaps ein, für den Magen, und begleitet mich zu dem kleinen Tischchen in der hintersten Ecke der Kneipe. Ich wimmere und lasse mich schieben. Ich bin zu schwach, um mich zu wehren. Als ich auf den Stuhl falle, setzt sich Jutta neben mich und führt mir das Glas an den Mund, als hätte ich eine schwere Grippe und bräuchte unbedingt Medizin. Und im Prinzip ist es auch Medizin. Es schmeckt ähnlich und der Alkohol ist gut für meinen Körper. Ein Vergessenstrunk. Eine Art Vergiftung. Selbstzerstörung.

»Ich sollte unbedingt aufhören, alles um mich herum in Schutt und Asche zu legen …«, sage ich und starre an die Wand, während Jutta meine Schulter tätschelt. Sie sagt nichts, weil es dazu nichts zu sagen gibt. Ich habe absolut recht. Ich habe Menschen betrogen, Beziehungen ruiniert, Existenzen zerstört. Es ist zum Verrücktwerden. Und vielleicht bin ich sogar schon längst verrückt. Bewegen, sprechen und denken klappen jedenfalls nicht mehr so gut, wie es für Menschen in meinem Alter normal wäre.

»Jetz hör ma auf, die Bierdeckel zu zerbröseln, dat hilft au nich weiter«, sagt Jutta, »muss ich nachher nur wieder allet sauber machen.«

Erst jetzt fällt mir auf, dass ich viele kleine Stücke Pappe in meinen Händen zerreibe und der Tisch vor mir mit weißen Knübbelchen übersät ist. Jutta grapscht nach meinen Fingern, wischt sie ab und schiebt meine Hände auf meinen Schoß. Ich lasse es geschehen.

»Hey«, höre ich und drehe mich um.

Orgun.

Er steht da und lächelt schief. Jeans, Hemd aus der Hose, ungegelte Haare. Er fragt, ob er heute wieder helfen dürfe. Er sagt, dass er diesen Zusammenhalt zwischen meinen Freunden und mir fantastisch findet und so etwas nur aus seinem ehemaligen Schwimmverein kenne. Er würde beim nächsten Kegelabend so gerne einen Antrag auf Mitgliedschaft stellen. Er redet und redet und ich höre zu, sage nichts, bis Jutta irgendwann so etwas wie »Klappe, jetzt!« einwirft. Orgun bricht ab. Ferngesteuert erzähle ich ihm, wie es derzeit um den Zusammenhalt zwischen meinen Freunden und mir steht, und je mehr ich sage, desto fester drückt er meine Schulter und desto intensiver wird er hierfür von Jutta fixiert, die meine andere Schulter drückt. Nach einer Weile lockern sich Juttas Gesichtszüge allerdings und wir verweilen eine Zeit lang in unserer kleinen Menschenkette. Wir drei. Orgun links, Jutta rechts, ich in der Mitte. Die ehemals konkurrierende Crème de la Crème der Bottroper Gastronomiekultur.

»Ich bin so ein jämmerliches Arschloch ...«, sage

ich dann, und Orgun setzt sich auf die kleine Holzbank, nachdem er durch einen strengen Blick von Jutta die Erlaubnis dazu erhalten hat. Ich merke, wie meine Bardame nun mit sich ringt, ob sie Orgun als Freund und Helfer akzeptieren soll oder nicht. Sie drückt ihren Po in den Stuhl, räuspert sich einige Male und zündet schließlich tatsächlich in Richtung Orgun ein für ihre Verhältnisse feierliches Feuerwerk der Freundlichkeit.

»Wat trinken?«

Orgun schreckt vor so viel Aufmerksamkeit zurück, lächelt ungläubig und nickt anschließend vorsichtig.

»Ein Wasser vielleicht …?«, fragt er und Jutta holt tief Luft, beugt sich vor und reißt die Augen auf. Orgun korrigiert.

»Oder ein Bier?«, sagt er. »Ich hätte doch lieber gerne ein Bier.«

Jutta entspannt sich wieder, schluckt ihren Unmut herunter und steht auf. Orgun atmet tief durch.

»Unsere Beziehung macht Fortschritte«, flüstert er mir zu und bringt mich damit beinahe zum Schmunzeln. Als Jutta mir und sich zwei volle Biere mit Schaumkrone und Orgun ein halbvolles Bier ohne Schaumkrone vor die Nase stellt, bin ich aber wieder zurück am Tiefpunkt. Orgun hebt sein Glas, deutet ein Prosten an und nippt. Jutta und ich machen nicht mit. Sie aus Überzeugung, ich aus Depression.

»Ich habe alle auf dem Gewissen …«, flüstere ich.

Jutta schiebt ihre Unterlippe vor, Orgun seufzt.

»Ich habe das *Fit-and-Green* Barlokal ruiniert und jetzt wollen Orguns Verpächter Lars anzeigen, der dann wegen meiner Atombomben-Anweisung seinen Job verlieren könnte. Micha und Steffi streiten sich, weil Lili wegen mir keinen Kita-Platz bekommen hat. Schlütti wurde von Vanessa verlassen, nachdem ich ihn dazu gedrängt habe, seine Wut über den Umzug an den Stadtrand in eine Münchner Überwachungskamera zu schreien. Und als krönenden Abschluss habe ich Knolles Affäre beendet und damit die einzige Frau vergrault, für die er seit Jahrzehnten mal wieder so etwas wie Zuneigung empfunden hat. Ich zerstöre also nicht nur feste Beziehungen, sondern auch potenzielle. Altes Glück, neues Glück, Eheglück, ist mir vollkommen egal. Ich bin wie eine Walze, die alles zermalmt, ohne Gnade.«

Jutta zieht die Augenbrauen hoch und Orgun hat sein Bier leer. Ich merke ja selbst, dass ich so langsam melodramatisch werde, aber ich finde es absolut angemessen.

»Jetzt sei nicht so hart mit dir, das ist …«

»Nein!«, unterbreche ich Orgun. »Ich war noch gar nicht fertig! Ich habe nämlich nicht nur dein Barlokal und das Leben von meinen besten Freunden in den Abgrund gerissen, sondern auch noch die Karriere der Frau, die ich über alles liebe. Meinetwegen hat Lisa ihren Traumjob nicht bekommen. Ich habe sie angelogen, ich habe versucht, sie zu manipulieren und sie zu betrügen, und nachdem das alles nicht funktioniert hat, bin ich ihr einfach mit meinem nackten Arsch mitten ins Gesicht gesprungen. Und jetzt ist ihr Traum zerplatzt. Puff. Aber immerhin habe ich dadurch einen Vertrag für eine überteuerte Wohnung in München unterschrieben, in die ich nun gar nicht mehr ziehen werde, die ich alleine gar nicht bezahlen kann, die mich endgültig in den finanziellen Ruin treibt. Das ist doch nett!«

Ich lache über mein eigenes Schicksal und Jutta trinkt einen großen Schluck Bier.

»Dat klingt echt scheiße ...«, sagt sie.

Orgun scheint derweil intensiv nachzudenken.

»Irgendetwas muss man doch tun können, um das wieder einigermaßen hinzubiegen«, überlegt er laut, aber ich schüttle den Kopf. Da ist nichts mehr hinzubiegen. Ich schaue hoch und seufze. Jutta lehnt sich zurück und starrt konzentriert an die Decke. Ich lege meinen Kopf wieder auf den Tisch. In letzter Zeit gefällt mir diese Position. Sie passt zu mir.

»Vielleicht sollte ich einfach konsequent sein und Selbstmord begehen«, nuschle ich in die Tischplatte. »Ich fahre nach München, höre ein letztes Mal dem Glockenspiel zu und stürze mich anschließend in die Isar. Ein Kopfsprung und das Problem wäre gelöst.«

»Ach, Tim ...«, sagt Orgun und ich richte mich auf.

»Ist doch so!«, unterbreche ich ihn. »Und damit würde ich sogar noch etwas für Lisa tun! Das wäre doch eine Top-Story für sie. Ich sehe die Schlagzeile schon vor mir: *Mann springt kopfüber in die Isar. Der verdiente Tod für einen Menschen, der noch nicht einmal das kaputte Lämpchen an seinem Badezimmerspiegel austauschen konnte.* Lisa kann mit Insider-Informationen auftrumpfen, bekommt dadurch einen Job bei irgendeiner großen Zeitung, vielleicht sogar bei der *Bild,* und mein Tod hätte einen Sinn. Das wäre das Optimum, das ich noch für sie herausholen könnte.«

Ich stöhne und schiebe das volle Bier von mir weg. Ich habe es nicht verdient. Ich habe überhaupt nichts mehr verdient. Nur die Isar, ihr flaches Wasser und den steinigen Grund.

»Ja leck mich do anne Füße!«, sagt Jutta und schlägt mit der flachen Hand auf den Tisch. »Dat is ett doch!«

Ich zucke zusammen.

»Hä?«, frage ich und ohne dass ich reagieren könnte, steht Jutta auf, packt Orgun am Hemdzipfel und reißt ihn vom Stuhl. Orgun ist zunächst verunsichert, lässt sich jedoch hinter die Theke schubsen. Ich schaue hinterher und höre, wie Jutta fragt, was Orgun bereit sei zu investieren, um mir zu helfen. Ich will aufstehen, aber Jutta hält mich per Handzeichen zurück.

»Du bis im Moment mit deine depressive Art nur am Stören«, sagt sie, »ich muss dat erstma abklären und weiterentwickeln, wat da in mein Kopp rumschwirrt.«

Jutta flüstert wieder Richtung Orgun, aber ich kann sie hören. Sie merkt es und zieht meinen Unternehmerkollegen in die hinterste Ecke des Raums zurück. Ich fühle mich wieder so, als wäre ich elf und meine Eltern würden über die Pornobilder diskutieren, die sie auf meinem Computer gefunden haben. Die beiden tuscheln. Ich ziehe meine Augenbrauen zusammen.

»Gar nicht mal so doof, die Idee«, sagt Orgun nach einer Weile und Jutta schlägt ihm auf den Oberarm. Sei leise, pantomimt sie ihm zu und Orgun nickt. Einige Sekunden flüstern die beiden, gestikulieren und hören einander zu.

»Der soll *wat* genau machen?!«, höre ich aus Juttas Mund und Orgun sagt: »Da kann nichts passieren, glaub mir!«

Ich lehne mich vor und lausche konzentriert.

»Wir machen das so, wie du gesagt hast, aber nur mit dieser winzigen Änderung. Der Tim muss ja dann kaum etwas tun und wäre zügig aus der Sache raus!«

»Ja, raushalten is au normalerweise den seine Stärke …«

»Ich kann euch hören!«, trällere ich zurück und tipple mit meinen Fingern auf der Tischplatte herum.

»Sei ma kurz leise!«, sagt Jutta und widmet sich wieder Orgun. Dann höre ich nur noch Stichworte. »Duisburg«, »Hafenfest« und »Rede vom Oberbürgermeister«. Orgun zieht sein Handy hervor, tippt etwas ein und zeigt es Jutta. Danach zischt er irgendetwas von seiner Zeit im Schwimmverein und vor meinen Augen tänzeln viele dicke Fragezeichen herum. Ich denke nach. Das alljährliche Ruhrorter Hafenfest am Rhein beginnt übermorgen in Duisburg, ja, das stimmt. Und da spricht auch der Oberbürgermeister, das stimmt ebenfalls. Begrüßungsrede. Habe ich gelesen. Aber was hat das alles mit mir zu tun? Wie kann mir das helfen? Sollen wir die Besucher des Hafenfests mit Heftzwecken bewerfen? Oder das Brechmittel von Lars über sie schütten? Auf dem Rhein einen Dampfer kentern und unsere nackten Hintern in die Polizeikameras halten, auf denen in fetten Buchstaben steht: »Bitte verzeih mir, Lisa!«? Würde sie mich dann regelmäßig im Gefängnis besuchen?

»Dat könnte sogar klappen!«, sagt Jutta nun und ich frage: »Was könnte sogar klappen?!«

Jutta winkt wieder in meine Richtung ab, als würde sie eine lästige Fliege verscheuchen, und so langsam werde ich wirklich ungeduldig. Ich lehne mich noch weiter vor und Orgun flüstert »Rheinbrücke«. Dann geben sich die beiden die Hand. Was ist an der Rheinbrücke, will ich fragen, aber ich bin inzwischen viel zu verwirrt, als dass ich sinnvolle Worte formulieren könnte. Orgun und Jutta stampfen zurück und meine Bardame kommt unmittelbar vor mir zum Stillstand. Sie sieht auf mich herab und ihr Schatten legt sich über mein Gesicht.

»Könnt ihr mich mal bitte aufklären?«, frage ich mit leicht zittriger Stimme und Jutta verschränkt ihre Arme. Ich bekomme ein ungutes Gefühl.

»Wir haben einen Plan«, sagt meine Bardame und stützt sich auf meiner Schulter ab. »Wir machen dat so, dat allet wieder gut wird.«

»Was denn bitte für einen Plan?«, frage ich und Orgun lächelt verschwörerisch. Jutta zündet sich eine Zigarette an, beugt sich zu mir herunter und bläst mir den Rauch ins Gesicht.

»*Kommando Schluckspecht* wird wiederaufgenommen, Jungchen. Aber diesmal richtig! Mit eine Operation, die sich gewaschen hat!«

36

»PLLAAATSCHSCH!«, macht es und unter mir bilden sich Wasserkreise. Für den Bruchteil einer Sekunde überlege ich, wie tief der Rhein ist und ob spitze Felsen oder anderes Unterwassergestein eine Gefahr darstellen könnten. In die Isar hätte ich Schlütti definitiv nicht schubsen dürfen.

»Ahhhhhh!!!«

»Heeeeeeeey!!«

»Was zum ...!«

Ich schrecke auf. Die Welt dreht sich wieder in normaler Geschwindigkeit, die Zeitlupensequenz ist endlich vorbei und die Menschen um mich herum beginnen zu schreien. Sie drängen sich aneinander, ich werde gestoßen und bin plötzlich so aufgekratzt und nervös, dass sich in meinem Kopf schon wieder alles gegen den Uhrzeigersinn dreht.

Das allgemeine Gemurmel auf der Straße wird immer lauter. Köpfe werden gehoben, Finger richten sich auf den Wasserkreis und ein Mann hinter mir stellt fest, dass da »jemand von die Brücke gestürzt« ist. Ich schließe die Augen, rufe mir die Einzelheiten von *Operation Rheinfall* zurück ins Gedächtnis und mache mich bereit. Dann fange ich an zu brüllen.

»Nein! Er ist nicht gestürzt! Er will den Mann im Wasser retten! Oh mein Gott! Er rettet ihn!«

Ich laufe los, schreie meinen Satz wieder und wieder und stupse all die Menschen auf der Brücke an.

»ER RETTET DEN MANN IM WASSER! ER RETTET DEN MANN IM WASSER!«

Ich wurschtle mich durch das Gedränge, bin zurück an der Brüstung und schaue hinunter. Orgun und Schlütti tauchen gerade auf. Sie sind ineinander verkeilt und prusten und schwimmen und schlagen um sich. Schlütti ist vollkommen panisch. Aber das wussten wir vorher. Wir durften ihn in *Operation Rheinfall* nicht einweihen. »Aus taktischen Gründen«, hatte Jutta argumentiert. Nun hat Orgun meinen besten Freund fest im Griff. Doch es ist kaum zu erkennen, was da gerade passiert. Und genau so hatte es Jutta vorhergesagt. Das Wasser spritzt, die Körper sind zu sehen, aber es ist unübersichtlich und für Außenstehende nicht zu beurteilen, wer da gerade wen rettet.

»WAS FÜR EIN HELD!«, rufe ich, um die Situation zu klären und Schlütti in der Öffentlichkeit als heroische Zentralfigur zu etablieren, auch wenn er das genaue Gegenteil davon ist. Es scheint trotzdem zu funktionieren. Ein Raunen geht durch die Menge.

»Da wirste ja bekloppt!«, entfährt es der Frau neben mir. »Das stimmt! Da war ein Mann im Rhein am Ertrinken!«

Sie zeigt auf den kämpfenden Haufen im Wasser und innerhalb von Sekunden sehe ich dutzende Handys in den Händen der Schaulustigen.

»Was für ein Held! Er rettet einen Fremden!«, rufe

ich und diverse »Ohhs« und »Ahhhs« stimmen mir zu.

»Tatsächlich!«, sagt jemand und ich balle die Faust, weil es so gut läuft.

»ER RETTET DEN MANN IM WASSER!«

Dieses Mal kommt der Satz nicht von mir. Ich beuge mich über das Geländer und schaue auf die linke Rheinseite. Dort rennt Knolle durch das Gewühl und schreit den Satz noch einige Male aus vollster Kehle. Von rechts kommen ähnliche Ausrufe. Ich drehe mich in die entsprechende Richtung und sehe, wie Micha dutzende Leute um sich versammelt, wild gestikuliert und auf die zwei Gestalten im Wasser zeigt. Lars ist auf der gleichen Seite weiter hinten und hält noch immer sein Handy hoch. Inzwischen dürfte das gesamte Hafenfest davon überzeugt sein, dass da gerade jemand selbstlos in den Rhein gesprungen ist, um einen ertrinkenden Menschen zu retten.

»UNGLAUBLICH!«, schreit Knolle von links und löst sich aus dem Pulk, rennt die vielen Treppen der Brücke hoch, biegt ab und läuft schließlich in meine Arme.

»Los!«, zischt er, »Jutta wartet schon!«

Ich lasse mich mitreißen und laufe um mein Leben. So schnell bin ich wahrscheinlich zuletzt bei den Bundesjugendspielen in der fünften Klasse gerannt. Dementsprechend früh setzen die Seitenstiche ein.

»Geh du vor!«, hechle ich. »Du bist wichtiger als ich!«

Knolle nickt, klopft mir auf die Schulter und sprintet davon. Ich sollte öfter Sport treiben.

»Bitte bewahren Sie Ruhe!«

Ein Piepsen durchdringt das Gemurmel, ein schrilles Quietschen, als wäre ein Mikrofon zu Boden gefallen. Während ich laufe, drehe ich mich um und sehe, dass der Oberbürgermeister seine Rede unterbrochen hat und damit beschäftigt ist, die Unruhe unter den Schaulustigen zu kontrollieren. Aber er wird ignoriert. Alle Blicke sind auf die beiden Personen im Wasser gerichtet, alle Kameras der lokalen Presse ebenfalls. Sensationslust liegt in der Luft. Ich atme durch und schwinge mich um die Ecke, auf die Treppen, über das Geländer. Als ich unten ankomme, wird der strampelnde Schlütti gerade von Orgun an Land gezogen und bevor die Besucher des Hafenfestes zu nahe an die beiden herankommen, stellt sich Jutta ihnen in den Weg, breitet ihre Arme aus wie ein Adler und drängt die Menschenmassen zurück. Schlütti stützt sich auf den Ellenbogen ab, krabbelt ziellos auf dem Grün umher, japst nach Luft, ist beinahe hysterisch. Orgun dagegen liegt mit geschlossenen Augen am Ufer und rührt sich nicht. Das Gedränge um mich herum wird immer größer. Nun tritt Knolle neben Jutta und die beiden stehen Hand in Hand wie eine nicht zu durchbrechende Mauer. Nur ein einziger junger Mann schafft es, unter den ausgestreckten Armen hindurchzukriechen und sich neben Orgun zu knien. Es ist Micha, der auf die leblose Brust meines Unternehmerkollegen einschlägt und Mund-zu-Mund-Beatmung macht. Schlütti sitzt daneben, ist pitschenass und weiß überhaupt nicht, was hier geschieht. Mit aufgerissenen Augen starrt er den regungslosen Orgun an, dann Micha, dann Jutta und Knolle, und dann mich. Mich fixiert er besonders lange. Ich setze ein fassungsloses Gesicht auf.

»Du hast ihn gerettet!«, rufe ich ihm zu und einige Menschen aus dem Publikum beginnen, Heldenoden auf Schlütti zu singen. Der Rest blickt gebannt auf die Reanimierungsversuche von Micha. All die Fernsehkameras, die vor ein paar Minuten noch auf der anderen Rheinseite den sprechenden Oberbürgermeister fokussierten, blinken nun mit ihren roten Pünktchen direkt auf die Szenerie hinter Jutta. Ich höre Krankenwagensirenen. Die Wiederbelebungsmaßnahmen werden verstärkt, Knolle und Lars hocken inzwischen ebenfalls neben Micha. Die Menschen haben sich beruhigt, wissen um den Ernst der Lage und rühren sich nicht. Gebannt schauen sie auf Micha, der mit gefalteten Händen auf Orguns Brust einschlägt, und auf Lars, der pathetisch gen Himmel schreit: »Atme!« Und dann geschieht tatsächlich das Unglaubliche: Orgun schießt hoch, reißt die Augen auf, spuckt Wasser. Für drei Sekunden ist es totenstill am Rheinufer.

»Ich lebe!«, schreit Orgun dann und eine Welle der Begeisterung schwappt über uns hinweg. Meine Freunde jubeln, die Menge tobt, die Kameras blinken.

»Dieser Mann hat mir das Leben gerettet!«, ruft Orgun und zeigt auf Schlütti, dem die Kinnlade herunterfällt.

»Ich …?«, formt er mit seinem Mund und ich nicke ihm zu.

»Ja! Es stimmt!«, ruft ein Mann hinter mir. »Ich habe es genau gesehen! Er ist von die Brücke gesprungen! Er hat ihn gesehen und ihn gerettet! Er ist ein Held!«

Die anderen Zuschauer stimmen mit ein und Schlütti zeigt fragend auf sich, bevor sich sein knallrotes Gesicht in meine Richtung dreht und ich ihm freudestrahlend zugrinse.

»Ja! Du!«, rufe ich gegen den Lärm an, denn es ist so viel Getöse und Begeisterung um mich herum, dass ich nur noch Schlüttis Lippen lesen kann. Ich habe ihn gerettet? Ich habe ihn gerettet? Er wiederholt es immer wieder und starrt seine Freunde ungläubig an, bis sich schließlich zwei Sanitäter durch die Zuschauer kämpfen und für genug Abstand sorgen. Ich werde nach hinten gedrängt und es entsteht ein großer Kreis, in dem lediglich die beiden Rettungskräfte, der nasse Schlütti, der nicht weniger nasse Orgun und die drei strahlenden Helden Micha, Knolle und Lars stehen. Sie liegen sich in den Armen, ziehen Schlütti zu sich und grinsen zu fünft in die Fernsehkameras. Knolle hebt noch den Daumen. Blitzlichtgewitter. Die perfekte Aufnahme. Jutta lächelt mich an. Ich lächle zurück.

»Was für Helden!«, rufe ich noch einmal und höre nichts als die reinste Zustimmung. Und dann fangen alle an zu klatschen. Selbst der Oberbürgermeister auf der gegenüberliegenden Rheinseite.

37

Dramatische Rettungsaktion beim Duisburger Hafenfest. Wer sind die Helden?

Aha! Sogar die *Bild* hat angebissen. Die Lawine ist ins Rollen gekommen. Ich schaufle mir einen Löffel Müsli in den Mund und schmatze. Nicht nur die lokalen Tageszeitungen sind voll von Schlütti und meinen Freunden, ganz Deutschland spricht über sie. Ich sortiere die *Westdeutsche Allgemeine* und die *Frankfurter Allgemeine* neben die *Süddeutsche Zeitung* und reibe mir die Hände. Überall ist das gleiche Foto zu sehen. Überall die gleichen fünf Gesichter: Orgun, knapp dem Tod entronnen, Knolle mit Daumen hoch, Micha und Lars, überglücklich, und Schlütti, die Hauptfigur, völlig verstört und überfordert. Der Mann der Stunde. Der Retter, der von einer zwanzig Meter hohen Brücke todesmutig in den Rhein gesprungen ist, um einem Fremden das Leben zu retten. Das Video von Lars, das Schlüttis Sprung, diesen aufopferungsvollen Akt der Nächstenliebe, in seiner Gesamtheit dokumentiert, hat das Internet in Windeseile erobert. Inzwischen wurde es über dreihunderttausendmal angeklickt. »Es gibt noch Menschlichkeit in diesem Land!«, hatte Till Schweiger unverzüglich getwittert. »Lecko Fatzko, was für ein Wahnsinn! Unseren größten Respekt!«, schrieben Joko und Klaas auf ihrer Facebook-Seite. Alle waren begeistert. Die Medien, die Promiwelt, die Politik. Der Oberbürgermeister der Stadt Duisburg gab der ARD extra noch ein Spezial-Interview und lobte Schlütti und meine Freunde über den grünen Klee. Sie hätten heroisch gehandelt, man könne es kaum hoch genug einschätzen. Und das Ganze sei auch noch in *seiner* Stadt geschehen, ihm würden die Worte fehlen. Mit seiner Rede stilisierte er den Sprung Schlüttis zu einer so großen Sensation, dass man meinen könnte, Jutta hätte ihn mit ins Boot geholt. Und das Beste ist: Es gibt kaum Informationen über die Lebensretter, es kann nur spekuliert werden. Sie sind ein Mysterium, sie geben keine Interviews, sie halten sich bis auf das Foto vollkommen zurück. Das ist natürlich wesentlicher Bestandteil von *Operation Rheinfall*, Jutta hat den Plan akribisch ausgearbeitet und alles bedacht. Man fragt sich nämlich nun: Wer ist dieser Typ, der von der Brücke gesprungen ist? Was bewegt einen Menschen dazu, für einen völlig Fremden sein eigenes Leben zu riskieren? Und wer sind die anderen Männer, die sofort Erste Hilfe geleistet haben? Man weiß es nicht. Es gibt wenige Dinge, die so erfolgversprechend sind wie Neugier. Die Tatsache, dass bei einer solchen Rettungsaktion und der damit verbundenen Sensationsgier die Identitäten der Protagonisten noch vollkommen unbekannt sind, zerrt an den Nerven. Knolle hatte lediglich in die Kameras geschrien: »Wir sind Bottroper!« Das ist die einzige Information, die die Medien haben. Und die Gesichter kennen sie. So ist relativ zügig aufgefallen, dass Orgun einen Migrationshintergrund hat und seine Retter nicht. So fragt sich die *Bild-Zeitung*, ob dies nicht ein für Deutschland historischer Wendepunkt in der Integrationsdebatte sein könnte. Menschen unterschiedlicher kultureller und religiöser Herkunft springen füreinander in die Bresche. »Ein interkultureller Meilenstein?«, titelte heute auch die Online-Ausgabe der *Deutsch-Türkischen Nachrichten*. In der *Rheinischen Post* wurden die Jungs als »Bottroper Helden« gefeiert, die den Startschuss für ein neues Klima des Miteinander gegeben hätten. Jutta ist wirklich ein Genie. Man hätte sich die Reaktionen auf *Operation Rheinfall* nicht besser vorstellen können.

Und nicht nur die Außenstehenden sind aus dem Häuschen, der zentrale Held ist es ebenfalls. Es war eine grandiose Idee von Jutta, Schlütti nicht in den Plan einzuweihen. Er und ich haben gestern Abend noch lange zusammengesessen und er glaubt inzwischen tatsächlich, dass er irgendwelche Hände und Beine in der tosenden Strömung des Rheins gesehen hat und instinktiv über die Brüstung gesprungen ist. »Das ging alles so exorbitant schnell, ich kann mich kaum noch erinnern«, sagte Schlütti voller Stolz und ich klopfte ihm auf die Schulter. Es gibt nichts, was eine Geschichte realer macht als eine Hauptperson, die diese Geschichte selbst glaubt. So kann Schlütti sich nicht verplappern. Er würde sogar einen Lügendetektortest bestehen und damit auch die bohrenden Fragen Vanessas meistern. Sie ist natürlich der Grund dafür, warum Jutta, Orgun und ich ausgerechnet Schlütti zum Helden gemacht haben. Von wegen, er denkt immer nur an sich. Im Hinblick auf diesen Vorwurf wird Vanessa definitiv zurückrudern müssen. Seit dem heutigen Tag ist Schlütti für ganz Deutschland diejenige Person, die gerade *nicht* an sich selbst denkt. Gut, Vanessa kann ihm vorwerfen, dass er dem Umzug nicht positiv gegenüberstand. Dass er nicht die versprochene Leidenschaft gezeigt hat, als es um das Reihenendhaus am Stadtrand ging. Dass er vergessen hat, irgendwelche Kisten herunterzubringen, das Tee-Service ihrer toten Großmutter zerstört und im Vollsuff fragwürdige Dinge in eine Münchner Überwachungskamera geschrien hat. Keine Frage, aber nicht, dass er nur an sich selbst denken würde. Und dadurch wird der Rest zweitrangig. Schlütti ist nun ein Held, Vanessa wird ihm verzeihen und die beiden werden glücklich. Jutta, du bist genial!

Bei Knolle ist die Situation ein wenig anders als bei Schlütti, ihn konnten wir einweihen. Er hat sein ganzes Leben lang Frauen angelogen, er hat Übung, er hat das perfektioniert. Mit dem Schnappschuss in den Zeitungen wird er Nathalie problemlos zurückgewinnen, auch wenn er genau weiß, dass er kein Held ist. Aber für Nathalie wird er der Typ sein, der einen Menschen mit Herz-Massage zurück ins Leben katapultiert hat. Nathalie und Knolle haben sich wahrscheinlich gestern Nacht noch versöhnt und sind seitdem in Piotres Werkstatt zu Gange, um die Wände so sehr zum Beben zu bringen, dass kaum noch Buchstaben des Schriftzugs über dem Eingang thronen dürften. Problem gelöst, eine junge Liebe gerettet. Jutta, du bist die Größte!

Der Heldenstatus wird allerdings nicht nur Schlütti

zurück zu Vanessa und Knolle zurück zu Nathalie bringen, sondern auch Lili in eine Kindertagesstätte. Die ganze Stadt wird sich bald um die Bottroper Berühmtheit Micha prügeln. Alle Kitas werden bei ihm auf der Matte stehen und ihn anflehen, seine Tochter aufnehmen zu dürfen. Die Videos, in denen Micha den leblosen Körper Orguns Mund-zu-Mund beatmet, sind die beliebtesten im ganzen Netz. Lili wird eine vorschulische Bildung erhalten, soziale Kompetenzen erwerben und ein tolles Leben führen. Niemand braucht mehr einen Anmeldebrief, scheiß auf Ausschlussfristen. Jutta, du bist der Wahnsinn!

Wenn die Zeit reif ist, werden sich auch die Probleme von Orgun und Lars lösen. Orgun kann in seinen bevorstehenden Interviews intensiv Werbung für das neue *GreenFit*-Barlokal machen, das er bald eröffnen wird. Das haben wir so abgeklärt. Insbesondere Schlütti soll für Orguns neuen Laden werben. »Du bist jetzt berühmt«, sagte ich gestern, »dadurch kannst du unsere Kriegsverbrechen wiedergutmachen.« Schlütti nickte und versicherte, dass er es tun werde. Und wenn so ein Held wie er sagt, dass dieses neue Barlokal der letzte Schrei sei, dann rennen sie Orgun bald die Bude ein. So kann er wieder Miete zahlen und die Verpächter werden Lars wegen des Brechmittelskandals nicht strafrechtlich verfolgen. Mein kleiner schmächtiger Kumpel ist aus dem Schneider und behält seine Promotionsstelle, Orgun hat wieder eine vielversprechende Zukunft als Unternehmer vor sich und ich brauche kein schlechtes Gewissen mehr zu haben. Jutta, du bist brillant!

Doch all diese Schritte werden wir erst in ein paar

Tagen angehen. Denn die Bottroper Helden packen nicht *sofort* oder bei *irgendwem* aus. Das gesamte Land will sie kennenlernen, alle wollen schnellstmöglich ein Interview, aber mit niemandem werden meine Freunde sprechen. Mit niemandem außer Lisa.

Sie wird das Exklusivrecht erhalten. Die mediale Welt wird sich um die Story reißen und die Einzige, die den Zeitungen und ihren Lesern das bieten kann, wird meine große Liebe sein. Sie wird mit Jobangeboten bombardiert werden, kann sich die passende Stadt praktisch aussuchen und sie wird als die gefragteste Reporterin des Landes berühmt, glücklich und zufrieden. Jutta, ich liebe dich!

Ich überprüfe den neuen Brief, den ich gerade an Lisa geschrieben habe, sicherheitshalber zum vierten Mal und schiebe ihn anschließend in einen Umschlag. Dieses Mal soll nichts schiefgehen, sie soll erfahren, was ich in den letzten Wochen für Gedanken mit mir herumgeschleppt habe. Meine Manipulationsversuche, die Verwechslung der Briefe, die Kegelfahrt, auf der ich versucht habe, alles an München doof zu finden, und schließlich meine Akzeptanz des Umzugs nach der Wohnungsbesichtigung. Ich habe versucht zu erklären, wie es zu dieser Hintern-Affäre kommen konnte, und gleichzeitig deutlich gemacht, dass ich nun einen Plan habe, der in vollem Gange ist und durch den ich alles wiedergutmachen werde. Dass ich ihr helfen will, ihren Traumjob zurückzubekommen. Glücklich zu sein. Ob nun mit mir, mit Maximilian von Junkerberg oder als Single, das ist mir vollkommen egal. Hauptsache, ihr geht es gut.

Ich lecke am Kuvert, klebe es zu und schreibe

»Lisa« auf die Rückseite. Heute Abend werfe ich den Umschlag in den Briefkasten ihrer Eltern und dann habe ich alles getan, was ich tun konnte. Zumindest im Hinblick auf Lisa. Was mich betrifft, kann allerdings noch deutlich mehr getan werden. Also raffe ich mich von der Couch auf, hole einen Putzlappen aus der Küche und beginne, den Wellensittichkäfig sauber zu machen. Lisas Vater wird schon sehen. Ich bin kein Haufen Schrott an den Flügeln einer goldenen Boeing. Die Boeing wird abheben und ich habe sie angestoßen. So sieht's aus! Ich habe meine Freunde zu Berühmtheiten gemacht und ich werde nicht nur das Leben seiner Tochter, das von Orgun, Lars, Micha, Knolle und Schlütti wieder in den Griff bekommen, sondern auch mein eigenes. Und der erste Schritt in die richtige Richtung ist ein sauberer Wellensittichkäfig in der eigenen Wohnung. Danach ist das Lämpchen am Badezimmerspiegel fällig. Mein neues Leben kann beginnen! The sky is the limit!

38

»Du kommst nicht mehr?«, frage ich ins Handy und stelle mein Bier ab. »Okay, aber … wie jetzt?«

Schlütti spricht einige Sekunden, während Micha, Knolle, Lars und Orgun mich ansehen. Ich mache eine beschwichtigende Geste in ihre Richtung und verarbeite parallel Schlüttis Worte.

»Okay …«, sage ich wieder, »ja, gut, dann macht euch mal einen schönen Abend!«

Ich lege auf, kratze mich am Kinn und bin unsicher, ob ich mich nun freuen oder ärgern soll. Die Zapfanlage brummt. Anton und Jupp schütten Schnaps in sich hinein.

»Schlütti kommt nicht mehr«, informiere ich meine Freunde, »der geht jetzt mit Vanessa zum Italiener.«

»Ach …?«, sagt Orgun. »Die haben sich wieder vertragen? Das ging aber schnell. Vorgestern springt er noch in den Rhein und jetzt ist er schon wieder mit Vanessa zusammen. Eine türkische Frau hätte man nicht so schnell wieder rumgekriegt, das sag ich euch!«

Orgun schmunzelt, Knolle lacht.

»Ja, ja«, antworte ich, »aber das hatte Jutta ja auch so vorausgesehen. Das war geplant. Viel mehr verwirrt mich das, was *nicht* geplant war. Denn Schlütti meinte, Vanessa hätte ihm schon vor drei Tagen verziehen, also bereits einen Tag vor *Operation Rheinfall.* Er hat gesagt, dass er am Donnerstag zu IKEA gefahren ist und vierhundert Teelichter gekauft hat, um ein exorbitant großes Herz auf der Kiesauffahrt auszulegen. Vanessa hatte ihn dann nach einer halben Stunde Flehen tatsächlich ins Haus gelassen. Wusstet ihr das?«

Alle schütteln den Kopf.

»Schlütti meinte, er hatte es mir eigentlich auf der Brücke sagen wollen, aber dann hätte er Orgun gesehen und wäre gesprungen.«

Ich kratze mich an der Schläfe.

»Ist doch gut!«, sagt Knolle und die anderen nicken.

»Ja, schon«, sage ich, »aber dann hätte es ja nicht unbedingt *Schlütti* sein müssen, den ich in den Rhein schubse ...«

Betretenes Schweigen.

»Na ja, aber geschadet hat es auch nicht«, überlege ich laut, »wenigstens habe ich dadurch euch anderen geholfen.«

Ich lächle wieder und hebe mein Bier, aber meine Jungs beißen verschämt auf ihren Unterlippen herum und schauen auffällig unauffällig durch die Kneipe.

»Was ist?«, frage ich und für einige Sekunden herrscht Stille.

»Na ja«, beginnt Knolle schließlich und reibt sich über die Stirn. »Ehrlich gesagt haben wir gerade etwas festgestellt und wir wollen dich ja auch nicht anlügen oder so und ...«

Er bricht ab, die anderen schauen zu Boden. Was ist denn jetzt schon wieder los? Gibt Nathalie Knolle keine zweite Chance? Ist Steffi mit Lili zu ihren Eltern gezogen? Kommt gleich das BKA und führt Lars in Handschellen aus meiner Kneipe?

»Okay …?«, sage ich vorsichtig und schaue in die Runde. Micha räuspert sich.

»Versprich mir, dass du nicht sauer wirst«, sagt er, »aber wir hatten uns da einfach schlecht abgesprochen.«

Meine Augenbrauen ziehen sich zusammen. Knolle übernimmt wieder.

»Also, es ist folgendermaßen«, beginnt er. »Nachdem du letztens die Werkstatt verlassen hattest, bin ich Nathalie sofort hinterhergefahren und habe mich entschuldigt. Denn mal im Ernst: Die ist ja auch keine Jungfrau mehr gewesen. Ich habe ihr gesagt, dass ich eine Vergangenheit habe, auf die ich nicht stolz bin und die Frauen sicherlich nicht toll finden, aber dass ich sie mag und dass ich mit ihr zusammen sein will. Außerdem habe ich einfließen lassen, dass du ein Idiot bist und übertrieben hast. Na ja, und was soll ich sagen? Sie hat mir verziehen, wir sind jetzt zusammen.«

»Ehm …«, fange ich an, aber Knolle unterbricht mich.

»Das war noch nicht alles«, sagt er und ich lehne mich mit verschränkten Armen zurück.

»Steffi und Micha hatten sich am gleichen Tag dazu entschieden, dass sie Lili doch lieber noch ein Jahr bei sich haben wollen. Sie hat wohl *Mama* und auch *Papa* gesagt und das fanden die beiden irgendwie rührend. Sie wollen Lili noch nicht der Kita überlassen.«

Knolle deutet kopfschüttelnd auf Micha, der mich mit einer Mischung aus Unbehagen und Stolz ansieht.

»Ich kann diesen Enthusiasmus ja nicht so richtig nachvollziehen«, sagt Knolle, »immerhin ist Lili bald ein Jahr alt und dazu auch noch ein Mensch. Irgendwann muss man so etwas ja lernen und …«

»Du weichst ab!«, sage ich und schaue Micha gleichzeitig böse an.

»Okay, okay«, macht Knolle weiter, »jedenfalls brauchen Micha und ich diesen Heldenquatsch, den wir nun haben, ebenso wenig wie Schlütti, da wir unsere Probleme längst selbst gelöst haben.«

Ich lehne mich vor und der Stuhl knarzt. Dann will ich etwas sagen, werde allerdings erneut von Knolle daran gehindert.

»Moment«, sagt er, »da kommt noch mehr …«

Mein Kiefer schmerzt, weil ich meine Zähne zusammenpresse. Dann fangen die Zapfanlage und ich gleichzeitig an zu brummen.

»Jetzt hat uns Orgun gerade eben mitgeteilt, dass er mit seinen Verpächtern gesprochen und die Schuld mit den Brechanfällen auf sich genommen hat, nachdem ihr euch im Stadtpark ausgesprochen hattet.«

Mein Kopf dreht sich in Orguns Richtung und mein Unternehmerkumpel winkt mir unsicher zu.

»Dass er im Stress war«, fährt Knolle fort, »und die Zutaten nicht kontrolliert haben könnte. Die Karriere von Lars ist also außer Gefahr. Der Preis dafür ist, dass Orguns Verpächter ihn nun nicht mehr in ihrem Laden haben wollen, womit sich das mit seinem *Green-Fit*-Barlokal erledigt hat. Zusammengefasst war *Operation Rheinfall* für uns alle irgendwie unnötig, aber wir haben nichts gesagt, um die Gesamtmission nicht durch unsere Einzelschicksale zu gefährden.«

Ich starre meine Freunde nacheinander an.

»Das bedeutet, niemand von euch braucht das ganze Brimborium?«, frage ich ungläubig. »Und niemand von euch hat das vor unserer Aktion angesprochen?«

Meine Freunde schweigen.

»Sagt mal, seid ihr alle bescheuert?«

Micha bewegt sich endlich. Er hebt entschuldigend die Arme.

»Ich weiß, Tim, das war als Wiedergutmachung für uns alle gedacht und wir hätten dir sagen müssen, dass unsere Probleme bereits gelöst sind. Aber das wollten wir alle unabhängig voneinander nicht, weil wir dachten, wir helfen mit dieser Aktion den jeweils anderen.«

Ich schnalze mit der Zunge und lasse mich wieder zurück in den Stuhl fallen.

»Ein klassisches Kommunikationsproblem …«, ergänzt Micha und ich nicke.

Das kann doch wirklich nicht wahr sein. Da ziehen wir einen solch riskanten Teufelsplan durch, mit dem alle meine Freunde vom sinkenden Schiff gerettet werden können, und dann sitzen sie schon längst mit einem kühlen Mai Tai an Land und lassen sich die Sonne auf den Bauch scheinen.

»Super, Jungs …«, sage ich und schüttle den Kopf. »Echt super …«

»Aber Tim«, lenkt Lars ein, »ging es nicht sowieso hauptsächlich um Lisa …?«

Ich atme lange aus und räuspere mich. Strenggenommen hat Lars recht. Warum rege ich mich überhaupt auf? Meine Freunde haben es auch ohne mich geschafft. Das sind doch gute Nachrichten. Jetzt können wir uns voll und ganz auf Lisa konzentrieren. Durch *Operation Rheinfall* hat Lisa das Exklusivrecht für die Top-Story des Jahres. Den Traumjob, den ich ihr versaut habe, bekommt sie zurück. Das war doch mein Ziel.

»Ja, gut, komm, egal«, sage ich, »der Plan bleibt wie besprochen. Ihr gebt niemandem außer Lisa ein Interview und sie wird die neue Star-Reporterin.«

Meine Freunde atmen erleichtert aus. Ich hebe mein Glas, wir prosten uns zu und trinken auf einen perfekten Plan. Dann quietschen die Scharniere der Eingangstür.

»Ach du Kacke, alle Rabauken auf einma versammelt hier!«, höre ich und drehe mich um. Jutta stampft mit ihren Einkaufstüten so elegant durch meine Kneipe wie ein Rhinozeros durchs Miniaturmuseum.

»Na, allet paletti bei euch, ihr Helden?«, fragt sie und meine Freunde reiben sich verlegen die Wangen. »Ach, und Tim, du bis ja auch da!«

Jutta findet es überaus amüsant, dass ich als Einziger in meinem Freundeskreis nicht zu den Berühmtheiten gehöre, um die sich gerade die gesamte deutsche Medienlandschaft prügelt. Ich winke ab und meine Bardame lässt die Tüten fallen, drückt den Rücken durch und beschallt den Raum mit ihrem Raucherhusten.

»Vor die Tür steht schon ein halbet Dutzend von die Kerle mit die Kameras.«

Wir nicken. Die ersten Informationen über meine Freunde sind offensichtlich durchgesickert. An den Trubel müssen sie sich gewöhnen. Sie werden von nun an so viel Privatsphäre haben wie Touristen in der S1, die vom Flughafen Richtung Münchner Innenstadt fahren.

»Ich hab übrigens gerade Lisa im Supermarkt getroffen«, sagt Jutta dann und kratzt sich am Hintern. Mein Mund steht offen.

»Bitte was …?!«, frage ich und rutsche von der einen Pobacke auf die andere. Jutta schweigt.

»Hat sie etwas gesagt?«, hake ich nach. »Etwas über mich? Oder über den Brief? Vielleicht auch …«

»Ruhig, Brauner!«, interveniert Jutta und kommt zu uns an den Tisch. »Jetzt hyperventilier du ma nich!«

Knolle lacht und dann lacht Lars, bis ich ihn böse anschaue und er sich daraufhin seinen *Star-Wars*-Pullover glatt streicht.

»Komm, Jutta«, flehe ich und nach einigem Zögern erbarmt sie sich meiner.

»Die hat dein Brief gelesen …«, sagt sie. »Fand die süß. Soll ich dir eigentlich nich sagen, aber wat solls.«

Ich schaue zu, wie sich Jutta eine neue Zigarette anzündet. Dann spricht sie weiter.

»Jedenfalls, ma von Frau zu dir: Dat wird schon wieder, mit die Lisa. Die is zwar sauer, aber ich glaub, dat legt sich. Et is auch wat passiert, wat ganz gut für dich is …«

Jutta pustet sich die Dauerwelle aus der Stirn und ich kaue an meinen Fingernägeln.

»Die Nicole wurde entlassen«, sagt Jutta und ich mache ein fragendes Gesicht. Anton und Jupp drehen sich um und nicken uns zu. Ihre Schnapsgläser sind leer. Ich winke hastig ab und konzentriere mich auf meine Bardame.

»Wie jetzt?«, frage ich.

»Jungchen, wir wussten ja alle, dat die Nicole scheiße is«, macht Jutta weiter, »aber dat die *so* scheiße is, dat die nach einem Monat wieder rausgeschmissen wird bei die *Bottroper Zeitung*, dat hab selbs ich nich aufn Schirm gehabt.«

Juttas Lachen geht in ein kratziges Husten über und ich brauche ein paar Sekunden, bis ich das alles verarbeite.

»Hä?«, frage ich trotzdem und schlucke laut.

»Kerl«, sagt Jutta, »die Nicole is wech bei die Tageszeitung und die haben jetz die Lisa dafür genommen. Die is super happy. Türlich is die noch sauer auf dich, aber glaub ma, dat geht vorbei.«

Ich starre auf die Tischplatte und ordne das Puzzle.

»Lisa hat den Job hier in Bottrop bekommen, den sie von Anfang an wollte?«, frage ich und Jutta sagt nur »Jo«, bevor sie sich die Jacke abstreift und hinter die Theke geht, als wäre diese Nachricht so normal wie die Schnapsbestellung von Anton und Jupp. In mir zieht sich alles zusammen.

»Lisa hat den Job hier in Bottrop bekommen ...«, wiederhole ich mit aufgerissenen Augen, »weil Nicole so schlecht war, dass sie entlassen wurde.«

»Jetz is dat au nimmer nötich mit eure Interviews bei die Lisa!«, ruft Jutta von hinter der Theke. »Dat brauch die nich mehr. Ihr könnt im Prinzip jetzt auch direkt mit die Typen von draußen sprechen.«

Sekunden der Stille verstreichen, bis Knolle es nicht mehr aushält und loslacht und dann stimmt Orgun mit ein, bis Lars und Micha ebenfalls gackern. So vergehen einige Minuten, in denen sich alles in meinem Kopf dreht und ich mich frage, was zum Teufel hier gerade passiert.

»Warum bist du denn so weiß?«, fragt Micha nach einer Weile und ich schaue ihn wie versteinert an.

»Das ist doch das, was du immer wolltest. Vor einem Monat hast du beim Kegelabend noch gesagt, dass dein Leben wie im Bilderbuch verläuft und jetzt sind wir wieder an genau der gleichen Stelle! Freu dich doch!«

Meine Hände zittern und Micha grinst.

»Ja, aber *Operation Rheinfall*, nein, sogar ganz *Kommando Schluckspecht* war im Prinzip komplett überflüssig!«, jammere ich und Jutta lässt eine neue Runde Bier auf den Tisch klatschen.

»Geht auf dat Haus«, sagt sie und alle freuen sich, weil sie wissen, dass *ich* das Haus bin. Mir ist inzwischen alles egal und ich lege mal wieder den Kopf auf die Tischplatte.

»Dat Leben is manchma wie son Kegelabend«, sagt Jutta, »am Ende is eigentlich egal, wat genau passiert is, Hauptsache, dat Bier schmeckt!«

Epilog

Ein halbes Jahr ist nun seit *Kommando Schluckspecht* vergangen und ich sollte unbedingt mal das Lämpchen am Badezimmerspiegel austauschen. Aber ich habe es zeitlich einfach noch nicht geschafft. Es ist zu viel zu tun. Ich muss mich erst einmal daran gewöhnen, meine Kneipe mehr oder weniger alleine zu führen. Ohne Jutta. Die ist in Hamburg. Ausgerechnet jetzt, wo so viele Gäste kommen. Am Wochenende ist im *Bottroper Helden* immer der Teufel los. Da bin ich auf die Hilfe von Anton und Jupp angewiesen. Sie sind gerade oben und kümmern sich um die Bestellungen, ich habe sie eingestellt. So kann hier unten endlich mal wieder ein Kegelabend stattfinden. Der letzte war noch vor unserer Fahrt nach München, dementsprechend motiviert sind wir heute an der Kugel. Als Knolle zurück zu seinem Platz schwankt, zeigt er Micha vor Enttäuschung über seinen Fehlwurf den Mittelfinger. Aber Micha ist so konsequent wie immer und schreibt die zehn Cent Strafe auf. Er lässt im Moment noch weniger mit sich diskutieren als früher. Lili kann neuerdings laufen und hält sowohl Steffi als auch Micha dermaßen auf Trab, dass Micha sich die letzte Woche freinehmen musste. Auf Empfehlung von Steffi. Sie war sauer auf ihn, er sollte etwas tun.

Was genau, wusste Micha nicht, also nickte er einfach, meldete sich krank und klebte die Steckdosen ab, stellte die Kakteen auf den Balkon und zog die Schrauben an Lilis Laufstall fest. Alles zum Schutz seiner nun laufenden Tochter. Steffi war zufrieden, aber trotzdem noch irgendwie sauer, und Micha ist jetzt einfach nur froh, hier zu sein und ein bisschen Autorität ausstrahlen zu können.

»Schlütti, du bist dran«, sagt er mit starker Stimme, und als Schlütti sich weiter mit Lars unterhält, schreibt Micha ihm zwanzig Cent Strafe wegen vorsätzlicher Spielverzögerung auf. »Auch Helden müssen sich an die Satzung halten!«, sagt er mit erhobenem Zeigefinger und schüttelt den Kopf. Schlütti steht auf und stolziert zur Kugelstation. Er hat deutlich an Selbstbewusstsein gewonnen. Die Lawine, die seine Rettungsaktion ausgelöst hat, war kolossal. Natürlich hat den größten Anteil daran unsere liebe Jutta. Erstens war sie maßgeblich an der Entwicklung unserer Operation beteiligt und zweitens unterstützte uns ihr Bruder auf entscheidende Weise, sodass ganz Deutschland viel weitreichender über die Heldenhaftigkeit meiner Freunde informiert wurde, als ich zunächst angenommen hatte. Ich konnte ja nicht ahnen, dass der Oberbürgermeister der Stadt Duisburg, der beim Hafenfest seine Rede gehalten hatte, Juttas Bruder ist und dass er auf ihre Anweisung hin noch weitere Publicity für meine Freunde gemacht hat. Schlütti ist inzwischen Ehrenbürger und die Lobeshymnen von Juttas Bruder im Fernsehen und Radio haben wesentlich dazu beigetragen, dass die ganze Affäre größer und größer und das Video von Lars öfter und öfter geklickt wurde. Und nach sieben Tagen stellten sich die Jungs dann endlich der Presse. Deutschland war zu diesem Zeitpunkt vor Spannung beinahe geplatzt. Alles andere war plötzlich egal. Finanzkrise? Egal. Situation im nahen Osten? Egal. Lothar Matthäus und seine neue blutjunge Freundin? Egal. Alle wollten nur wissen, wer diese jungen Männer waren, die am Rhein so aufopferungsvoll ein Menschenleben retteten. Und die Medien bekamen, was sie wollten. Meine Freunde hatten sich genau überlegt, was sie wie sagen wollten, und Orgun spielte bei seinen öffentlichen Auftritten immer wieder dezent auf seinen Migrationshintergrund an, bis unsere Geschichte und das Video schließlich über die Grenzen der Bundesrepublik schwappten. »Lehrer rettet Unternehmer mit türkischen Wurzeln das Leben: Toleranz und Freundschaft über die Kulturen hinweg. Wie die USA von Deutschland lernen können«. Schlütti hatte es tatsächlich in die *New York Times* geschafft. Es gab einen großen Artikel über ihn, mit Foto. Daraufhin trudelten immer mehr Anfragen für Interviews bei meinen Freunden ein, sodass sie die Gelegenheit beim Schopfe packten und ihre Stammkneipe ins Gespräch brachten. Folglich kam man irgendwann auch auf mich zu und ich verkündete, dass ich so stolz auf meine heroischen Gäste sei, dass ich mein Etablissement als Zeichen des Respekts ihnen gegenüber umbenennen würde. »Die *Bottroper Helden* wird die Kneipe von nun an heißen«, gab ich an. Und was soll ich sagen? Die Menschen rannten mir die Bude ein. Alle wollten den Duft des Heldentums schnuppern, einige kamen extra angereist. Teilweise sogar aus München. So besuchten mich die beiden Schaffner, die auf unserer Kegelfahrt wegen der »folschen« Tickets ein Auge zugedrückt hatten. Sie erkannten meine Freunde in der Zeitung, machten sich sofort auf den Weg und schwankten schließlich bis 3 Uhr morgens an der Theke herum, um irgendwann zu lallen, wie sehr sie sich eine so heruntergekommene Kneipe auch in München wünschen würden. Das wäre mal eine tolle Abwechslung, sagten sie, und Jutta spitzte ihre Ohren. »*Mission Expansion*«, raunte sie mir zu und ich musste husten, weil neben Juttas Worten auch einige dicke Rauchschwaden mein Gesicht umwaberten. Doch heute kann man einmal mehr sagen: Jutta ist ein Genie. Das *Bottroper Helden* läuft in München ganz hervorragend. Bei unserer Kegelfahrt war mir bereits klar, dass Orgun deutlich besser in diese Stadt passt als ich, also habe ich ihm die Leitung übertragen. Er ist Geschäftsführer und inzwischen ganz begeistert von der Stadt. Er hat die Wohnung übernommen, die ich durch Maximilian von Junkerberg angemietet hatte. Orgun ist so glücklich wie noch nie, sagt er. Einmal im Monat kommt er nach Bottrop und nimmt am Kegelabend teil, dann geht es wieder zurück nach München, in eine Wohnung mit breiten Fenstern und Blick auf die Alpen.

Auch Jutta kann momentan nicht klagen. Das *Bottroper Helden* ist nämlich nicht nur in Bottrop und München, sondern auch in Hamburg sehr gefragt. Meine ehemalige Bardame mischt mit unserer Dritt-Kneipe und ihrer zuvorkommenden Art St. Pauli ordentlich auf. Ich bin so begeistert von den Zahlen, dass ich als Nächstes Berlin anzugreifen gedenke.

Dann hätte ich alle Himmelsrichtungen abgedeckt. Bottrop im Westen, München im Süden, Hamburg im Norden und Berlin im Osten. Die vier großen Städte Deutschlands. Und überall steht meine Kneipe. Wer hätte das vor einem halben Jahr noch gedacht?

Schlütti könnte sich dadurch praktisch aussuchen, in welcher dieser vier Weltstädte er seine Hochzeitsfeier abhalten will. »Muss ich ja mal langsam eintüten«, raunte er mir vor zwei Monaten zu, während er mir den Ring vor die Nase hielt. Ich wollte erst ablehnen, aber dann verstand ich, dass der Ring für Vanessa ist. Das alles macht Schlütti zu einem noch größeren Star. Lehrer, Reihenendhaus an der Stadtgrenze und jetzt auch noch verlobt. Ein sesshafter, normaler Typ, so wie du und ich. Deswegen liebt ihn auch ganz Deutschland. Er wird noch eine Weile auf der Erfolgswelle schwimmen können, da bin ich sicher. Günther Jauch hat ihn bereits zum großen *RTL Jahresrückblick* eingeladen und Schlütti hat sein Menü für *Das perfekte Promi-Dinner* längst im Kopf. Riesengarnelen in heißem Knoblauchöl. Mein bester Freund ist derzeit so stolz und zufrieden, dass er gerade sogar über seinen Fehlwurf lacht und mit Micha abklatscht, der ihm anschließend erbarmungslos die Strafe aufschreibt. Ich stehe auf und grapsche eine Kugel, um ebenfalls in die Rinne zu werfen.

»Zehn Cent Strafe!«, ruft Micha mir zu und ich nicke.

»Kerl, seid ihr kacke!«, grölt Jutta dazwischen und fischt ihr Feuerzeug aus der engen Jeans. Ich habe sie in den letzten Wochen vermisst. Schön, dass sie wenigstens zum Kegeln kommen konnte. Nun pustet sie den Zigarettenqualm durch die Kegelbahn und ich schaue wieder angespannt zum Rauchmelder. Vielleicht sollte ich mal die Batterien wechseln. Ich merke es mir und ordne es auf meiner imaginären To-do-Liste unmittelbar hinter das Lämpchen am Badezimmerspiegel. Jutta dreht sich derweil zu mir um.

»Wie geht et Lisa eigentlich gerade …?«, fragt sie und alle meine Freunde schauen mich gespannt an. Die Kegelbahn summt. Schlütti beißt in eine Frikadelle. Senf kleckst auf den Tisch und der Fleck sieht aus wie Nordrhein-Westfalen.

»Ja, wie geht's ihr?«, fragt Knolle gehässig und lächelt wie der Teufel. »Ist die schon verrückt?«

»Im Moment geht es noch …«, sage ich.

»Warte ab«, sagt Micha und ich seufze.

»Sie hat in letzter Zeit immer Hunger«, ergänze ich.

Micha nickt verständnisvoll.

»Und wie geht's *dir* bei der ganzen Sache?«, fragt Orgun und ich atme tief und laut ein.

»Im Prinzip renne ich seit Tagen kopflos durch die Gegend und male mir irgendwelche Horrorszenarien aus. Dass ich alles falsch machen werde, dass sie oder er ein Schreihals wird, ein Spätentwickler oder noch schlimmer: ein Schalke-Fan.«

»Oder Bayern-Fan …!«, ergänzt Knolle und verzieht das Gesicht, während ich eine Gänsehaut bekomme. Schlütti schmatzt.

»Solche Katastrophen liest man ja immer mal wieder in der Zeitung«, macht Knolle weiter, »da denkt man sich nichts Böses, liebt seinen Nachwuchs, und dann wird der auf einmal Erfolgsfan. Blau-weiß kariert. Schlimme Sache …«

Manchmal hasse ich Knolle.

»Ach, du wirst bestimmt ein toller Vater«, beruhigt mich Micha und klopft mir auf die Schulter. »Du hast doch noch fünf Monate Vorbereitungszeit. Und bei Thorsten hast du damals die Scheißerei doch auch besiegt und im Nachhinein alles richtig gemacht.«

Ich streiche über meinen Bart und nicke. Allergisch gegen Gurken ist mein kleiner Wellensittich, wer hätte denn mit so etwas rechnen können? Ich habe ihm das Leben unbeabsichtigt zur Hölle gemacht, doch seitdem ich die Gurkenstückchen aus seinem Ernährungsplan gestrichen habe, ist wieder alles in Ordnung. Sein Stuhl ist fest und Bernadette blickt mich von Tag zu Tag freundlicher an. Vielleicht kann ich ja tatsächlich Verantwortung übernehmen und Probleme lösen. So ein Wellensittich ist ja im Prinzip nichts anderes als ein Baby. Nur mit Flügeln.

»Aber mal Spaß beiseite«, sagt Micha, als ich mich gerade wieder etwas besser fühle, »du wirst einfach nur sterben bei so viel Trubel um dich herum. Ein Kind wird dich fertigmachen, ganz sicher.«

Er lacht, dann lachen Knolle und Jutta und kurz darauf lachen alle anderen, während sich mein Magen in die verschiedensten Richtungen dreht und mein Herz rast, als würde es durch meinen Brustkorb brechen und davonstürmen wollen. Ich merke, wie sich langsam ein beachtlicher Panikanfall in meinem Körper breitmacht, als Jutta aufsteht, Orgun und mich hochzieht und sich räuspert. Alle anderen stehen ebenfalls auf. Wir heben unsere Gläser, stoßen miteinander an und trinken.

»Auf den Tim sein neues Glück!«, sagt Jutta und bei diesen Worten leere ich das Glas in einem Zug. Keine Frage, ich freue mich auf die Zukunft, aber ich hätte einfach niemals gedacht, dass diese verrückte Episode in meinem Leben mal so enden wird. Ich war fest davon überzeugt, dass ich mich irgendwann zurücklehne, fröhliche Hintergrundmusik anschalte und einen Puddingbecher auslöffle. Allen Stress hinter mir lasse, Ruhe um mich herum habe und mein altes, unspektakuläres Leben wieder zurückbekomme. So habe ich es mir ausgemalt. Und stattdessen sitzt Schlütti bald im großen *Jahresrückblick* bei Günther Jauch, Jutta und Orgun kümmern sich um meine Zweigstellen in Hamburg und München und ich habe mich ganz offensichtlich fortgepflanzt, sodass bald Klein-Timi oder Klein-Lisa auf der Matte stehen wird. Mein ursprünglicher Fünfjahresplan ist so was von für die Tonne.

»Das wird wirklich hart«, sagt Micha und ich nicke.

»Exorbitant hart«, schmatzt Schlütti und dann lachen wieder alle.

Danke

Jutta würde sagen: »Manchma is dat mitn Buch wie mit som Rettungsakt von 'ne Kneipe. Dat kannse nich alleine machen, da sind in Endeffekt mehrere Personen an Partizipieren dran gewesen.«

Und Jutta hätte wie immer recht. Genau wie Tim hatte auch ich im Hinblick auf den *Schluckspecht* Hilfe und ich möchte mich hiermit für die großartige Unterstützung bei folgenden Menschen bedanken:

Danke Pia, weil du meine größte Kritikerin und zugleich mein größter Motivator bist.

Danke liebe Eltern, weil ihr immer da seid und weil auch ihr kein Blatt vor den Mund nehmt.

Danke Elisabeth Kurath, weil durch unsere intensiven Brainstorming-Telefonate der Stein um Jutta erst ins Rollen geraten ist.

Danke Jan und Fabienne, weil ihr den Schritt vom Ruhrgebiet nach München gewagt habt und Vorurteile relativieren, zum größten Teil allerdings vehement bestätigen konntet.

Danke Richard und Renate, weil treue Testleser Gold wert sind und das alljährliche Feedback beim Weihnachts-Picheln fast schon Tradition hat.

Danke Esther Böminghaus, weil ein konstruktiveres und angenehmeres Lektorat kaum vorstellbar ist.

Danke Petra Eggers, weil bestimmte *Schnapsideen* ohne Vertrauen im Sande versinken.

Und natürlich ein Dankeschön an das gesamte dtv-Team, weil ihr einfach exorbitant super seid!